春を呼ぶ菓子

料理人季蔵捕物控

和田はつ子

時代小説文庫

角川春樹事務所

本書は、時代小説文庫（ハルキ文庫）の書き下ろし小説です。

目次

主な登場人物

季蔵《としぞう》　日本橋木原店「塩梅屋《あんばいや》」の主。元武士。裏の稼業は隠れ者(密偵)。

三吉《さんきち》　「塩梅屋」の下働き。菓子作りが大好き。

瑠璃《るり》　季蔵の元許嫁。心に病を抱えている。

おき玖《く》　「塩梅屋」初代の一人娘。南町奉行所同心の伊沢蔵之進《いざわくらのしん》と夫婦に。一児の母。

烏谷椋十郎《からすだにりょうじゅうろう》　北町奉行。季蔵の裏稼業の上司。

お涼《りょう》　烏谷椋十郎の内妻。元辰巳《たつみ》芸者。瑠璃の世話をしている。

豪助《ごうすけ》　元船頭。妻のおしんと共に料理屋「味楽里《みらさと》」を営む。

田端宗太郎《たばたそうたろう》　北町奉行所定町廻り同心。岡っ引きの松次と行動を共にしている。

松次《まつじ》　岡っ引き。北町奉行所定町廻り同心田端宗太郎の配下。

嘉月屋嘉助《かげつやかすけ》　季蔵や三吉が懇意にしている菓子屋の主。

長崎屋五平《ながさきやごへい》　市中屈指の廻船問屋の主。元二つ目の噺家松風亭玉輔。

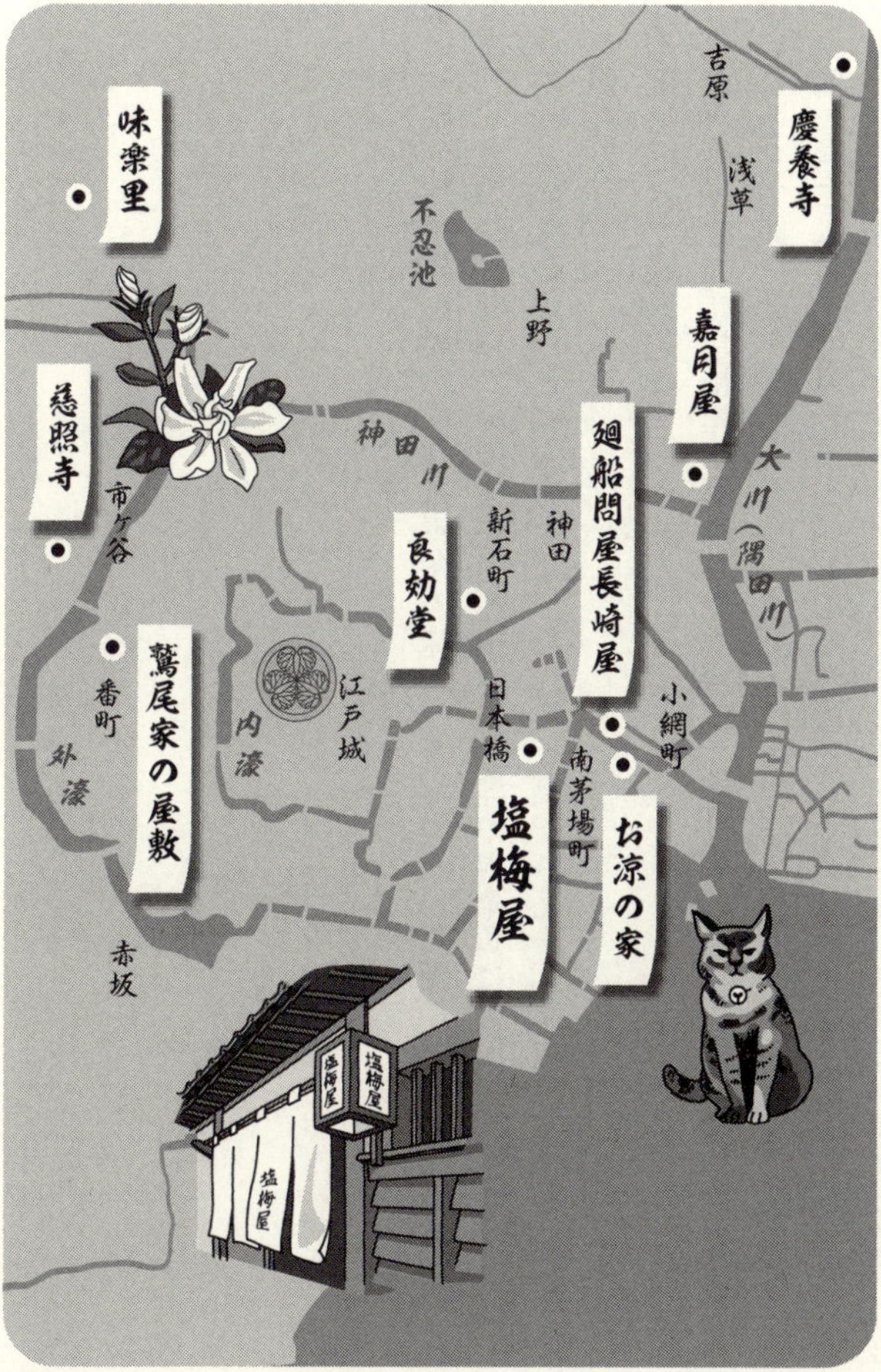

地図製作／コンポーズ　山﨑かおる

第一話　冬穴子

一

声を掛け合い道行く人たちの吐く息の白さが際立つ頃《ころ》、江戸は真冬を迎える。日本《にほん》橋《ばし》は一膳飯屋《いちぜんめしや》塩梅屋《あんばいや》の主季蔵《あるじとしぞう》は真冬の味が好きだった。魚類や鳥類は脂を蓄えて旨味《うまみ》を増し、この時季ならではの大根や蓮根《れんこん》、牛蒡《ごぼう》等の根菜類には優しい温かさがある。

「今の時季のものはたとえ人の手で作られる豆腐でさえも、冷たい水のせいか、味にキレがある」

季蔵は訪れた豪助《ごうすけ》にふと洩《も》らした。

市中料理屋十傑に塩梅屋が選ばれた季蔵は、豪助、おしん夫婦が営む味楽里《みらさと》の相談役もこなしていた。

「夕餉《ゆうげ》の膳《ぜん》には目当ての客がついてるんだけどね」

後ろ盾が上方《かみがた》一の水鳥屋鞍馬屋《くらまや》伊平《いへい》である味楽里では、冬場の夕餉膳は鴨《かも》等の野鳥や魚の料理が主である。

「夕餉膳の客は時季の鳥や魚に金を惜しまない人たちだから、あれこれ迷わずに料理にできる。おしんときたらあの至高の鳥膳をあれこれ変えて、お客さんたちを病みつかせてる。おしんの料理の腕と勘は確かだから、漬物に拘《こだわ》って漬物茶屋で仕入値と売値のことばかり考えていた時より、ずっと生き生きしてるよ。今のおしんは心が穏やかで幸せそうだ」

豪助は目を細めている。

「昼餉の膳はそうでもないよな」

季蔵の言葉に、

「ん。こっちは安くて美味《うま》くて庭まで見せる味楽里に似合ってねえと困るからね」

豪助は苦笑いした。

味楽里の昼餉の膳は広く手入れの行き届いた庭を眺めながら、夕餉の膳よりも格段に安いが、誰もが美味いと思う逸品を味わってもらうのが目的である。こちらの方は豪助が季蔵と打合せを重ねて拵《こしら》えている。鳥料理は鶏で、魚は活《い》きがよければ雑魚やいわゆる下魚や大量に獲《と》れて値が下がっている旬《しゅん》の魚等を使い、塩梅屋の料理が元になっている。

「塩梅屋で供するものを味楽里の昼餉膳にするっていうのは、なかなかの考えだったよ。さすが兄貴だ。一緒に頼めば仕入れを安くすることができる」

「おいおい、塩梅屋《うち》を元にするのはいいが、そっくりというのは困るぞ」

「わかってる。おしんの〝あら、あたしよりあんたの方が才があるかもね〟ってえのは、亭主使いのコツだろうけどさ」

遂に船頭を辞めて料理一本に打ち込んでいる豪助は、なかなかの舌と閃《ひらめ》きの持ち主であった。

「いつもご馳走様《ちそうさま》」

季蔵は微笑《ほほえ》んだ。

「まだ食ってもいねえ、決めてもいねえだろうが、ここ当分の昼餉膳の材」

豪助は照れ笑いを浮かべながら本題に入って、

「卵はどうだろう？　卵なら味楽里《うち》と塩梅屋との分を合わせると安く分けてくれるところを知ってる」

主となる材を提案してきた。

「朝餉の卵かけ飯ならともかく、昼餉の膳となると卵料理だけでは、がっちりした飯の菜にはならないぞ」

季蔵が思案していると、

「いっそ、卵でとじる丼物《どんぶりもの》にしちまっちゃどうかな」

豪助が大胆な発想を口にして、

「言うまでもなく鶏肉《とりにく》の卵とじ丼《どん》は味楽里《うち》にぴったりだろ？　あと鰻《うなぎ》の卵とじ丼なんかもそこそこ豪華で味楽里に合ってる。夜のお客さんにはいないけど、昼時のお客さんの中には晴れてる日は外に出て庭で食べたいっていう人、結構多いんだよ。それで夏に出してた縁台、半分くらいまだそのままにしてるんだ。外で椿《つばき》の花見がてら食べたい、椿も馳走だなんて言うご隠居さんだっている。そんなお客さんにとっちゃ、飯と菜が入った弁当箱よりも丼一個の方が持ちやすいし――」

と続けた。

鶏肉の卵とじ丼は一口大の鶏もも肉と小指の半分ほどの大きさに縦長に切り揃《そろ》えた葱《ねぎ》、水で戻して薄切りにした干し椎茸《しいたけ》を、醤油《しょうゆ》と味醂《みりん》を加えた出汁《だし》で煮て溶き卵でとじる。卵のコクがじんわりと奥深く優しい味わいとなって口いっぱいに広がる。

「今時分の鶏肉の卵とじ丼には柚子《ゆず》胡椒《こしょう》がいい。まさに冬ならではの風味づけになる」

季蔵はふと洩らした。

「なーるほど」

大きく頷《うなず》いた豪助は、

「さすが兄貴」

白い歯並みを見せた。

「俺《おれ》にも作り方、教えてくれよ」

「わかった」

柚子胡椒はおろした柚子の皮と青唐辛子、塩を当り鉢で当たって合わせ、七日間寝かせて拵える。一月《ひとつき》は日持ちがする。この柚子胡椒は塩梅屋の冬に常備してある。

一方、鰻の卵とじ丼の方はふっくら焼き上げた鰻の蒲焼《かばやき》を親指の半分ほどの幅に切り揃え、アク抜きして小指ほどの細切りにした牛蒡と合わせて出汁で煮た後、溶き卵でとじ、三つ葉を載せて仕上げる。出汁と溶け合った蒲焼のタレの得も言われぬ美味さに、卵のコクが見事に調和し、鰻本来の旨《うま》みや小気味よい歯ざわりの牛蒡の風味を引き出す。

「こっちの方は言うまでもなく粉山椒《こさんしょう》だよね」

豪助の念押しに頷いた季蔵は、

「山椒のほどよい辛さが味わいに強弱をつけつつも、華やかな香りも添えてくれる。

鰻に粉山椒は宿縁みたいなものだな」

と言ってから、

「もっとも持ち帰りが多い塩梅屋の昼餉はせいぜいが鶏肉の卵とじ丼止まりで、高い鰻までは無理だがな。それにしても、料亭味楽里の昼膳が丼物は気どりがなくていい。ますますお客さんたちの評判を呼び、繁盛。流行風邪禍《はやりかぜか》のせいでまだ殺伐としている市中にも多少の活気をもたらしてくれるだろう」

季蔵は自身の気持ちを浮き立たせようとした。

――それほど市中は今、疲弊している――

「そうなるといいけど、今年はお上から流行風邪禍退散のお触れが出て、禁止されてた雪見と雪見舟が許されはしたものの、舟の数はまだそう多くないようだって聞いた。流行風邪のせいで、毎年押すな押すなだった雪見茶屋が潰《つぶ》れちまったから、雪見は盛り上がらないんじゃねえかな。そもそもこんな寒い時季に、いくら綺麗《きれい》で風情があるからって、雪景色を愛《め》でようなんてのは贅沢《ぜいたく》だもんな」

豪助の呟《つぶや》きに、

「景色だけでは腹は膨れないからな」

季蔵は相づちを打った。

豪助の方も、

「全くだ」

相づちを返し、この後、二人はしばし黙り込んだ。

この冬は秋が短く冬の冷え込みが早々に訪れたせいか、行き倒れや、困窮のあまり、一家心中をはかる者たちが増えていた。

「何せ、食べ物までが急な値上がりで皆、まいってる」

ため息まじりに告げた豪助に、

「そうだな。だから俺たちは今できることを懸命にしなくてはならないんだ」

季蔵はやや強い物言いをした。


豪助が帰った後、季蔵は塩梅屋ならではの卵とじ丼を以下のように記してみた。

塩梅屋卵とじ丼品書き

厚揚げの卵とじ丼
豆腐の卵とじ丼

ちくわと揚げ玉の卵とじ丼
かまぼこの卵とじ丼
油揚げの卵とじ丼
油麩《あぶらふ》の卵とじ丼
鶏肉の卵とじ丼

——これなら今のままの値で振舞える——

物価高は塩梅屋にまで及んできていて、味楽里のような高値をとらない以上、季蔵はこのところ昼餉の持ち帰りの切り盛りに四苦八苦していたのである。

——ああ、でも雑穀屋でしか買えない油麩や、そう安くはない鶏肉を使った卵とじ丼は今のままでは無理だ——

季蔵はため息を一つついてこうした材料を使わない卵とじ丼を拵えてみようと思い立った。

まずは八ツ時（午後二時頃）ではあったが、飯を炊き、買い置いてあった厚揚げと豆腐、かまぼこ等を使ってみることにした。

厚揚げの卵とじは醬油と味醂、濃い目の出汁で一口大の厚揚げを煮て、溶き卵でとじる。上には三つ葉を載せた。

一箸《ひとはし》つけてみて、

――これはなかなかだ。これに飯が加わればしっかり食べた気がして腹持ちもよさそうだ――

豆腐の卵とじは厚揚げの卵とじと同様の出汁で一口大の豆腐を煮て、一味唐辛子を添えて味わってみた。

――ん、こちらは飯と混ざるとやや薄い味になりそうだ。一味唐辛子がピリッと引き締めるので飯と合わせるより肴《さかな》に向いている――

かまぼこの卵とじは、一口大のかまぼこに、戻した干し椎茸の薄切りをやはり同じ出汁で煮て、仕上げに刻んだ小葱を添える。

――これは悪くないがあっさりしていて、厚揚げの卵とじほど満足できない。三種拵えてみてこれぞと思えるのは一種だけか――

せめてあと二種ぐらいは卵とじ丼の種類が欲しいと季蔵が考えていると、

「邪魔をする」

戸口が開いて羽織と袴《はかま》を着けたややいかめしげな大男が立った。

二

「いらっしゃいませ」

季蔵は北町奉行烏谷椋十郎《からすだにりようじゆうろう》を出迎えた。

「ちょうどこの前を通りかかって、気がついてみたら小腹が空《す》いていた。八ツ時ゆえな」

烏谷は一見愛嬌《あいきよう》のある大きな目を瞠《みは》った。

「よい匂《にお》いがするではないか」

鼻をひくつかせる。

「お奉行様より持ち帰りのできる昼餉のお達しがまだ続いておりますので、いろいろと試しに作ってみていたところでした」

「それは楽しみなことだ」

烏谷は言いながら、

「市中で見知った顔の魚屋にばったり出会い、どうしてもと頼まれて買ってしまった。これを何とか頼む」

手にしていた大きな包みを季蔵に預けた。

「冬穴子ですね」

冬穴子は脂が乗って身もプリプリ、鰻と肩を並べられるほどの美味さである。

「そうだが、今日は獲れすぎて売りさばけなかったのだそうだ」

「なるほど」

解いた包みの中からは穴子が連なるように溢《こぼ》れ出てきた。十五尾は数えた。

「穴子は頭の後ろを切って活締《いけじ》めしてあるとのことだ」

血抜きが上手《うま》くできていないと美味《おい》しくない穴子は、活締めのものか、生きているものを料理する。

「これで煮穴子を拵えると冬場は結構日持ちがいいと聞いた。そちならたやすかろう」

烏谷の言葉に、

「お言葉ですが、量も多くたやすくもありません。小腹が空いておられるのなら、厚揚げの卵とじ丼を先に召し上がりますか？」

季蔵は応《こた》えた。

「それではまずは腹ごしらえといこう」

「わかりました」

烏谷は厚揚げの卵とじ丼を楽しみつつ、季蔵の穴子との格闘を見守ることとなった。

「穴子の捌《さば》きは鰻とほとんど変わりません。目打ち捌きです。鰻屋捌きですと鮮やかな手際の背開きですが、わたしは他の魚同様腹開きで捌きます」

そう言い置いた季蔵は、まずはぬるぬるする穴子をよく盥《たらい》の水で洗って水気を拭《ふ》き取ってから、目打ち用の釘《くぎ》で穴子を俎板《まないた》に固定した。

――この手の滅多《めった》にない細長い魚の捌きは骨との闘いだと、三吉《さんきち》がこの場にいたら伝えて、早速捌かせてやれたのにな、残念――

この日三吉は風邪を引いて休んでいた。

――三吉がいたら、くれぐれも皮は切り落とすな、そんなことになったら今までの苦労が台無しだと言ってやれるのに――

季蔵は三吉がいないことを多少味気なく寂しく思った。

やっと烏谷から預かった穴子の捌きを終えたところで、

「何とも時がかかるものよのう。このままでは日が暮れると思ったほどだ。しかし慣れぬ捌きのそちも瞬時に捌く鰻屋も共にたいしたものだ」

烏谷は褒めているのか、けなしているのかわからない物言いをした。

「さて、次は下拵えです」

「切り分けて煮るだけではないのか？」

「まだぬめりがありまして、これを取り除かないと臭みが残ります」

季蔵は穴子を俎板の上に皮を上にして並べると、皮に直接、身が軽く反るくらいしっかりと熱湯をかけた。この時、白く変わったぬめりを包丁の背で完全にこそげ落とした。

鍋《なべ》に酒、醬油、味醂、ザラメ、水を入れ、ひと煮立ちさせる。この中に半分に切った穴子の皮目を下にして入れ、落とし蓋《ぶた》をし、三百数え終えるまで煮る。落とし蓋を取り、裏返して落とし蓋をし、千数え終えるまで煮る。ここでまた落とし蓋を取り、火が通った穴子を取り出し、煮汁が半量になるまで煮詰めてから火から下ろし、穴子を戻す。

器に穴子を煮汁ごと盛り付ける。早速、箸を取った烏谷は、

「これは美味い。しかし、何というか――」

物足りなさそうな表情になった。

「足りませんか？」

「ん、何かが足りない」

「これでしょう」

微笑んだ季蔵は青物売りからもとめた山葵《わさび》を手に取って、

「添えようと思ったのですが、これを添えてしまうと酒の肴になってしまいます。まだ夕餉にはいくらか間がありましょう。おかげさまで煮穴子が沢山できましたので、この山葵と共にお持ち帰りになってください。煮穴子というよりも穴子の佃煮《つくだに》なので、やはり山葵を加えてお酒の後のお茶漬けにもしていただけます。後でお重にお詰めいたします」

　と伝えると、

「それは有難い。そこまで気遣ってもらってすまぬな。いつも安くて旨い昼膳でそちを悩ましているというのに、本当にすまん」

　満悦しつつも殊勝な言葉を洩らした烏谷は、先ほど季蔵が記した昼膳の品書きをしげしげとながめて、

「ふーむ、塩梅屋卵とじ丼品書きか、わしで役に立つことはないかの？」

　ふと呟いた。

「実は――」

　季蔵はそれは昼膳をこのまま値上げせずに続けるための品書き、ようは苦肉の策であるのだと説明した。またこれだけ思いついていても、何とか売り物になりそうなの

は厚揚げの卵とじ丼だけなのだとも――。

　すると烏谷は、

「なにを言う。たしかに油揚げ使いは厚揚げに重なってしまって面白みがない。また豆腐やかまぼこでは淡泊すぎて腹の足しになるまい。わしの好物の鰻の卵とじ丼を振舞えとは言わぬ。しかし、この品書きには油麩の卵とじ丼、鶏肉の卵とじ丼があるではないか？　これらなら何とか腹の足しにならぬかな？」

「それらは――」

　数に限りがある油麩や値が高い鶏肉の卵とじ丼では値上げせざるを得なくなる旨を季蔵は説明して、

「しかし、ちくわと揚げ玉の卵とじ丼なら、ちくわはかまぼこと同じく淡泊ですが、揚げ玉は胡麻油《ごまあぶら》をたっぷり吸っていて、ちくわと揚げ玉を合わせると美味にして腹持ちのよい丼物になると思います。ちくわは知り合いの漁師の妻たちが開いているちくわ屋から安く手に入れられます。揚げ玉の方は親しくしている天ぷらの屋台があるので、同様に分けてもらえます」

　と続けると、

「なるほど。それは良さそうだ。しかし、そちの話では三種は欲しいということだったな。これでは二種だ。あと一種要る――むずかしいのう」

烏谷は腕組みをした。

季蔵の目は煮穴子に注がれている。

「このところ売り余るほど冬穴子が大漁でしたね」

「そのようだ。だからわしまで買わされてしまったのだ」

「それを使わない手はありません。この手の安く手に入る、その時々の大漁のものに目をつけて、品書きにするのが塩梅屋流だというのに、うっかり見逃しておりました。気がついたのは冬穴子をお持ちいただいたお奉行様のおかげです。ありがとうございました」

季蔵が深々と頭を下げると、

「役に立ってよかった」

烏谷は腕組みを解いた。

「それでは早速、冬穴子煮の卵とじ丼を拵えさせていただきます。お奉行様、召し上がっていただけますか？」

「もちろんだ」

こうして季蔵は捌いて開いたものの、用意した鍋に入りきらず、残ってしまっていた冬穴子五尾を使って冬穴子煮の卵とじ丼を作りはじめた。

穴子煮の下拵えは煮穴子と変わらない。ただし穴子煮は煮穴子と違って、薄味で仕上げ、煮込む時も短いので下拵えはより徹底して、臭みの因《もと》になるぬめりを完全に取り去らなければならない。

鍋に酒、醬油、味醂、砂糖、水を合わせる。あっさりと仕上げたいのでザラメではなく粒の細かい砂糖を使う。ひと煮立ちさせ、穴子の皮目を下にして入れ、落とし蓋をして煮る。落とし蓋を取って裏返し、再び落とし蓋をして、中に火が通るまで煮る。落とし蓋を取って、煮汁が八分目になるまで煮詰め、溶き卵でとじて火から下ろす。

丼に飯を盛り、炙《あぶ》って刻んだ海苔《のり》を全体にまぶし、冬穴子煮の卵とじを煮汁ごと盛り付け、山葵を載せて供する。

「煮穴子ほど煮ないので濃い甘辛さではなく、脂の多い冬穴子ゆえなのか、何より穴子がふっくらしている。鰻とはまた違った優しい舌ざわりと風味だ。飯が進む。これを振舞う日は長蛇の列どころか、どっちが先だ、後だという喧嘩《けんか》が起きても不思議はない」

絶賛した烏谷は、冬穴子煮の卵とじ丼をもう一杯胃の腑《ふ》におさめた。

季蔵は塩梅屋卵とじ丼品書きを以下のように書き換えた。

厚揚げの卵とじ丼
ちくわと揚げ玉の卵とじ丼
冬穴子煮の卵とじ丼

三

季蔵は煮穴子と山葵を重箱に詰めて風呂敷《ふろしき》に包んだ。

「この後、お仕事がおありなら、わたしがお涼《りょう》さんや瑠璃《るり》のところまでお届けいたします」

元辰巳芸者《たつみげいしゃ》で今は長唄《ながうた》の師匠をして身を立てているお涼は烏谷の内妻である。瑠璃というのは季蔵の元許嫁《いいなずけ》で、心の病を患い、お涼のところで療養していた。

「いや、今日は何もない」

そう言いつつも烏谷は一向に腰を上げる様子がない。

「何か――」

――お話があるのだ――

そもそも烏谷は塩梅屋のただの客ではない。先代長次郎《ちょうじろう》の頃から塩梅屋の主は烏谷に隠れ者として仕えている。季蔵は塩梅屋と共にその任をも継いでいた。

「今日は客の予約はあるのか？」

一応烏谷は案じた。

「ございません。昼餉だけは日々飛ぶように売れるのですが、夕刻からの客足はこのところ減っています」

「そうか——」

烏谷はそれはよかったという言葉を呑《の》み込んだ。

「この煮穴子に山葵で一杯やりたい。もうそろそろいいではないか」

烏谷の胃袋は好物に限って底なしであった。

「承知いたしました」

季蔵は酒に燗《かん》をつけた。

「そちも飲め」

「ありがとうございます」

季蔵は熱い盃《さかずき》を口にした。

「生き返るようですね」

燗をした貴重な下り酒が五臓六腑に染み渡った。

「今日はまた、一段と寒いからな」

「そうですね」

「さて、話にするとしよう」

「はい」

季蔵は頭《こうべ》を垂れた。

「流行風邪の神は眠りに入ったので、今年はもう流行風邪には襲われないという話を信じる者たちがいる。これは公儀が人々を安心させるため、人々の行き来に今以上の支障が出ないために流した噂《うわさ》よ。行き来が滞ればますます物価は上がり、暮らし向きは不自由になるゆえな。実際は流行風邪禍による疲弊がまだ充分に恢復《かいふく》しておらぬところへ、また質《たち》の悪い風邪が流行《はや》りはじめている」

最後の一言を烏谷は声を潜めるようにして言った。

――もしや、三吉の風邪も――

季蔵は気になった。

「上方のあの水鳥屋の江戸進出も、流行風邪禍で悪くなった江戸の景気への援軍であったわけだ」

――なるほど、わかっていてご公儀は料亭味楽里の開店を許されたのだな――

季蔵は改めて豪助とおしんによる味楽里の成功を祈った。

「流行風邪禍の間、自粛していた大名や大身旗本は一見、元の潤いある暮らしを取り戻したかに見えるがそうではない」

烏谷は思わせぶりな言い方をした。

「あそこまでのお方たちはどんな時でも豊かに——」

言いかけた季蔵の言葉を遮って、

「このところ大身旗本家の取り潰しが続いている。これは極秘に行われているが、瓦《かわら》版屋《ばんや》は気づいて噂をばらまいているはずだ」

「一、二件は耳にしたことがあります。たしか用人《ようにん》の横領やご正室の不貞ゆえと騒ぎ立てていました」

「瓦版屋に洩れていないものもある。これは一件、二件ではすまない」

烏谷は口をへの字に曲げた。この手の表情をすると丸顔と大きな目の童顔ゆえに、妖怪じみた迫力のある面相になった。

「わたしたちの知らないところで起きているのですね」

季蔵は烏谷の話の主旨がわかりかねている。

「今日もだが、このところわしに座敷がかからない。美食続きでは身体《からだ》に悪いからよいことだとお涼は言うておるが、何もわしは美味いものが食いたくて夜な夜な呼ばれているわけではない」

　北町奉行の烏谷は上下を問わぬ卓越した社交術が認められて、大目付の下でのお役目もこなしている。

「相談という名目で内輪話がしたいと大名家の江戸留守居役や大身旗本家の家老たちがわしを呼ぶのが今までの常だった。ところが、大身旗本の家老たちが、なぜか近頃、呼んでくれぬようになっている。その挙句が取り潰しという、あってはならない転落の坂道を転がっている」

「大目付様、目付様はお大名や大身旗本家の転落を望まないのですか？　幕府と外様《とざま》大名家とは関ヶ原《せきがはら》以来の仇《かたき》同士であり、大身旗本家にしても力を持っているだけに煙《けむ》たいはず。どちらも隙《すき》あれば弱体化させるか、なくしてしまいたいのだと思っていました」

　元武士だった季蔵は長崎《ながさき》奉行を拝した鷲尾《わしお》影親《かげちか》に仕えていたので、幕府がいかに長崎奉行職の挙動に厳しく目を光らせているか知っていた。

「そのように公儀が動いたのは大権現家康公《だいごんげんいえやす》から大猷院《だいゆういん》（三代家光《いえみつ》）様の頃であろうよ。有徳院《ゆうとくいん》（八代吉宗《よしむね》）様は家康公や大猷院様に倣われたにすぎぬ。大猷院様以降、時の流れるにつれて、取り潰しの制裁が必ずとも功を奏すものではないと、幕閣たちはわかってきた。大名や大身旗本を取り締まるのはいいが、これらが徳川を頂点とする確固たる武家政権の旗印であることも否めないからだ」

「大権現様の農民対策のお言葉にありましたね。たしか生かさぬように殺さぬようにと」

「まあ、そんなところだ。なので少なくない大身旗本が横領等の醜聞を理由に取り潰されては徳川の懐《ふところ》具合にも影響する。実は公儀は大名家や大身旗本の転落など望んでいない。今まで通り、必要な時に要求した金と労力を供出させることこそが望むところなのだ。大身旗本に与えた知行地など幕領にしてしまえばいいと思うかもしれないが、必死に年貢を取り立てる大身旗本に任せておいた方がよほど収穫も上がり、金も安定して入る」

「ようはお奉行様が大目付様や目付様に命じられている事柄は、大身旗本たちの転落防止なのですね」

「その通り。国替えや取り潰しを未然に防ぐためにあるのがわしの役目だ。幕府が国替えや取り潰しを余儀なくしないよう、秘密や問題を抱えている大名家の江戸留守居役や大身旗本家の家老から秘密裡《ひみつり》に話を聞いてやって、大きな火事にならぬよう消し

止めてやるのだ。策はそれぞれによって異なるので詳しくはいえぬが――。今までは
これが功を奏して事なきを得ていた」
「それがここへ来てお奉行様の役目が滞ってしまって、転落の凶事が立て続いている
ということですね」
「少なくとも大身旗本はそうだ。なのでこれについて是非ともそちに一役買ってもら
いたい」
「そうはおっしゃっても――」
雲を摑《つか》むような話だと季蔵は思った。
「わたしは一介の一膳飯屋の主にすぎませんし――」
「市中料理屋十傑に選ばれて、名が売れたではないか。その名を使って大名家や大身
旗本家へ料理人として入れる。ただしまだ、どこへ潜ってもらうのかまでは決めてい
ない。それはこの先の話だ」
「わかりました」
応えた季蔵はほっとした。
――潜入は時が長くかかり、三吉一人では大量に作って売る昼餉をこなせない――
「それはそうと――」

烏谷は話をがらりと変えて顔中を笑みで満たした。ただしその目は笑っていない。

「聞いているぞ。市中料理屋十傑に選ばれて以来、富裕な大店《おおだな》や商人たちから出張料理を頼まれるものの、ほとんどの依頼を断っているとか――。これは聞き捨てならない。一つ、二つ引き受けておけば、ここまで店の切り盛りに四苦八苦することもなかろうに」

この烏谷の言葉に、

「お言葉ですが、たいていの大店では主一家と奉公人の間の膳に雲泥の差があります。お奉行様からの仰せでの出張料理は隠れ者のお役目としてお引き受けいたしますが、そうでない依頼は気に染まぬのです」

季蔵はきっぱりと言い切った。

「ではそちが出張料理に出向く日に限って、主一家と奉公人たちは共に同じ献立を食することにしてはどうか？　瓦版屋と組んで、〝塩梅屋季蔵と商家の夕餉膳〟というようなものならよかろう。商家の主も皆が注目する瓦版が引き札（チラシ）代わりになってくれるとわかっているから、ケチな真似《まね》はせず、その日ばかりは気張りに気張って、奉公人たちに大盤振舞いというわけだ。もちろんそちにも昼餉商いの足しになるよう、幾ばくかの礼金は出すように言っておく。奉公人たちには盆と正月がもう一回くるわけだし、四方八方いいこと尽くめだ。どうだ？　いい考えだろう？」

烏谷の饒舌《じょうぜつ》には悔しいかな、説得力があった。

四

翌日から季蔵は冬穴子の料理に邁進《まいしん》した。案じられた三吉の風邪は流行風邪ではなかったようで、二日ほど店を休むと恢復した。

「穴子って捌くのが大変な上に一にも二にも臭みの因になるぬめり取りなんだよね」

何尾もの冬穴子を捌くよう季蔵に言われた三吉は、

「届けてくる漁師さん、へーえっていう顔してたよね。あんまり大漁なんですし屋でも全部は引き取ってくれないからって、有難がってくれたけどさ。それにしてもどうして鰻屋はあっても穴子屋ってないんだろう？　そういうのがあって捌いたのを、売ってくれてたら楽なのに――」

とぼやいた。

「海に棲《す》む穴子は川魚の鰻ほど量が獲れないんだろう。今年は特別だ。そもそも楽することなんて考えるんじゃない。今年の冬穴子は滅多にない海からの恵みなんだぞ」

そう叱《しか》りつけた季蔵は昼に出す冬穴子煮の卵とじ丼とは別に、夕刻から訪れる客たちにはすし屋の穴子ずしとは一味違う、塩梅屋ならではの穴子料理を供することにした。

その筆頭が穴子の一夜干しである。これはぬめりを完全に取り除いて開いた穴子を塩水に半刻《はんとき》(約一時間)浸《つ》ける。水気を切って網に取り、冷暗所で一日陰干ししたものをさっと焼いて仕上げる。味わった三吉は、

「わっ、いい味。おいら、穴子って安い鰻みたいなもんだとばかり思ってたよ。だから脂っ気が少なくて味が薄いんだろうって。違うんだね。あれは煮て甘辛味にしちゃうからいけないんだ。こうやってちょっと塩で味つけて干すだけで、こんな凄《すご》い旨みになるなんて意外や意外」

興奮していたものの、

「ご飯なんかより、なーんか他のものに合うような気がする。でも、それが何だかわかんない」

しきりに頭を傾《かし》げた。

季蔵は知っていたが、あえて黙っていた。この穴子の一夜干しに最も合うのは酒だったからである。以前、三吉は酒に嵌《はま》って盗み飲みしたことがあった。三吉の年齢《とし》で酒を覚えるのはいささか早すぎる。

この穴子の一夜干しとはまた一味違うのが焼き穴子である。開いた穴子の両面に酒と塩を振り、半分に折った線香が燃え尽きるまで冷暗所に置き、その後、身の両面が白っぽくなるまで沸騰した湯をかける。皮目がまだぬるぬるしていたら、これはぬめりなので、流水で洗いつつ指や包丁の背でこそげとる。しっかり水気を取ったら、両面に軽く塩を振り、切り分けて網に載せ、七輪でじっくり両面をこんがり焼き上げる。

これに山葵を添えると肴に、甘ダレと合わせると飯に合う菜や江戸前ずしのネタになる。風味はやや弱くなるがふっくらとした舌ざわりと淡泊な食味が楽しめる。

「冬穴子で脂が乗ってるせいか、鰻の白焼きにだって負けてないよ、これ」

三吉は試食分だけでは物足りない顔になって、

「それにさ、何より鰻みたいに蒸さなくていいのが楽々だよね。冬穴子は優れものっ」

などとも洩らした。

「では穴子が鰻に勝る料理を当ててみろ」

季蔵の問いに、

「うーん、そう言われても――」

頭を抱えてしまった三吉に構わず季蔵は穴子を天ぷらにする準備をはじめた。開いて完璧《かんぺき》にぬめりを取った穴子を食べやすい大きさに切り分け、天ぷら衣をまとわせ、油でからりと揚げる。

「たしかにね。脂の乗った冬穴子でも鰻ほどじゃないから、さっぱりしてて美味しい。これ鰻だったら衣の油と身の脂で、きっと口の中がべたべたになっちゃうよね。おいら油っぽいもの好きだけど、程よい油っぽさがいい。他《ほか》の人たちもきっとそうだよね。それと、さっきの季蔵さんの穴子でしかできない、鰻が真似られない料理、まだあるんじゃないかな？　おいら、やっぱ穴子はすしの殿様だと思うんだけど——。おいらちびちび一つずつじゃなく、たーくさん食べたい」

この三吉の言葉に、

「なるほどな」

季蔵は先ほどの焼き穴子を使った穴子の押しずしを拵えることにした。

醬油、ザラメ、酒、味醂を小鍋で合わせて煮詰め、とろりとした甘辛ダレを作っておく。穴子の風味を残したいので酢飯はやや薄味にする。酢飯の間に挟む椎茸の甘煮は、干し椎茸を戻して酒、砂糖、醬油で柔らかく煮る。

押しずし用の器の内側に軽く酢を塗る。出来上がった押しずしを取り出しやすくするためである。この器に酢飯を詰め、椎茸の甘煮を載せ、さらに酢飯を載せ、その上に焼き穴子を並べる。

器に蓋をし、押しすぎに気を付けながら左右均等に体重をかけて押してから型から外す。切り分けて甘辛ダレをかけて供す。

「うわあ、これもふっくらだね」

三吉は歓声を上げた。

「これはしばらくしてからの方が味が馴染《なじ》んで美味いので、おまえの家への土産にしていい」

「本当？　うれしいっ、おっとうもおっかあも喜ぶだろうな」

三吉は本当にうれしそうだった。

次に季蔵は俎板にまだ捌いていない冬穴子を載せた。

「えっ？　鰻に負けない穴子料理ってまだあるの？」

三吉は目を丸くした。

季蔵はこのところ捌き続けてきたこともあって、すし職人ほどの手際のよさを披露しつつ、血抜きにはよくよく拘り、勘所を摑んだぬめり落としも素早く済ませて、あれよあれよという間に冬穴子を三尾ほど開いた。

「凄いっ、早いっ」

　三吉は感嘆した。

「おいらも季蔵さんみたいになりたいっ」

「だったら、残りを捌いてみろ」

「合点承知」

「ただしこいつは捌きだけの一本勝負。もちろん大事なのはぬめりとの闘いだ。焼きや煮炊きでは一切誤魔化せないからな。そのつもりでやってくれ。それから今日のはちょっと大きいから、身に残っている小骨が気になる。少し骨切りしてから使う」

　そう言い置いた季蔵は開いて骨切りした穴子の半量の皮を引いて一口大に切った。これを刺身用の長皿に盛り付けると、残りの半量は皮付きのまま皮目をよく炙り、同じように一口大に切って刺身の隣に盛り付ける。山葵醤油、酢醤油を添えた。

「生の穴子の刺身と炙りだ。摘《つ》まんでみろ」

　箸を伸ばした三吉は、

「甘さがちょっとだけある気もするけど、鯛《たい》の刺身より匂いがない。口の中で淡雪みたく溶けてく感じ。これが堪《こた》えられない、旨いって驚く人、きっといるだろうけど、おいらはちょっとな──。これ鰻だったらもっと脂っこいでしょ。脂が溶けていく刺身って気持ち悪い。こんな魚の刺身ある？　おいら、こういうのはじめてだし——」

珍しく複雑な表情になった。

「ご禁制になってるふぐの刺身、真っ白なふぐ刺しに色も味も似ていると、食通の人たちの間では評判だ」

季蔵の説明に、

「まさか、これにも毒あるんじゃない？　おいら、食べちまったよ、どうしよう——」

三吉は箸を止めて青ざめた。

「ふぐの毒は肝だけにあると教えたはずだぞ」

「そ、そうは言ってもさ、おいら、ふぐなんて食べたことないし——生の穴子の刺身怖いっ」

「だったら、もう刺身は止《や》めておいて炙りを試してくれ」

「ん」

再び箸を手にした三吉は、

「こっちは焼き穴子っていうよりも、鰹《かつお》の叩《たた》き同様に皮を炙る穴子の叩き。穴子の皮って、やっぱそのままじゃ、臭みが残って駄目なんだね。これ美味い。こんがり炙るんでその風味が堪《たま》らない」

山葵醤油と酢醤油を交互に使いつつ、せっせと箸を動かした。

三吉が自分で捌いて拵えた炙り穴子まで食べ尽くしたところで、

「何か、忘れていないか？」

季蔵は問いを投げかけた。

「えっ？　何だっけ？」

三吉は目を白黒させてから、

「思い出した。穴子が鰻に勝る料理だったよね、季蔵さんがおいらに訊《き》いてきてたの
――」

「そうだ。穴子も鰻も実は毒がある」

「うわーあ、ひゃーあっ」

三吉は悲鳴を上げた。

「ふぐは肝とかの臓物だけに猛毒があって、刺身にする白い身は全くの無毒だが、穴子や鰻は血の中に、目に入れれば失明のおそれがあり、大量に飲むと麻痺《まひ》、痙攣《けいれん》を引き起こして挙句の果てには息の根を止める毒がある。この毒はふぐと異なり熱を加えると無毒になるが、刺身にする時は血抜きを完璧にしなければならない。だから穴子や

鰻の刺身は食通にとって垂涎《すいぜん》ものだが、鰻の刺身は冬穴子よりも脂が強く、あまり好まれない」

季蔵の指摘に、

「そういえば、そんなこと聞いたような――。でも、鰻の刺身ってどこにも見かけないから、おいら覚えてらんなかったんだと思う」

三吉は悪びれた様子もなく言った。

五

その日、烏谷から次のような文《ふみ》が届いた。

瓦版のネタになる〝塩梅屋季蔵と商家の夕餉膳〟だが、わしの息のかかった瓦版屋がそちと打ち合わせたいと申しておる。商いの邪魔をしては悪いので、今宵《こよい》店の暖簾《のれん》を仕舞う頃訪ねるとのことだ。

烏谷

季蔵殿

——なにゆえお奉行は〝塩梅屋季蔵と商家の夕餉膳〟にご執心なのだろうか？　夕餉膳を披露する商家は瓦版に取り上げられることで評判になり、奉公人たちは思いがけぬ馳走にありつける。そして瓦版屋とわたしは仕事になる。そうおっしゃっていたが、ただそれだけのことだろうか？——

季蔵は不可解な気持ちに陥りながらも、三吉を帰した後、この日の穴子を黙々と捌き続けて日持ちのする煮穴子を拵えていた。

穴子の佃煮と言っていい煮穴子は浅蜊《あさり》の佃煮等を好む者たちに人気が出ていて、土産に持ち帰りたいという客が増えている。冬穴子の水揚げ量もまた増え続けていて、塩梅屋の昼餉の長蛇の列は、冬穴子煮の卵とじ丼に限って常に打ち止めが出る。

「残念、じゃあ、あれでもいいや。早くしてくれ」

今や厚揚げの卵とじ丼やちくわと揚げ玉の卵とじ丼は打ち止め後の間に合わせになっていた。とはいえ、そう言って我慢してくれる客は多くない。

「ちぇっ、せっかく並んだのによ」

「朝からぐたぐたしてて昼時になるとこれ目当てにやってくる奴《やつ》には敵《かな》わねえな。こちとら昼まできっちり働いてるんだからよ」

などという捨て台詞《ぜりふ》が圧倒的であった。

季蔵は佃煮同様の煮穴子とたっぷりの海苔、小葱を使った冬穴子の湯漬け丼を考案中であった。

——これならあつあつをさらさらと胃の腑に流し込めて空いた腹がすぐにおさまる——

そのうえ、冬穴子の湯漬け丼は卵を使わないせいで、他の卵とじ丼よりも安く出来る。

——とはいえ、これも皆冬穴子の大漁が続いているからだが——

「冬穴子はいつまでこれほど獲れるのだろう」

ふと口にした時、

「ったく、そうよなあ」

いつの間にか店に入ってきた男が季蔵の前に立っていた。

「瓦版屋の瓢吉《ひょうきち》っていいまさあ。お奉行様の仰せでめえったもんで」

「塩梅屋季蔵です」

季蔵は床几《しょうぎ》を勧めた。

「ほう、精が出るねえ」

瓢吉は俎板の上の穴子を見て、

「さすがあっという間に冬穴子を流行らせちまった塩梅屋さんだけある」

目を細めた。

目尻《めじり》に皺《しわ》と鬢《びん》に白いものが目立つ瓢吉は年齢《とし》の頃は季蔵よりかなり上で、四角い顔は大きく目鼻立ちは小さい。赤子の顔の上下左右に肉がついたような面立ちではあったが、別段怪しい顔つきというわけではなかった。ただし印象は薄く背を向けたとたん忘れてしまいかねなかった。

「食べもの話は長いのですか」

季蔵は訊いた。

「ん、まあ、どこそこの誰それが男と逃げただの、女と相対死《あいたいじに》（心中）しただの、仇《あだ》討《う》ちとか、子が親を殺した、その逆なんてぇでかい話は滅多にないからね。いの一番に仕入れるのはてえへんだ。それでも若い頃は鉄砲玉みてえに毎日、番屋や奉行所に日参したもんだが、この年齢になるとへばっちまってそこまではできねえ。その点食い物話はどこにでも、いつでも転がっててくれて有難《ありがて》え。そこそこ暮らしていけるい飯のタネなんでさ」

「お奉行様とは？」

「あのお方も俺も食道楽なんだよ。もうずいぶん前なんだが、こっそりふぐを食わせる店で会って、そん時は話なんてしなかったんだけど、夏場に鰻屋でばったり。お奉行様って人は凄いよ。一度見た顔は決して忘れねえんだから。俺はね、自慢じゃねえけど人に覚えてもらいにくい顔なんだ」

そこで瓢吉は編《あ》み笠《がさ》を被《かぶ》る仕草をしてみせて、

「瓦版屋ってね、たいていは編み笠を被って顔隠して瓦版を売ってるだろ。あれ、お上に取り押さえられたら牢屋《ろうや》入りだからなんだよ。瓦版を出していいお許しなんてねえからね。それなのにこともあろうにお奉行様に覚えられてたんだから、驚いたのなんのって。怖かったね」

言葉とは裏腹にうれしくてならない表情で、

「けど、もっと驚きだったのは、二人とも無類の食いしん坊で、いつしか鰻屋で向かい合って、気がついたら鰻丼《うなどん》の良《あ》し悪しなんかの話を夢中でしてたことだよ。そのうちに評判の旨い食い物屋でも顔を合わせるようになって、いろんなことを話しているうちに気脈が通じて、自分が瓦版屋と名乗ってもそれだけでお縄にはなるめえと思ったね。そんなある時、自分は独り身で、寄る年波でしんどいって愚痴ったら、それじゃあってわけで食い物話をやるようにはからってくれたんだよ。まあ、大恩人だよ、お奉行様は。到底足を向けちゃ寝れねえや」

続けた相手の饒舌は意外にもうるさくなかった。

「ご苦労が多かったのですね」

季蔵がふとその言葉を洩らすと、

「苦労してんのは俺だけじゃねえだろ。あんただって、そうやって、掛行灯《かけあんどん》の火を落とした後も、いい匂いの夜なべをしてるじゃないか。苦労は皆、生きてれば同じでさ」

微笑んだせいで瓢吉の目は線になった。

「何か召し上がりませんか？　といってもたいしたものはありませんが」

季蔵は勧めた。

「できれば酒の方がいい」

「燗の具合は？」

「今夜は馬鹿に冷えやがる。だから熱燗で」

瓢吉は煮穴子を摘まみつつ、熱燗をちびちびと飲み続けた。

「お奉行様からは打合せと伺っています」

季蔵の方から話を切り出した。

「ああ、あのごたいそうな〝塩梅屋季蔵と商家の夕餉膳〟だろう？」

「全く。たいそうすぎて気恥ずかしいです」

「違う、違う。そういう意味じゃねえんだ。あんたとこの塩梅屋はもう押しも押されもしねえ市中料理屋十傑だからいいのさ。〝塩梅屋季蔵と商家の夕餉膳〟ってえ呼び名が今一つだっていうんだよ。お奉行様の難は瓦版風の冴《さ》えがねえとこだね。俺なら〝塩梅屋季蔵、突撃商家の夕餉膳〟にするんだけどね。その方がわくわくする感じがあっていい」

「たしかに」

「それじゃ、瓦版に刷る太文字は〝塩梅屋季蔵、突撃商家の夕餉膳〟に決まりだ。次はその突撃された商家が披露する夕餉の膳を考えてもらわねえとな」

「それはその商家が考えて作る献立ではないのですか？　だから突撃なのでしょう？」

「そんなめんどうなこと頼んだら、どっこも突撃なんてさせてくれねえよ」

「なるほど」

――ようはわたしが一から考えて拵えた料理を、あたかも商家の主が思いついて作らせたということにする方便なのだな――

「それはわかりましたが、その商家がどんな商いをしているのかを教えていただかないと考えつきません。商いに添った夕餉膳を思いついた方がよろしいでしょうから」

季蔵のこの言葉に、

「よしっ、あんたには瓦版屋の素質もあるとわかった。よかった、よかった」

にこにこと笑うと瓢吉の目は完全に消えた。

「突撃する商家は尾張町《おわりちょう》の扇子屋美竹屋《みたけや》だ」

「あの末広《すえひろ》の老舗《しにせ》ですか」

美竹屋は大権現家康が京から招いた、足利《あしかが》将軍の頃から続く幕府肝煎《きもい》りの扇子屋であった。美竹屋の扇子は何百年も前に伝来した大陸の扇子を大幅に改良し、扇子の骨の数を圧倒的に増やすことによって、優雅な佇《たたず》まいを醸し出していて、末広の技の始祖として名を馳《は》せていた。末広の技によって扇子は風を送るための実用性の他に、儀式や身分を表す権威的な装飾性をも重ね持つようになっている。

「本当ですか」

季蔵は念を押した。

「あれほどの名家なら瓦版なんぞに名を出したくないとでも？　とんでもねえ。ああいうのを武士は食わねど高楊枝《たかようじ》よろしく、老舗は貧すれど老舗看板っていうんだろうさ。今時は江戸の町にも京扇子の洒落《しゃれ》た店が増えた。扇子より強くあおげる団扇《うちわ》もあるし、腹が空いてりゃ、それも要らねえってえご時世でもあるだろ。それでも主が生きてる頃は長いつきあいのお得意が多くてまあまあだった。ところがその主が流行風邪で逝っちまって、年の離れた若い後家に代わってからいけなくなった。後家は主に落籍《ひか》された人気の遊女で、当人は一生懸命やってるんだろうが、なかなか厳しい。色気がありすぎて女の客に逃げられちまうのさ。ほら、着物とか扇子とかは亭主の分も女房が選ぶじゃねえか。それが禍《わざわい》してるんだって話もある。そのうえ、今まで時季ごとに納めてた大奥からの注文が、ぱたっと無くなっちまったのは痛手だったようだよ。女の嫉妬《しっと》だよ、嫉妬。とかく綺麗な女は男相手の商いじゃないと駄目なんだろうね。とにかく美竹屋は今、客に足を向けてほしくて必死なんだ」

瓢吉は気の毒そうに告げた。

六

「ところで美竹屋さんの夕餉膳のことですが。お客様をお迎えして扇子をお勧めする大広間は窓が京風の独特な造りで、差し込む光がなんとも神々しいほど目映《まばゆ》いと聞いています。いくら引き札代わりの試みだとおっしゃっても、老舗中の老舗のこの格調に合った夕餉膳でないと――」

季蔵は頭を抱えたくなった。

「むずかしく考えなくていいんだよ」

「瓢吉さんには何か案があるのですか」

「あんたが流行らせた冬穴子でいいんだ」

「しかし、まさか冬穴子煮の卵とじ丼では——」

「そりゃ、さすがに二番煎《にばんせん》じだから駄目だよ。沢山作って大勢で食えるわりには上品に見えるご馳走、穴子ちらしなんてどうかね？」

「なるほど。その手がありましたね」

穴子ちらしずしは、すし飯に錦糸卵、煮穴子、干し椎茸の煮物と人参《にんじん》、酢蓮根、そして穴子煮を使う。

「青物はどれも今の時季のもんだ。色味に絹さやがあった方が気が利いてて綺麗だろうが、あれは今、青紫蘇《あおじそ》なんかと同じで油障子《あぶらしょうじ》で地面を覆って育ててるんで高い。香りに木の芽も欲しいところだが山椒の木は葉を落としちまってるから、こいつは今どこにもねえ。まあ、突撃夕餉膳なんて、もてなし膳じゃねえんだから、そこまですることはないさ。穴子ちらしならあんた、ここで作れるんじゃねえのかい？　ちゃちゃっとやってみてくんないか？　俺に食べさせてくれよ」

瓢吉は興味津々であった。

――これはわたしの腕試しだな。さすが食通の瓦版屋さんだ――

「わかりました。幸い絹さや以外はここにあります」

季蔵は早速、穴子ちらしずしの支度に入った。飯は残りを使わず炊き直す。

「おや、残ってる飯じゃ駄目かい？」

「すしはネタもさることながらすし飯が命ですからね」

「まあ、美竹屋じゃ、今回奉公人にも食わせるんだしな。よし、今の言葉を美竹屋のお内儀に言わせよう」

瓢吉は手控帖《ちょう》を取り出して小さな筆の先を舐《な》めた。

「まずは具の煮穴子、干し椎茸の煮物、人参、錦糸卵、酢蓮根、穴子煮を用意します。煮穴子は常備があり、穴子煮は昼餉の残りがあります」

「煮穴子と穴子煮は違うんだな」

「塩梅《うち》屋では違います」

「それじゃ、煮穴子と穴子煮の作り方も教えてくれ」

「後ほど書いてお渡ししましょう」

「戻した干し椎茸は砂糖と醬油で含め煮にして水気を切り、盛り付け用に三分の一量ほどを小指の先ほどに切り、残りはみじん切りにします。人参はみじん切りにして酢、砂糖、塩を混ぜて飯と合わせるすし酢にします」

「これはこれは、人参入りのすし酢とはね」

瓢吉は感心してみせたがその実、少しも驚いていない。

「蓮根は薄く切って茹《ゆ》でた後、酢、砂糖、塩に浸しておきます。すし飯に混ぜる時はよく水気を切っておかなければなりません。錦糸卵は卵に砂糖、酒を混ぜ合わせ、卵液を作り、平たい鉄鍋で薄く焼き、俎板の上に取り出し、長さを三等分にして重ねて端から細切りにします。すし飯に混ぜる煮穴子は小指の先ほどの幅に切っておきます。盛り付け用の穴子煮の方は水気を切って小指の爪ほどの長さに切り揃えます。盛り付け時に穴子煮に塗るため、煮汁適量を鍋に取り、軽く煮詰めてタレを作っておきます」

季蔵は手早く具の準備を進めている。海苔はさっと炙って細かく千切った。

飯が炊きあがった。

炊けた飯をすし桶《おけ》に移して人参入りのすし酢をかけ、まんべんなくご飯に混ぜ合わせていく。刻んだ煮穴子と含め煮にした干し椎茸を加えて混ぜ合わせる。

切った後、軽くほぐした錦糸卵をこの上にふんわりと盛り付け、穴子煮、酢蓮根、大きめに切った含め煮の干し椎茸を広げ、穴子煮にはタレを刷毛で塗った。

「青物は無いが色どりが綺麗だ。すし飯の人参の朱鷺色《ときいろ》が温《あ》ったけえ」

見惚《みと》れた瓢吉は取り皿に取って箸を付けると、

「思った通り、すし飯が天下一品だ。刻んだ煮穴子と盛り付けの穴子煮の両方を贅沢に使ってるせいだろうな」

独り言《ご》ちながら、せっせと書きつけて、

「よし、これで美竹屋のお内儀の穴子ちらしずし語りができた。どうして、この料理を思いついたのかぐらいはお内儀に考えてもらおう。しかし無理かもな。あのお内儀は気立てや心根こそ悪くないものの、ここがちょっとね――」

瓢吉は頭に人差し指を当てた。

「あれだけの器量なのに花魁《おいらん》になれなかったのは、勝気とはほど遠かったからだけじゃなかろうよ」

何と応えていいものか、季蔵が無言でいると、

「たしかにあんたの言う通り、美竹屋は老舗中の老舗、扇子屋の大将なんだから、それにふさわしい言葉の一つや二つは店の看板代わりにあった方がいいよな。いや、なきゃ駄目だ。こりゃあ、一種の引き札なんだからさ。あんた、何か思いつかないかい？　この穴子ちらしずしをダシに使って――上手いこと店の売り口上ができねえも

んかな」

瓢吉は頬杖《ほおづえ》をついた。

「京扇子と江戸扇子の違いに穴子ちらしずしを重ねるというのはどうでしょう？」

季蔵は思いつくままに切り出した。

「骨の数の他に違いっていやあ、扇子を閉じた時のパチンっていういい音が何とも粋だよ、江戸扇子は。こいつは好きだね。ただし骨が少ない上に絵柄は地味で小紋模様や縁起ものが多い。雅さでは京扇子の足元にも及ばねえ」

「でも少ない数ながら太い骨は丈夫でパチンという音は快く耳に響いて、使い勝手はよろしいわけですよね。これを料理に置き換えると見かけよりも味がいいってことになります」

「穴子ちらしずしに刻んで混ぜ込んだ煮穴子が隠し味、江戸扇子の粋につながってるってわけだな」

「江戸扇子と同じくらい江戸の穴子漁は知られてますしね。それとわたしは江戸扇子の見かけが悪いとは思っていません。京扇子作りは流れ作業に近いと聞いていますが、江戸扇子は最初から最後まで一人の職人が仕上げるのだそうです。料理と同じです。人の魂が感じられる点も同じです」

「なるほどねえ」

瓢吉はいたく感心した様子ではあったが、

「あのお内儀には魂がどうのなんてのは似合わねえから、うーんと綺麗に穴子ちらしずしを看板にしよう。そして〝こちら、見かけも中身も粋の骨頂の江戸扇子みたいな江戸穴子ちらしずし〟という言葉を書き添えることとしよう。よしっ、よしっ、これで一山越えたぞ」

ぐいぐいと盃を傾けた。

「次はいよいよあんたの番だ」

「わたしにも出番があるのですね」

季蔵は苦笑した。

「まあ、ずーっとあんたが描いてる絵図みてえなもんなんだけどな」

さすがに瓢吉は目を伏せた。

「わたしが拵えなくてはならないのは何でしょうか？　穴子ちらしずしがあれば――」

他に菜は要らない気がした。

「要るのは汁だよ、汁」

「そういえば――」

「あった方がいいだろ？」

「もちろん」

「さりげない汁がいいと思う」

「それでも穴子ちらしずしに合うものでなければ――」

「そう。だから葱だけの根深汁《ねぶかじる》なんてのは駄目だよ」

「味噌《みそ》汁《しる》では味噌が穴子ちらしずしの種々混合の繊細な味わいを台無しにしてしまいそうです」

「梅干しを出汁に加えたわかめ汁なんてのはどうかい？」

「それならまだわかめだけの方がいいです。梅干しには結構強い主張がありますから」

「だからやっぱりあんたの出番なんだ」

瓢吉はにやりとした。

「あり合わせで、すいっと拵えたようで実は考えぬかれてる。そんな汁、あんたなら思いつくはずだ」

そんな瓢吉に、

——結構な押しの強さだな——

季蔵は緊張しないでもなかったが、

——〝料理であれこれ迷ったら、思いつくままにやるしかないと腹を括《くく》るだけだ〟

と、とっつぁんは言ってた——

先代長次郎の言葉を思い出して、

——よしっ、やるまでだ——

穴子ちらしずしに合う澄まし汁を決めた。

「汁もあり合わせで拵えます」

人参に豆腐、えのきたけは買い置きがあった。

「残りの材料を採ってきます」

季蔵は勝手口から外へ出た。

塩梅屋の裏庭には冬場でも何かしら植わっている。土に根を埋めてある葱の他に、今年は寒さに強く育てやすい小松菜、春菊《しゅんぎく》が植えてある。

七

裏庭から戻った季蔵は出汁の中に賽《さい》の目に切った豆腐、食べやすい大きさに揃えた小松菜、斜めそぎ切りの葱、薄い拍子切りの人参、小分けしたえのきたけを加えて沸騰するまで煮た。最後に春菊と酒を入れて春菊がしんなりしてきたら、塩と醬油で味付けして仕上げる。

汁椀《しるわん》を手にした瓢吉は、

「意外すぎて美味すぎる」

ため息をついた。

「素朴な冬場の青物を使った、いたって素朴な汁ですよ」

「そこがいいんだよ。特に新芽の春菊の香りはまさに新春だ。美竹屋で青物を育ててるかどうかは知らねえがあんたが小松菜や春菊を見つけてこの汁を考えたことにするぜ。えーっと、汁の名は――」

「春菊の風味が一番強いし、柔らかな葉も美味しいので、春菊汁としたいところです」

「よし、しゅんぎくと呼ばずにはるぎくとしよう。春菊汁、いいね」

季蔵がこれで仕舞いだろうと思っていると、

「もう一品、肴にも菜にもなる品が欲しい。できれば菜は子どもも喜ぶものを」

瓢吉は貪欲《どんよく》であった。

「これじゃ、ようは飯物と汁だけってことになる。夕餉膳ともなれば肴や菜を添えるのがお内儀の心遣いというものさ。亭主には一日お仕事頑張ってご苦労さん、子どもには好き嫌いなく、うんと滋養をとって風邪なんかに負けないでね、みたいなさ」

「穴子ちらしずしと春菊汁に合う、肴にして菜ということになりますね」

――これだけの飯物と相性のいい肴、菜となるとなかなかむずかしい――

季蔵はまた考え込んだ。

「まあ、そう深く考えねえで。穴子ちらしずしと春菊汁にさらに一品つけろと言われて、あんたの頭にぱっと浮かんだのは何だ？」

瓢吉は季蔵の顔をじっと見つめている。

「正直、昼餉ならこれで充分、もう一品は要らないだろうと。それから夕餉とはいえ、さらに一品添えるのは相当贅沢だとも思いました。そもそもちらしずしは祭りや祝いの膳を飾ることが多いので、この穴子ちらしずしだけでも結構なご馳走ですからね」

「ようはさらに一品はたいていの家では事情が許さないんじゃないかってことだろ？」

「とにかく物の値が上がってますから」

「そこを何とかしてくれや。仕入れに日々真剣勝負で安くて美味い一膳飯屋のあんたなら、これぞという案を思いつくはずだ」

瓢吉は押しに押してきた。

「今なら穴子の天ぷらなんでしょうが」

季蔵は気乗りがしない口調で洩らした。

「乗り気じゃないね」

「脂が乗っている冬穴子は揚げてすぐ食さないとべたべたした感じが舌に残ります。これを醬油と出汁、砂糖、味醂で煮て丼物にするのなら気になりませんが、穴子ちらしずしに春菊汁と一緒に添えるとなると、穴子の天ぷらは揚げたてを食されるのではなく、皿に盛り付けて冷めたものを摘まむことになりがちでしょう?」

　そう応えた季蔵は、

――塩梅屋昼餉の穴子使いで、煮穴子を使った冬穴子の湯漬け丼に次ぐのは、穴子天ぷらの穴子天丼だ。そうだ、これがあったか、気がつくのが遅すぎた――

　ふと笑みを洩らしていた。

「こっちのことも思いついてもらわねえと困る」

　瓢吉はわざと顔をしかめて小さな目鼻口を寄せてみせた。口がすぼまったその様子がひょっとこに似て見えて、思わず季蔵は吹き出した。笑いが止まらない。

「これこれ」

瓢吉はひょっとこの表情を存分に披露しながら、

「こんな芸、俺だってこれという相手にしか見せてやんねえんだよ。とにかくぱーっと笑ってくれ。笑うと、もうこれしかないっていう、いいことを思いつくもんだぜ」

口のすぼませ方を工夫しつつ目を動かし鼻を鳴らした。不思議にも瓢吉の顔から肉が落ちて、目鼻口だけが陽気に踊っているように見える。

――何かに似ている――

何だったのだろうと必死に考えていて、それが何だったか思い出した時、季蔵はやっと笑いから解放された。

「穴子ちらしずしに添える肴にして菜は、やはり天ぷらだとは思います。塩をかけるか、醤油に浸して食すれば肴、子どもはそのまま煎餅《せんべい》のように手に持って食べられますからね。蛸《たこ》の天ぷらはどうでしょう?」

季蔵のこの思いつきに、

「いいね、いいね、江戸の蛸は今が旬だしな」

一も二もなく賛成した瓢吉は、翌日の夜、分けてもらった真蛸の足をぶらさげてまた塩梅屋の戸口を潜《くぐ》った。

「さあ、これでいよいよ〝塩梅屋季蔵、突撃商家の夕餉膳〟が仕上がる。蛸天は俺も大好物だ。お奉行様もたしかそうだった。揚げてくれ。楽しみだ」

瓢吉は蛸天を待って、持参した大徳利《おおどっくり》から酒を飲みはじめた。

蛸の天ぷらには主に足が使われる。大きめのそぎ切りにし、水気をよく拭いて小麦粉をたっぷりとまぶしつける。

「ずいぶんと丁寧にまぶすね」

瓢吉の言葉に、

「こうすると油がはねないんですよ」

と季蔵は応えて、

「へーえ、そうだったのかい。そんな簡単なことだったのかよ。俺はまた、烏賊《いか》や蛸や牡蠣《かき》なんかは油がはねるもんだとばかり思ってたよ」

やや悔しそうに言った。

鉢に卵と水、小麦粉を加えて菜箸で混ぜ合わせ、天ぷらの衣を拵える。

「子どもは何も入っていないこの衣がいいでしょう。その他に、酒に合いそうな柚子皮、青海苔を加えた衣も作りました」

この各々三種の衣に蛸をくぐらせて揚げていく。百八十数え終えるとからりと揚がる。皿に盛り付けて、塩を添えた。

「蛸は旨みが濃いので大人も子どもも、左党も下戸も喜んでくれるでしょう。塩は本当に好みだと思います」

　季蔵は言い、

「ったく、そうさね」

　瓢吉は塩を使わずに揚げたての蛸天を頰張って、

「ん、衣の味より、塩より勝るのはこの揚げたてよ。変わり衣や塩は冷めた時でもそれなりに美味く食べる工夫だな」

　しみじみと言った。

「この蛸天は瓦版でどのように書かれるのでしょう？」

　季蔵は気になって訊いた。

「そりゃあ、あんた、お内儀さんの涙のためさ」

「涙のためとは？」

「あのお内儀さんは後家になってからまだ二年。色香のある別嬪《べっぴん》だし世間の口はうるさい。〝あたしはどうしてもうちの人の好物を作ってほしかったんです〟って言って涙ながらにあんたに作るよう頼んだことにするんだ。これで世間も泣いてくれる」

「亡くなったご主人の好物が蛸天だったというのは本当なのでしょうか」

「はてね」

瓢吉はしらっと言ってのけて、

「江戸っ子で冬の蛸が嫌いな奴なんてそうはいねえし、天ぷらだって同じだろ。これらが合わさって蛸天とくりゃあ、どんな奴でも好物さね」

と続け、

「これが瓦版ってもんさ」

胸を張って締め括った。

こうして〝塩梅屋季蔵、突撃商家の夕餉膳〟の打合せは終わった。

――瓦版は虚々実々とは思ってはいたが、これでは虚ばかりではないか。しかし、この虚が食に限られている限りは、他愛《たわい》ないと見做《みな》すことはできる。とはいえ他愛ない虚を作り出す瓦版屋という仕事、虚《むな》しさと隣り合わせの面白さといったところか――

季蔵は瓢吉に悪印象は抱かなかったものの、相手の攻めにいささか疲れ、もうこの一度限りのつきあいにしたいと思った。

〝塩梅屋季蔵、突撃商家の夕餉膳〟の打合せを終えたその日、久々に早く長屋に戻ることができた季蔵は、瓢吉との不慣れな応酬と緊張による疲れが出たのか、泥のよう

にぐっすりと眠り込んでいた。明け方近く、田端《たばた》の旦那が
「季蔵さん、季蔵さん」

油障子の向こうで声がした。

――この声は――

聞き覚えのある声は岡《おか》っ引《び》きの松次《まつじ》のものであった。

季蔵は油障子を開けた。

「こんな早くに悪いがちょいとつきあってもらいたいところがあるんだよ。田端の旦那があんたを待ってる」

四角い顔の三白眼に見据えられた。田端宗太郎《そうたろう》は北町奉行所定町廻《じょうまちまわ》り同心である。

「わかりました。親分、少し待ってください」

季蔵は素早く身支度すると待っていた松次と共に歩き出した。

第二話　まぐろ花

一

松次《まつじ》は先を歩いていく。

「ちいっとばかり遠くてすまねえが勘弁してくれ」

「遠いと言うと？」

「うん、品川《しながわ》だ」

「骸検《むくろあらた》めですね？」

道すがら季蔵《としぞう》は確かめた。

「まあ、そうだ」

朝早く連れ出される時はたいていが骸検めであった。季蔵は同心の田端《たばた》と松次に頼まれてこうした役目を担うことがあった。田端や松次は季蔵が烏谷《からすだに》の配下で隠れ者であることは知らない。とはいえ烏谷本人が殺しのあった場所に駆け付けてくることはある。

烏谷は田端から季蔵には骸検めの才があると知らされていて、「ならば役に立ってもらおう、使えるものは何でも使おう」という申し合わせが成り立っているのだと、松次が「ここだけの話」として洩《も》らしたことがあった。

「骸になってるのは三田《みた》にあるまぐろ屋の克吉《かつきち》だ。元は火消しだったのがあんまり喧《けん》嘩《か》っ早いんで仲間たちから遠ざけられ、とうとう頭に三行半《みくだりはん》を突き付けられた。おおかた骸になったのも喧嘩の弾みだろうさ。そんなことだからお奉行様はおいでにならねえ」

松次は骸について教えてくれた。

目黒川《めぐろかわ》に架かる居木橋《いるぎばし》一帯は丈の高い枯草が広がっている。辺りは白んでいるが見上げた空はやや夜の闇《やみ》が薄くなっているだけであった。

――緑や花々で彩られて春は菫《すみれ》の花見が開かれることもあるというのに、今はまるで死者の世界のようだ。何とも殺伐としている――

季蔵は松次の後に付いて枯草を押し分け、田端が立っている場所へと行き着いた。

「お役目ご苦労様です」

季蔵の声掛けに、

「ご苦労」

田端は返した。

長身瘦軀《そうく》の田端宗太郎《そうたろう》は奉行所きっての剣の使い手ながら無口の権化でもあり、お役目以外の言葉はほとんど発さない。

「奉行所からの沙汰《さた》で今日日、戸板で運ぶ手間と労賃を削減したいとのことだ。この場で骸検めを頼む。番屋には運ばない。骸は後でまぐろ屋の者にここまで引き取りに来させて引き渡す」

田端は必要充分に話した。

「わかりました」

季蔵は手を合わせてから枯草の上に横たわっている骸の横に屈《かが》み込んだ。骸は顔に殴られた痕《あと》がある以外、これといった傷はない。番屋での調べがないと知らされているので、まずは着ている、泥だらけではあったが、〝まぐろ屋〟と書かれた藍染《あいぞ》めの粋な着物を脱がせる。全身に打撲痕《だぼくこん》が視《み》られた。

季蔵と向かい合って屈み込んだ田端は、

「やはりな。多勢に無勢の無茶な喧嘩の挙句だろう」

あっさりと断じた。

「しかし――」

季蔵は頭部を視て、

「頭に打撲の痕や傷はありません。顔の傷も目までは痛めておらずそう酷《ひど》くはありません。身体《からだ》についている殴られた痕を見る限り、それだけで命を落とすとは思えないのです」

きっぱりと言い切った。

「それじゃ、いったい何が理由で死んだっていうんだい？」

松次が鼻白んだ。

「それは――」

季蔵が骸の口元と脱がせた着物を嗅《か》いでみると、微《かす》かに酒の匂《にお》いがした。

「克吉さんはおそらく吐き気が来る毒が入った酒を口にして一部を吐き出し、持ち前の気性で相手に立ち向かっては行ったものの、力尽きて命を奪われたのだと思います」

季蔵はそう告げた。

「ってえことは毒を盛られたってことかい？」

松次が顔色を変えた。

烏谷は常から食物に混ぜるなどしてたやすく行える毒殺を、凶悪な罪科と見做《みな》していて厳しい追及を命じていたからである。毒殺となれば毒の特定等を含め、もう少し詳しい調べをする必要があった。

「間違いないか？」

田端が念を押した。

「はい」

「では、わしは早速、お奉行に伝える。松次はあれを」

田端の言葉に、

「戸板の手配ですね」

松次は応《こた》えて二人はこの場を走り去った。

――このことはまぐろ屋の人たちには伝えていないだろうから、もうすぐ骸を引き取りに来てしまうだろう――

季蔵は主《あるじ》の骸を引き取りに来る相手に事情を話すべく居残った。

夜が完全に明けても空は白い曇天だった。

――雪になるかもしれないな――

一層厳しくなってきた寒さに身を震わせかけていると、

「お世話をおかけいたしました」
十八、九歳のどことなくあどけなさの残る若い女が目の前に立った。
「あんた、あんた」

女は骸に取りすがった。しばらくして、やっと立ち上がると、

「まぐろ屋克吉の女房の朝《あさ》です」

お朝は目を真っ赤に腫《は》らしている。

「売られた喧嘩でも買わないでいられないのがうちの人の悪い癖でした。それでとうとうこんなことに。このところは喧嘩よりも稼業、まぐろ屋大事なんて言ってたのに――」

お朝の目からまた涙が溢《あふ》れ出た。

「わたしは塩梅屋《あんばいや》季蔵と申します。実は――」

季蔵は今すぐには骸を引き取れなくなった事情を話した。

「喧嘩じゃない？」

お朝は一瞬こめかみをぴくりと震わせたが、

「それじゃ、大八車《だいはちぐるま》の手配をしないよう、急ぎ店の者を止めなければ――。教えていただきありがとうございました」

多少よろめく足取りで帰って行った。

季蔵が昼餉《ひるげ》の冬穴子煮の卵とじ丼《どん》作りを終えて、長蛇の列をさばききった頃《ころ》、田端と松次が塩梅屋に立ち寄った。

「今日の朝はご苦労だったな」

松次は労《ねぎら》った後、

「大人気の冬穴子煮の卵とじ丼は残ってないかい？」

ごくりと唾を呑《の》み込んだ。

「もちろん、ございます」

こうして二人は床几《しょうぎ》に腰掛けて季蔵と向かい合った。

三吉がさっと二人の前に甘酒と冷や酒の湯呑《ゆのみ》を置いた。下戸の松次は甘酒一辺倒で田端は昼餉代わりに冬でも冷や酒をぐいぐい呷《あお》る。

「あれからどうされました？」

季蔵は二人が各々一気に湯呑を干したところで訊《き》いた。

「まあ、牢医《ろうい》は来たことは来たさ。吐いたもんの浸みた着物と口を嗅がせなきゃ、毒を盛ったってわかんねえんだから酷い。毒の方はトリカブトか石見《いわみ》銀山《ぎんざん》鼠捕《ねずみと》り（砒《ひ》

「それにしても、（いつ）（まぐろ屋は）わかっ…


素《そ》）だろうって。そんなこと、言われなくてもわかってらあ――」

松次は二杯目の甘酒を啜《すす》り、

「毒がこれだとわかっても、それを頼りに下手人を探すのはむずかしい。トリカブトも石見銀山鼠捕りも手近な毒だからな」

田端の冷や酒はすでに三杯目である。

「けど、どうしてまぐろ屋克吉なんてえ、ちっぽけな奴《やつ》がこんな手の込んだ殺され方をされなきゃなんねえんですかね」

松次は冬穴子煮の卵とじ丼の箸《はし》を取った。

「美味《うめ》えなあ」

ため息をつきながら掻《か》き込む。

「朝から何にも食ってねえんだよ」

あっという間に丼が空になると、

「まだまだございます」

季蔵は冬穴子煮の卵とじ丼のおかわりを供した。

「ありがてえ」

松次のため息がまた洩れた。

「ちっぽけな奴とはいえ、毒で殺されるに至ったには奥深い理由があるはずだと、お奉行はおっしゃってる。ここからはわしたちのお役目だ。たしかに克吉が主のまぐろ屋は何とも不可解な稼業だった」

田端は季蔵の方を見た。知っていることがあったら話せという合図である。

「マグロは下魚の鰺《あじ》や鰯《いわし》、秋刀魚《さんま》とも異なる、市中では猫もまたいで通るものと蔑《さげす》まれてきました。それでもマグロの脂の少ない赤身を使ったねぎま鍋《なべ》だけは、冬の味覚として親しまれています。わたしは常日頃からマグロの薄桃色でとろりと脂の乗ったところや、濃桃色ぐらいの脂の乗り具合のところも充分、美味《おい》しく食することができると思っています。マグロは大きな魚です。それもあって、真っ赤な赤身のねぎまを食するたびに、他《ほか》の美味しいところは沢山あるというのに、いったいどこへ行ってしまうのだろうか、猫またぎとして捨てられてしまうのだとしたら、これほど惜しいことはないと残念でならないのです」

ここで季蔵は松次に目配せした。

――ここからは親分から話してください――

――そう言われてもねえ、こういうことは言うに言われぬ事情ってえのがあってさ松次は目をぱちぱちさせた。

すかさず季蔵は空いた松次の丼を出来立ての冬穴子煮の卵とじ丼と換えた。

目が吸い寄せられた松次は、

「こりゃあ、岡《おか》っ引《ぴ》き仲間から聞いた話ですがね――」

やっと切り出した。

二

「今、季蔵さんが言った通り、マグロは毛嫌いされてきやした。脂が多くて傷みやすいからってこともありやすが、それだけなら鯵だって秋刀魚だって、鰯だってそうでしょ。図体が大きいのはいいけど時をかけて魚屋が捌《さば》いて、売り歩く間に傷んじまうからって？　でも、家で一尾丸ごと買うなんてできない魚なのは鰹《かつお》も一緒です。人気の初鰹なんかは女房を質に入れても江戸っ子がこぞって喰《く》いたがる。もっとも初鰹は赤身ですからね、ねぎまのまぐろが赤身なのと同じです。初鰹の時季じゃなくなって、脂が乗ってくるとがくんと鰹は安くなるし、そうそう人気でもなくなっちまう。これとマグロは同じだと俺《おれ》は知りました。教えてくれたのはまぐろ屋に出入りしてた二本《にほん》榎《えのき》の辰三《たつぞう》ってえ、古くからの岡っ引き仲間でさ。こいつも食い物に目がなくてね、まぐろ屋に通ってました」

「まぐろ屋は料理屋だったのですね」

季蔵も料理人である以上、市中の料理屋については熟知しているつもりであったが、まぐろ屋で料理を供していることまでは知らなかった。

「まぐろ屋は肥しを作って売っているとばかり思っていたぞ。そのようにご公儀には届けているではないか」

田端は鋭い目で松次を見据えて、

「まぐろ料理を供しているとは聞いていない」

と続けた。

「すいません、この通りです」

松次は土間に下りて頭を下げて平たくなった。

「なぜそのように偽る？　理由《わけ》を知っているならそれを話せ」

田端は厳しく追及した。

顔を上げた松次は観念した面持ちで、

「肥し作りはまぐろ屋の夏仕事でさ。漁師や魚屋から安く買って乾かして肥しにするんです。でも、肥しは人糞《じんぷん》や鰯の方が高値なんですと。だから夏場だけのあがりじゃ、まぐろ屋は到底やってけない。だからやむにやまれず、冬場はこっそりまぐろ料理を食べさせてるってことでさ」

と説明した。

「マグロに毒はない。ふぐのような禁忌の規制はないのだから、なにも隠すことはあるまい」

田端のこの言葉に、

「岡っ引きや奉行所の旦那《だんな》方が、俺の友達や田端の旦那のような方ばかりとは限りませんからね。冬場に稼いで夏場の赤字を埋めてるっていうのに、その稼ぎを役人風吹かして、見守りなぞという名目で狙《ねら》われでもしたら困るでしょうが」

ずばずばと言い切った松次はやや薄く笑い、田端は一瞬目を伏せた。

その場が重くなったので季蔵は話を変えた。

「これは先代に聞いた話ですが、大変なご大家に呼ばれてマグロの捌きと刺身を造らせられたことがあったそうです。これが何と暑い盛りだったのですが、ご大家の厨《くりや》には水揚げしてまもなくのマグロが届けられていて、先代はこれを捌いて、赤身の他に主がトロと呼んでいた最も脂の多い薄桃色の身、中トロとされていた濃桃色の身を供したとのことです。ご大家の主はたいそうな食通でマグロにも通じていたと思われます。先代はマグロの醍醐味《だいごみ》は生食の刺身なので、この他の食べ方が工夫されないのではないかと豪語していたそうです。とかく脂身は傷みやすく、活《い》きのいいままのマグロ、トロや中トロを刺身で味わうなど、滅多《めった》にできないことですから」

この話は実は季蔵の経験談ではあったが先代の話に変えた。経験談であったと同時に永遠に伏せなければならない、隠れ者のお役目だったからである。

「ああ、でも、今時分まぐろ屋に出入りしてるそいつの話じゃ、刺身じゃねえもんも品書きにあって、なかなか美味《うま》くて涙が出るほど安いって言ってたな」

松次は重さを吹き飛ばす口調で、

「まぐろ屋が面白《おもしれ》えのは酒は自前なんでさ。好きな酒が持ち込める。なもんだから涙が出るほど安いんだって話でさ。そんだもんだから、中には辰三が気にかけてやっている入墨者《いれずみもの》（前科者）もいて、酒を酌み交わすって寸法なんだと。これこそ涙、涙ですよ、ねえ、旦那」

田端の顔を仰ぎ見た。

「そうだな」

田端はぽつりと呟《つぶや》いてもう何杯目かわからない冷や酒を呷ると、こほんと一つ咳《せき》をしてみせて、

「まぐろ屋克吉殺しの下手人を捕らえねばならぬぞ」

松次を見据えた。

「それはもう――」

松次は神妙な顔で次の田端の言葉を待った。

「毒を盛るのは女でもできる。女房が乱暴者の亭主を思い余って手に掛けたとしても不思議はないと、上はお朝を下手人と見做し、お縄にして引き立てることもあり得る」

「まさか」

「それは酷《ひで》えよ」

季蔵と松次は顔を見合わせて、

「わたしは骸を引き取りに来たお朝さんと話しましたし、その様子も見ましたがそのような女には見えませんでした」

「俺は番屋で会いました。季蔵さんの言う通りでさ。辰三の話じゃ、あの二人は幼馴《おさなな》染《じ》みで客たちを前に言い合いをすることもあるが、掛け合いみたいな他愛《たわい》のないもんだそうですから。ああいう夫婦ほど仲がいいんだって辰三は言ってやした」

各々がお朝を庇《かば》った。

「先ほどのことはわしではなくあくまでも上が判じるかもしれないということだ。近く役人たちはまぐろ屋での毒探しをするだろう。少なくとも石見銀山鼠捕りを置いていない家はないだろうから、すぐに見つけ出されて、克吉を殺した毒だと見做される。まさに動かぬ証《あかし》だ」

田端はやや引き攣《つ》った顔になった。

――無茶苦茶な話ではないか――

季蔵はかろうじて怒りが顔に出るのを抑えた。

――こんなことがあっていいのか――

松次も両の拳《こぶし》を固めている。

ここでまたさらにこの場は重いだけではなく、誰《だれ》にとっても辛《つら》いものになった。

この夜、季蔵は塩梅屋に居残っていた。長屋に帰っても到底眠れそうになかったからである。こんな時は昼餉の丼の中身を考えてみるにかぎると季蔵は心得ている。

――いつでも安いマグロを忘れていた――

冬場のマグロは夏場ほど傷みが早くない。

――これを丼物にできないものか――

マグロの赤身を用いた鉄火丼ならすでにすし屋の品書きにある。マグロの赤身の色が赤く焼けた鉄を想《おも》わせ、鉄火丼は賭場《とば》に集って勝負を賭《か》ける博徒たちの気迫にふさわしいものとされている。時季を問わずこの品書きはあるが安くはない。

――鉄火丼は赤身が高いので昼餉にはできないが、トロや中トロを使った冬マグロ丼ならできるのではないか？――

期待に胸が膨らんだが、

――はて、どうやってトロや中トロを仕入れるというのか？――

まずは豪助《ごうすけ》を通して、知り合いの漁師に頼んでみることにして、

――鉄火丼は酢飯の上に赤身の刺身の切れが姿よくのせられている。あれは赤い色ゆえ見栄えがする。トロの薄桃色だったり、中トロの濃桃色だったりしたらどうか？もちろん、鰺、鰆《さわら》の刺身でも駄目だろう。鯛《たい》とて珍重されているものの、刺身にして丼の酢飯の上にのせると飯と一体となってしまう――

トロや中トロの刺身が酢飯の上に載る様子を想像した。

――よしっ、見栄えは捨てて、丼物にして食をそそる逸品丼を考えよう。たしか――

季蔵は困った時の神頼みよろしく、離れへと足を向けて先代長次郎の日記を探した。

以下のようにあった。

豊後国《ぶんごのくに》（大分県）は海の幸の豊富なところだという話を、江戸詰めとなったお侍様から聞いた。

なかでももっとも興味深かったのは漁師飯である温飯《あつめし》であった。これは獲《と》れたての魚なら大小を問わず何でもよい。たっぷり使いたいので多いほど好ましい。ハマチや鯵、鰆等を三枚に下ろした後、刺身にして醬油《しょうゆ》、酒、炒《い》り胡麻《ごま》、少々の砂糖を加えたタレに漬け込んでよく馴染《なじ》ませる。炊きたての飯の上にこれらを載せ、タレを少しかけて、刻んだ葱《ねぎ》、生姜《しょうが》、好みで蜜柑《みかん》の皮を散らして熱い湯か茶をかけて食する。

何とも漁師飯ならではの贅沢《ぜいたく》さである。お侍様からは何とか、このなつかしい温飯を拵《こしら》えてほしいと頼まれたものの、これだけの種類のしかも新鮮な魚をもとめるのは無理な相談であった。

そんな折、冬場だったこともあり、薄桃色と濃桃色のマグロの脂身が偶然手に入った。これらを使って温飯を拵え、豊後のお侍様に供したところ、〝これは故郷の温飯を超える。旨《うま》みが深くてマグロの脂が浮いている出汁《だし》まで美味しい〟というお褒めの言葉をいただいた。

マグロの脂身は美味いのだとわたしは以前からの確信をさらに堅固にした。

三

――この温飯も昼の丼物に加えよう。あともう一品か二品、赤身の鉄火丼ではない、マグロのトロや中トロで安くて美味い丼物はできないものか――

ぱっとは思いつかぬまま、季蔵が離れを出て、勝手口の前に立つと店の中に人の気配がした。

――何者？――

緊張で身構えた。

「俺だよ、俺」

応えた声に聞き覚えがあり、

「驚かさないでくださいよ」

季蔵は勝手口を開けて中へ入った。

「やっと見つけた」

伊沢蔵之進《いざわくらのしん》が立っている。蔵之進は南町奉行所同心で、塩梅屋の先代の一人娘だっ

たお き玖《く》と所帯を持って子を生《な》している。

「お奉行がお呼びだ」

蔵之進がお奉行と呼ぶ相手は烏谷椋十郎《りょうじゅうろう》で南町奉行ではない。蔵之進の養父伊沢真右衛門《しんえもん》は南町の年番与力で存命中は南町に伊沢真右衛門ありと謳《うた》われた。烏谷とは市中の治安維持を徹底したいという、強い信念の絆《きずな》で深く結ばれた間柄であった。

そのためには骸検めを疎かにしないことだと信じていた真右衛門は、蔵之進と共にすぐに供養塚に片付けられてしまう骸について、不審な点があれば究明を怠らなかった。役宅にある納屋は今でも、そのままにされている。

「番屋以外に骸を検めるところがないと困る。なくしてしまっては真右衛門が化けて出てきて小言を言うだろう。なに、くるくると目まぐるしく変わる南町奉行は誰一人、気にも留めまい」

烏谷は断じていた。おそらく烏谷の工作もあって伊沢真右衛門の役宅と骸検めの場は守られているものと思われる。

「かしこまりました」

季蔵はすぐに身支度した。

蔵之進の足は養父と住んでいた八丁堀《はっちょうぼり》の役宅へと向かっている。

「あれですね」

　季蔵は察した。

「そうだ、あれだ」

「お奉行様直々においでになるとはよほどのあれなのでしょう」

「今日の夕刻、二本榎の岡っ引き、辰三が家で死んでいた。見つけたのはお奉行の命でずっと辰三に貼《は》り付いていた俺だ。長屋の連中が騒ぐとまずいので〝まだ死んでいない、卒中を起こしたようだ〟と言って、急ぎここまで俺一人で背負って運んできた。お奉行に伝えると、そっちに行くからおまえさんを連れて来いとおっしゃった。それで迎えに来たのだ。おまえさんの長屋へ先に行ったが留守だったのでここだろうと――」

「まさか蔵之進様が辰三さんに貼り付いていたとは思いませんでした」

「まぐろ屋のお朝の方は松次が貼り付いて、店からの出入りを見張っている。松次と辰三は親しい岡っ引き仲間ゆえ、情が絡んで目がかすむことを懸念して、俺にお鉢が回ってきたのさ」

「お奉行様はまぐろ屋克吉殺しの究明に徹されているのですね」

「まぐろ屋克吉は人気《ひとけ》のない川原で毒に喘《あえ》ぎつつ、大暴れして死んだ。これだけでも女房のお朝が亭主をわざわざ深夜にそこまで連れて行き、毒を盛り、大暴れする亭主を躱《かわ》し、ついでに殴る、蹴《け》るしていたとは全く考えにくい。けれども、喧嘩ではなく毒を盛ったとわかるとお奉行は奉行所をあげて追及する構えになる。そうなると出世のための成績を気にしている奉行所役人たちは、うがった考えで下手人をあげようと懸命になった。まぐろ屋の客たちに訊くと皆、お朝と克吉は口喧嘩が絶えなかったと口を揃《そろ》えた。こうした場合、奉行所は夫婦喧嘩は犬も食わないという解釈をしない。それらもあって石見銀山鼠捕りまで見つけ出して下手人をお朝と決めつけ処罰しようとしていたのだ。もちろんお奉行はこれをよしとしてはいないものの、退けるためにはそうでないという確固たる証が要り用だった」

「それでそのためにここまで――」

「独り身の辰三は煮売り屋で夕餉を済ますことがほとんどで、この十日の間、まぐろ屋には一度も行かなかった。俺が貼り付いていた間、お朝が辰三と外で会ったり、長屋を訪ねた様子もなかった。それで辰三が松次にまぐろ屋の料理を褒めたのはそれだけのことだとわかった」

「お朝さんと辰三さんに特別な事情でもあると疑われていたのですか？」

「仮に喧嘩っ早い亭主に愛想をつかしたお朝が下手人だった場合、男がいると考えるのが普通だろう。辰三は独り身で風采《ふうさい》も上がらず松次と変わらぬ年頃だが、男女の仲はわからぬものだからな。優しさをもとめて父親ほど年齢《とし》の違う相手に惹《ひ》かれる女もいる」

「共に罪を犯していた場合、疑われぬようしばらくは会ったりはせぬものではないですか？」

――これだけではお朝さんと辰三さんが共犯か、そうでなかったかも、ようは二人とも、克吉さん殺しの下手人ではないという証にはならない――

「辰三さんが亡くなった時の様子は？」

「辰三は酒好きだ。馴染みの酒屋も近くにある。この日も辰三は大徳利《おおどつくり》にもとめた酒の残りをちびちびと飲んでいた。俺は油障子《あぶらしようじ》の隙間《すきま》から確かめた。隣近所の目もあるのでしばらくして戻ってみると辰三は土間に倒れていた。尋ねられたら知り合いだと答えるつもりで中へ入った。それで死んでいるのを見つけたのだ」

「いったい毒はどこから辰三さんに――」

言いかけた季蔵に、

「それが知りたくてお奉行はおまえさんを呼んだのだと思う」

蔵之進は告げた。

こうして季蔵は蔵之進の元役宅にある納屋に立った。土間には辰三の骸が筵《むしろ》を被《かぶ》って横たえられている。

「夜分ご苦労であった。よろしく頼む」

待っていた烏谷はいつになく厳しい顔であった。

無言で深く一礼した季蔵は屈み込んで筵を取り、克吉の骸を検めた時同様、着ているものを脱がせて丹念に骸を視た。烏谷と蔵之進も季蔵の左右に屈み込む。最後に季蔵は骸の口に自分の鼻を近づけた。二人も交互に骸の口の匂いを嗅いだ。

「酒だな」

烏谷が言った。

「間違いありません」

蔵之進は首肯した。

「すると、今度は毒を仕込んだのはお朝さんではなく、辰三さんが通いつけている酒屋の主ということになりますね」

季蔵は皮肉を込めたつもりはなかったが、

「違うというのか？」

烏谷は眉《まゆ》を上げ、

「酒以外に何かあるのか？」

蔵之進は露骨に不機嫌な顔になった。

「たしかに酒は匂いが残ります。けれども辰三さんは酒以外に口にしていたものがあったかもしれません」

季蔵は蔵之進の方を見た。

「昨日の残りでもあったのだろう、煮売り屋には寄りはしなかったぞ」

蔵之進は力んだ。

「蔵之進様が辰三さんの骸を見つけた時の様子を、今一度くわしく思い出してください」

季蔵は珍しく否応《いやおう》なしの物言いをした。

――殺しはほとんどが理由いかんに関《かか》わらず死罪。これはお朝さんだけではなく、辰三さんが贔屓《ひいき》にしている酒屋の主の命が掛かっている――

「お願いします」

季蔵は知らずと土間に手を付いて頼んでいた。この必死さにいささか感じ入った蔵之進は、

「たしかにな。俺は無我夢中だったから見落としていたことがあったかもしれない。

戸口を入ると倒れている辰三が目に入った。思わず駆け寄った」

思い出そうとしてくれた。

「倒れていた辰三さんの他に何か目に入りませんでしたか？」

「土間の、すでに骸になっていた辰三の近くが濡《ぬ》れていた。あれは水だ。そうだ、倒れている辰三の傍《そば》に水瓶《みずがめ》が転がっていた」

「ということは辰三は酒だけではなく、水も飲んだということになるな」

烏谷は言い切った。

「なるほど」

蔵之進は頷《うなず》き、

「辰三さんは酒を飲んでいて喉《のど》が渇き、毒入りの水瓶から飲んだ水で命を奪われたのだとわたしは思います。何者かが辰三さんの留守中に水瓶に毒を入れたと考えるのが自然だからです。急ぎ土間を濡らしていた水を調べてください」

季蔵はやや強い口調で言った。

「よし、わかった」

烏谷は門の外にいる小者の一人を番屋へ走らせた。

辰三の長屋の土間の水は改めて調べてみるまでもなく、濡れた土間の上で空腹ゆえに舐《な》めたと思われる鼠が二匹死んでいた。

こうして二人目の犠牲者が出るに至ってやっと、お朝と辰三とは店の主の妻と客であったにすぎなかったのだと見做された。そして何より、お朝は事件とは全く関わりのないものだったと奉行所上部は渋々認めざるを得なかった。

季蔵は若くして寡婦になったお朝に対して悪い印象は持っていなかっただけにこの成り行きに安堵《あんど》した。

毎日、辰三には朝一番で井戸から水瓶に水を汲《く》む習慣があり、その姿は殺された日の朝も長屋の誰もが見ていた。にもかかわらず、辰三の家に忍び込んで毒を入れたと思われる不審な者を見た者は誰一人いなかった。こうしてこの事件はどこからも下手人が浮かび上がらない、雲を摑《つか》むような難事件となった。

四

扇子屋の美竹屋《みたけや》へ瓢吉《ひょうきち》と出向く日が来た。

「まあ、多少は気取らないとね」

瓢吉に言われて季蔵は市中料理屋十傑に選ばれた際、お涼が見立てて仕立てておいてくれた、太い縦縞《たてじま》木綿の着物をおろした。

「質素倹約の鑑《かがみ》みたいな普段着にだって、実は隠れ晴れはあるんですよ。尾上菊五郎《おのえきくごろう》の〝いがみの権太《ごんた》〟っていう役があるでしょ。あの時の菊五郎が子どもを背負ってるときに着てるの、白地に太い縞木綿なんですけど、ちょいちょい見得《みえ》を切るために見える裏地ときたら、夏空みたいに明るい青なのよ。あれ、絶対季蔵さんに似合うとあたしは前から思ってました。実はね、縞模様選びには瑠璃《るり》さんにもつきあってもらったの。瑠璃さんもあたしが想ってたのと同じものを指さしたんですよ。ですからこれほど想いが籠《こも》ってる着物はありませんよ」

とお涼が話してくれた貴重な物であった。

瓢吉の方も新しいものではないが、

「馬子《まご》にも衣装だよ」

損料屋からややくたびれた大島紬《おおしまつむぎ》と煙管《きせる》を借りてきて着崩してみせ、煙管を吹かす様子が堂に入っている。

「扇子屋なんてのは客の様子で値踏みして応対を変えるものさ。この客は名のある職人が拵えた一点ものの扇子だとか、こいつはわんさか作った団扇《うちわ》がいいとこだろうなってな。こっちは受けてくれた〝塩梅屋《あんばいや》季蔵、突撃商家の夕餉膳〟をそこそこにこなして、礼金をたっぷり弾んでくれりゃいいんだけど、あんまりこっちがみすぼらしいと足元を見られちまうんだよな。ましてやあんたは市中料理屋十傑に選ばれてて、ひきもきらない大人気で始終出張料理のお声が掛かってるって、たいていの連中は思ってるんだから。なーんだ、こんなもんかなんて様子を見くびられると、料理まであれこれ言われかねない。世の中はとかくそんなもんだ。それじゃ、あんまり悔しいじゃないか」

「なるほど」

――世間にはそんな見方もあったのだな――

季蔵は自分が傍《はた》からどう見えるかなどはほとんど考えたことがない。

――主家を出奔した身は謀反人だ。亡き影親《かげちか》様のご正室お千佳《ちか》の方様のご加護がなければ未《いま》だ追われる身であってもおかしくない。それに刀を売り払うほどに食い詰めた挙句、屋台の饅頭《まんじゅう》につい手が伸びてしまい、怒った主に番屋に突き出されそうになったことがあった。そんなわたしを助けてくれたのが先代の長次郎《ちょうじろう》さん、とっつぁんだった。以来、料理とお奉行からのお役目への精進、未だ心の病が癒えぬ瑠璃のことしかわたしの心を占めてはいなかった――

「とにかくさ、世間に名が知られるってことは今までは違った華もあるけど、それゆえの辛さ、煩わしさってのも背負い込んじまうことなのさ」

瓢吉の言葉に季蔵は正直、

――厄介だ――

と思った。

察した瓢吉は、

「吉はいいことばかりじゃねえ。凶と隣り合わせに吉はあるんだよな。特にあんたみたいな大吉ともなると、躱《かわ》すばかりじゃ、最後には大凶に呑まれちまう。今回の美竹屋みたいに降ってきたもんはしっかり受け止めてくれ」

すかさず釘《くぎ》を刺してきた。

美竹屋の内儀お志野《しの》は噂《うわさ》にたがわず顔形と姿のいい女であった。年齢の頃は二十歳《はたち》を少し出ていて瓜実顔《うりざねがお》に切れ長の目と通った鼻筋、御所人形を想わせる小さく可憐《かれん》な唇の持ち主である。化粧は控えめで薄桃色の着物には白い雲が刺繡《ししゆう》であしらわれている、地味すぎない品のある装いが際立って見えた。

店先で一通りの挨拶《あいさつ》を終えた後、

「お内儀さんは聞きしに勝る佇《たたず》まいでおいでですな」

瓢吉が着物の趣味のよさを褒めると、

「これは当店で一番人気のある、江戸扇子桃色地の鮫《さめ》小紋を模したものでございます」

お志野は無表情のまま抑揚のない小さな声でそっと告げてきた。

「よくおいでくださいました」

お志野が奥に下がると入れ替わりに一人の男が出てきて、

「わしは先代から扇子の絵柄を選ぶよう内々に頼まれている、徒目付頭《かちめつけがしら》鎌江《かまえ》信次郎《しんじろう》である。今回の〝塩梅屋季蔵、突撃商家の夕餉膳〟にもあれこれと物言うつもりでおる」

大仰な物言いをした。

鎌江信次郎は四十歳手前ほどの年齢で、整った顔立ちをしていたが、渋味のある男前とは言い難かった。

――脂ぎってこそいないが欲得好きの嫌な顔、選民面をしている――

季蔵は思わず顔を背けたくなったが堪《こら》えた。ちなみに徒目付頭とは目付の配下で旗本たちの監視に当たる御家人で、扶持《ふち》は二百俵、足軽等の下級武士は言うに及ばず、三十俵二人扶持の奉行所同心とも雲泥の差であった。

――面倒だな――

瓢吉は季蔵に目配せした後、

「これはこれはお武家様でいらっしゃいますね。知らぬこととはいえ失礼申し上げました。どうかよろしくご指南ください」

七重《ななえ》の膝《ひざ》を八重《やえ》に折った。知らずと季蔵も倣っていた。

「おまえが塩梅屋季蔵か」

鎌江は季蔵を見据えた。

「よろしくお願いいたします」

季蔵はさらに深く頭を下げた。

「当家の突撃夕餉膳の献立として届けられてきた文《ふみ》はすでにわしが見ておる。それについての話をしなければならぬな」

鎌江は先に立って奥へと入った。

「ついてこい」

鎌江の足は厨へとは向かわず、障子が開け放たれた座敷の前で立ち止まった。内儀のお志野が座って待っていて、

「どうぞ」

か細い声で呟くように言ってから、季蔵たちにはまた頭《こうべ》を垂れた。

「茶だ、気が利かないっ」

鎌江の言葉にびくりとして、

「只今《ただいま》」

お志野は厨に向かって廊下を走った。

「ここで客たちは店、扇子選びをしてきた。大権現家康公《だいごんげんいえやす》のおられる頃からだからどれだけの年月、扇子選びの尊い時がここで流れてきたことか——。おまえたちも客になったつもりで美竹屋自慢の扇子に触れてこそ、美竹屋ならではの夕餉を披露《ひろう》することも叶《かな》おうぞ」

この言葉を聞いた季蔵と瓢吉は顔を見合わせた。

——大丈夫でしょうか？——

季蔵は不安になってきた。

——今ここでがらりと違う献立を考えて作れと言われても——

——俺がこの威張り屋の唐変木を何とかするから安心しろ——

瓢吉は目の奥に笑みを溜《た》めた。

「お内儀さんだけではなく、鎌江様のお姿もご立派すぎて目に痛いほどです」

瓢吉は鎌江の着物も褒めた。

「これもお志野の着ていた桃色地の鮫小紋同様、美竹屋に長く伝わる男扇子、渋唐草片面、煮黒《にぐろめ》、銀を模したものだ。表地は黒地に白の唐草模様だが裏は銀刺繡を施してある」

「惚《ほ》れ惚《ぼ》れするほどお似合いでございますな。鎌江様の粋の前では歌舞伎役者も形無しでございましょう」

「おまえ、世辞が上手《うま》すぎるぞ」

そう返しながらも鎌江は満更でもない満悦を笑みにこぼした。

「それではこれよりこの場で美竹屋の扇子の披露とする。しかと眺めよ。これは古式ゆかしき扇子屋だけに伝わる最高の客もてなしである」

鎌江は声を張り、

「ははあ、勿体《もったい》なき幸せにございます」

瓢吉が頭を畳にこすり付けたので季蔵も慌てて倣った。

扇子が並んでいる座敷の窓は黒塗りの細い木枠が並んでいて、その間から光が入ってきている。仄《ほの》かに光の当たる壁際には、さまざまな種類の扇子が風流な趣きを醸し出していた。

扇子は男持ちと女持ちで大小の違いがあり、地色や箔《はく》使い、干支等の絵柄には男女差はなかったが、ひょうたんは男専用、花は女専用であることがわかった。

「江戸の美しさそのものです」

季蔵が思わず洩らすと、

「そうだろう、当たり前だ。美竹屋は並みの扇子屋とは格が違うのだからな」

鎌江はのけぞるようにしてからからと笑った。

すると瓢吉が、

「下々の使う団扇などはお作りにならないのでございますか？　ここには見当たりませんが――」

首を傾《かし》げてみせて、

「どこぞの扇子屋は歌川豊国《うたがわとよくに》、歌川国芳《くによし》、歌川広重《ひろしげ》なんかの人気絵師を落として、版元になり、たいそうな数、団扇を売り上げていると聞いておりまして。美竹屋さんのご立派な扇子を、この目で余すところなく拝見し、団扇でも格調ある品々を是非また拝見したいものだとついつい欲張りたくなりました」

と告げると、

「おまえは瓦版屋《かわらばんや》であったたな」

鎌江の目が光った。

五

「へいへい、そうでございますよ」

「浮世絵などの版元に知り合いはいるか？」

「それはもう、そろそろてまえどもの瓦版も絵入りにしたいところですから」

と応えたところで、瓢吉は、

「それはそうと、てまえどもが考えさせていただいた献立について、まだ鎌江様のご意見を聞いていません。是非忌憚《きたん》ないところをお話ししてもらえると――」

急に話を変えた。

――たしかにこれが本題だ。果たして何を言い出すのか――

季蔵は固唾《かたず》を呑《の》んだ。

「そうであったな」

鎌江は先ほどのようには執心していなかった。

「まあ、問題はこれよ」

片袖から瓢吉が送った献立の文を取り出した。それには以下のようにある。

冬穴子ちらしずし
　春菊汁　（はるぎく汁と読む）
　江戸蛸《たこ》の天ぷら（柚子《ゆず》皮天衣を含む）
「美竹屋の夕餉膳である以上、これではちとみすぼらしいと思うてな」
鎌江は筆と硯《すずり》を引き寄せると次のものを得々と書き添えた。
　鯛のお造り
　近江屋《おうみや》の干し柿熟柿《ずくし》風
「本格的な肴《さかな》と水菓子は夕餉に欠かせぬものであろうが」
鎌江の鼻が膨らんだ。
――どれも奉公人たちの口に入るものとも思えない。これでは〝塩梅屋季蔵、突撃商家の夕餉膳〟に主一家の高価な好物を加えただけではないか。はて、どう応えたものか――
季蔵が戸惑っていると、

「たしかに仰せの通りです。こちらが迂闊《うかつ》でした。ただし真鯛の旬《しゅん》は春の桜鯛なので冬場の鯛となると——美竹屋は鯛の旬に不案内で、実は食べ慣れていないのだろうと陰口を叩《たた》かれかねません。近江屋の干し柿熟柿風は値ばかり高く、熟柿風であって熟柿ではないただの干し柿にすぎません。本家本元はここに来ている塩梅屋さんの先代です。塩梅屋さんでは干《や》すのではなく、温めて拵える熟柿作りに欠かせない道具を盗まれて以来、作るのを止めています。これは知る者ぞ知ることなのですが、瓦版で食べ物について書いてある箇所を読むのはその手の食通たちです。こうした食通には富裕な方々が多く、そんなことも美竹屋は知らなかったのか、美竹屋の扇子はその程度のものだったのかとたちまち笑い者になってしまいます」

瓢吉はすらすらと応えた。

「塩梅屋がただの一膳飯屋ではなく、また料理屋十傑に選ばれただけでもなく、幻の水菓子である熟柿を創始していることは知っておった。それもあってこの話を受けたのだ」

鎌江は傲然《ごうぜん》と無意味に取り繕って、

「鯛のお造りは諦《あきら》めるとするが、水菓子は菓子にして藤本《ふじもと》の小倉羊羹《おぐらようかん》にしたい。これぞ美竹屋にふさわしい夕餉の締め括《くく》りだ」

なおも言い張った。

老舗藤本の小倉羊羹は市中で一番値の張る羊羹であった。これを加えると、奉公人たちが喜んで食する〝塩梅屋季蔵、突撃商家の夕餉膳〟にはふさわしくない。菓子だけが他の献立から浮いてしまう。

――どうなるのか。美竹屋にての〝塩梅屋季蔵、突撃商家の夕餉膳〟、このままご破算ということもあり得る――

もはや季蔵は半ば呆《あき》れ気味であったが、

「そうそう」

突然、瓢吉は慣れた様子で鎌江に話しかけた。

「知り合いの版元から頼まれてる若い絵師が二、三いるんです。どちらも甲乙つけがたい才でね。今は、てまえがめんどう見てるんですがね。ここの扇子を見せていただいて、ぴんと来ました。ここにふさわしい格調ある絵を描きますよ、奴らは。どうでしょう？　藤本の小倉羊羹をカッカツで食うや食わずの奴らに食わせてやっては？泣いて喜びますから」

するど相手は、

「まあ、考えておこう」

伏し目がちに応えるとぱんぱんと両手を打ち鳴らしてお志野を呼び、

「厨へ案内を」

主然とした態度で顎をしゃくった。

昼過ぎに美竹屋の暖簾《のれん》を潜《くぐ》ったつもりだったが、冬の夜は訪れが早くすでに日はとっぷりと暮れている。

厨にはすでに季蔵たちの献立通りに仕上がった夕餉膳がずらりと並べられている。

「これでよろしいでしょうか？　あたしは煮炊きがあまりよくできなくて——」

おずおずとお志野は言い、

「こっちは献立通りにお作りしましたよ。味見もどうぞ」

厨の頭と思われる大柄な大年増《おおどしま》女が言い添えた。

味見をした後、ざっと膳を見廻《みまわ》した季蔵は、

「大変結構です」

大きく頷いた。

「ところで鯛とか、近江屋の干し柿熟柿風、藤本の小倉羊羹も用意してあるのかい？」

瓢吉が訊くと、

「それ、何のことです？」

大年増女は不審そうで、

「わたしがうっかりしていたのでしょうか」

お志野は青ざめた。

「戯言《ざれごと》、戯言。美味かったものをちょいと思い出しただけのことです」

瓢吉は誤魔化した。

「まぎらわしいこと言わないでくださいな」

大年増女はやや力んだ声で瓢吉を睨《にら》み、

「わたしはともかくお内儀さんがお気の毒ですから。お内儀さんときたら、そもそもがお内儀さんなんだし、そのうち女主になるんだから、どんと構えてればいいのにいろいろ気を煩わせてるんですよ。お内儀さんは出しゃばらないだけで、扇子や団扇についてだってたいした目利きなんですよ。旦那様がお元気な頃はいつもその話をなさっておいでで。でも今は——。ね、わかるでしょう？」

意味ありげに片目を閉じてみせた。

二人が美竹屋を後にしたのは夜も更けた四ツ（午後十時頃）で一段と寒さが身に沁《し》みた。

「いかがです？　塩梅屋に寄って一杯飲んで温まって行かれては？」

「いいね。まあ、祝杯と行こうか。約束の礼金を受け取っちまえばもうこっちのもんだ。何とかあの欲ばり野郎の鼻を明かせたんだから。あいつ、何だかんだと献立に因縁をつけて、約束の引き札代わりの礼金を値切るつもりだったんだ。あんたにもわかったろう?」

「たしかに」

「俺はさ、ああいう汚い奴相手には是が非でも退《ひ》かねえ」

「売り出しかけている絵師まで知っていると聞いて、瓢吉さんの顔の広さに驚きました。お知り合いは食べ物や料理に関わる方に限らないのですね」

「何のあれは口から出まかせよ。美竹屋は団扇の絵を描く人気絵師を喉から手が出るほど欲しがってるって噂を聞いてたからな。鎌江みたいなのはとかく、ケチが過ぎて元も子も無くすのがオチだ。美竹屋もとんだ野郎に見込まれちまったものさ。そうそう——」

瓢吉は懐《ふところ》にしまっていた金包みを取り出すと、

「あんたの分だよ」

礼金の七割を季蔵に差し出した。

「こんなに——。献立作りも今日の交渉もほとんど瓢吉さんがなさったのにこんなには——」

　季蔵が戸惑っていると、

「いいや、この手の仕事はこういう流儀なんだから遠慮はいらねえ。そもそもあんたという大看板あってこその仕事なんだよ、これは。納めてくんな」

　瓢吉はさらりと言ってのけ、

「ありがとうございます」

　これでしばらく昼餉の仕込み代に悩まされることはなさそうだと、正直季蔵はほっとした。


　塩梅屋で二人は向かい合った。

「瓢吉さんは燗酒《かんざけ》でしたね」

「熱燗を頼む。あんたも今日ぐらい飲めよ」

「いただきます」

　季蔵は盃《さかずき》を傾けた。

「仕事が無事に終わってよかったです。ほっとしました」

　季蔵は緊張がやっと解けるのを感じた。

「何か肴を」

「いいよ、俺は酒があれば。あんたも今日は疲れてるだろうからさ。一人暮らしでのらくらしてる時は、とかく酒だけで済ますのに慣れてるし何か食いてえって時は、美味い物を食わせる店をよく知っている岡っ引きが教えてくれた、まぐろ屋って店に行くんだ。まぐろ鶏《どり》ってえのが人気なんだがね」

――えっ、まぐろ屋？　岡っ引き？　瓢吉さんにいろいろ訊きたいが、今は止めておこう――

気持ちを切り替えて、厨の戸棚を開けた季蔵は、

「ちょうど卵の味《み》噌《そ》漬《づ》けと大根と烏賊《いか》の煮物が残っていました。これらを肴にしましょう」

卵の味噌漬けを皿に盛り付け、大根と烏賊の煮物を鍋に移して温めはじめた。

「飯も炊きます。味噌漬け卵も大根と烏賊の煮物も飯に合いますからね」

季蔵は釜で飯も炊きはじめた。

六

卵の味噌漬けはまず、卵を半熟に茹《ゆ》でておき殻を剝《む》く。茹で上がる間に味噌ダレを

作る。平たい鍋に白味噌、酒、味醂《みりん》、おろし生姜、砂糖、醤油、出汁を入れ、火にかけてへらでよく混ぜ合わせる。ふつふつ沸騰してきたら三十数えて火から下ろす。

このタレを小さ目の深い鍋に入れて冷まし、半熟卵を入れて冷暗所で一晩馴染ませる。

盛り付ける時はタレを小匙《こさじ》で四杯分ほど垂らし、その上に二つに切り分けた卵を置き、白胡麻《しろごま》を振る。三日ほど日持ちする。

「甘辛味に生姜がピリッ、半熟卵がとろーりと来て格好の肴だよ、これは」

瓢吉は消えてなくなるほど目を細めた。

「そっちもいい匂いがしてきてるじゃねえかよ」

「それはそうですよ。この大根と烏賊の煮物はただの烏賊大根ではないのですから」

季蔵の言葉に、

「わかった、この匂いは内臓《わた》付きの烏賊を使ってるな」

瓢吉は言い当てた。

「さすがです」

季蔵は微笑《ほほえ》んだ。

大根と内臓付き烏賊の煮物は、輪切りにした大根を出汁で柔らかくなるまで煮る。

冬大根でおよそ六百は数え終えないと柔らかくならない。

　スルメ烏賊を内臓ごと筒切りにして、大根の入っている鍋に入れる。ふつふつしてきたら、砂糖、醬油、味醂を加える。

　アクを取りながら最低五百は数え終えるまで煮る。

　温め直した大根と烏賊の煮物を食した瓢吉は、

「金持ち連中は烏賊大根よりよほど高い鰤《ぶり》大根、鰤の旨みが染みた大根を食うもんだなんてえ、上品ぶったことをいいやがるが、しゃらくせえ。俺は酒には内臓付きの烏賊の煮物が最高だって思ってて、大根なんてついでに食ってんのさ。甘辛汁が染みた内臓のクセが何ともいえねえ。お、ゲソ（烏賊の脚）まで入ってる。子どもの頃は烏賊といやあ、これしか食えなかったから、今でもこいつがなつかしくて好きで好きでなんねえのさ。難をいやあ、そうだな、もう少し甘めでもいいかもしんねえぞ」

　何と目まで潤ませていた。

　ひとしきり酒が終わったところで季蔵は温飯を供した。塩梅屋の茶漬けの温飯はマグロのトロと決めていたのだが、仕入れていなかったので、この時季脂が乗っている鰆の切り身をタレに漬けて代えた。

「これが締めか、いいね」

瓢吉はさらさらと掻き込みながら、

「それにしてもあのお内儀のお志野は気の毒だな。奉公人に同情されるようになっちゃしめえだ」

ぽつりと呟いた。

「おや、瓢吉さんは仕事さえすめばいいのではないのですか？」

季蔵は酒のせいか、いくらか口が軽くなっている。実は季蔵も瓢吉と同じ気持ちであった。

「何とかしてやりてえけどこればかりはねえ。あそこまで鎌江に付け込まれてると――」

「鎌江様はお得意でも奉公人でさえもない、美竹屋さんとは赤の他人のはずですよ。徒目付頭が見張るのは旗本や御家人たちで商家ではないのですし」

「だから余計、むずかしいのよ。お志野は鎌江の人形みたいなもんだ。前にも言ったけどお志野って女は遊女にしか向いてねえ」

「前には花魁になれなかった遊女だとおっしゃってましたが」

「そりゃ、花魁は顔形だけじゃねえって意味だよ。花魁にまで昇り詰める女はそりゃあ、皆、器量好《よ》しだけどそれだけじゃねえ。客を喜ばせる技も磨く。仲間の誰よりも上に行ってやろう、金持ちを次々に虜《とりこ》にしてやろうって気概の持ち主だ。もっとも金持ちの方も都合があって、飽きて他の遊女に乗り換えたり、商いをしくじって遊里に通う金がなくなったら縁が切れる。次々に金持ちたちを虜にできて、身請けしてもらえるってえのはまあ運みたいなもんさ。この運にはよほどの遊女以外縁がねえ。何しろ、こればかりは運なんだから」

「美竹屋さんに身請けされてお内儀になったお志野さんはこの運を摑んだわけですね」

「お志野の源氏名は夕顔《ゆうがお》って名で、出たての頃は花魁になるだろうと期待されてたが、鳴かず飛ばず、たいした人気も出ず、花魁にもなれなかった。ところがお内儀さんを流行病《はやりやまい》で亡くしてた美竹屋の旦那が、そりゃあ熱心に通ってくるようになって、たいした金を店に払ってあっさりとお志野は身請けされた。しかも囲い者じゃねえ、れっきとしたお内儀だ。しかも前のお内儀さんと旦那との間に子はいない。そうくりゃ、滅多にねえことだから皆の羨望の的になった。吉原《よしわら》の皆は、お志野のような地味で大人しいといえば聞こえはいいが、薄ぼんやりした気性の遊女の哀れな行く末を知っていたからね。年齢《とし》をとったら、羅生門河岸《らしようもんがし》の女郎屋に身を寄せて、日々のおまんまにありつくために、死ぬまで身を売るしかねえんだよ、たいていが――」

「厨を任されている奉公人の女は、お志野さんは扇子や団扇が好きで良し悪しを見分ける才があると言ってました。美竹屋さんとお志野さんの絆はただの男女の仲ではなく、それが大きかったと思います」

「ただし、そいつがあんまり過ぎると店は傾きかけることが多々ある。扇子や団扇は好みだからさ、作り手がこれだと思ったものが売れるとは限らねえ。浮世絵師人気の団扇みたいに流行物となると誰もが飛びつく」

「そこが美竹屋さんの弱いところだったのですね」

「そして付け込んだのが上客を装って入り込んできた鎌江だったってわけさ。当初の目当ては相応の相談料と美形のお志野の摘まみ食いだったろうが、先代が死んだ今じゃ、それはもうとっくに手に入れてるだろうから、美竹屋の身代全部ってことになる」

「このままではお志野さんは――」

「ずっと鎌江の人形になり続けて年齢をとるしかねえ。もちろん鎌江はぴちぴちした若い女をとっかえひっかえして我が世の春を楽しむだろうよ。鎌江みたいな奴は他人《ひと》には舌も出したくねえ分、自分の楽しみにだけは金を惜しまねえから。それにとにもかくにも美竹屋っていう金蔵があるんだからさ。お志野は骨の髄までしゃぶられる」

瓢吉の言葉に季蔵は少なからず衝撃を受けた。

――何とかならないものか――

「鎌江は何も御定法を破って美竹屋に居座ってるわけじゃねえ。力になってくれてる客人ってえ待遇だろう。ここまでになると、いくら気の毒でも傍の者にはもうどう仕様もねえんだよ」

慰めるように瓢吉は言った後、

「あんた、美竹屋で〝うまくいく〟の男扇子と〝むびょう〟の女扇子を買ったじゃねえか。男扇子は自分のためなんだろうけど、女扇子の方は患ってるかしてる、想う相手のものなんじゃねえのかい？　あんたに想われてるその女は今のお志野なんかよりよほど幸せ者だろうよ。けどこれも全《すべ》て仕様がねえ定めなんだろうな」

と続けた。

〝うまくいく〟の男扇子は〝馬九行久〟とも言われていて、九頭の馬の群れが扇子いっぱいに描かれていた。一方の〝むびょう〟の女扇子には薄紫色の小紋地に、無病息災の象徴である六つの瓢簞《ひょうたん》が、さまざまな表情で薄桃色、薄黄色、薄緑色、薄水色に彩られている。

――綺麗な淡い色合いが好きな瑠璃のために、風邪などひかぬようにとついもとめてしまった。弾みで〝うまくいく〟の男扇子も買ってしまったが――

「瓢吉さん」

　季蔵は改まって、

「やはり手間賃をいただきすぎたと思います。ですからこれを受け取ってください」

〝うまくいく〟の男扇子を差し出した。

「そんなもん、貰《もら》う謂《い》われはねえだろうが。俺はここで旨い肴を摘まみながら酒飲ませてくれるだけで充分だ。あんたはこれからますます〝うまくいく〟ようになりてえんだろうが。それで買ったんじゃないのかい？」

「間違いでした。わたしは〝むびょう〟だけでいいんです」

「自分のことは望まないと？」

「ええ。自分が〝うまくいく〟ことよりも、相手の〝むびょう〟の方が大事です。今のわたしには望みすぎると、どちらかしか成り立たない気がします」

「あんた、見かけによらず縁起担ぎだね」

　ははははと瓢吉は笑って、

「それじゃ、あんたの信心に免じて貰っとくよ。ま、考えてみればあんたの〝うまくいく〟は料理人としての大成や名声だから、いつ叶うかわかんねえほどでかいし、果てしねえけど、俺の〝うまくいく〟は今日みたいなことの繰り返しのしがない瓦版屋業だからな。食いっぱぐれねえようにしなきゃなんねえんで切実だから、日々この扇子を開いて、神様によくよくお願いし続けなきゃなんねえだろう」

〝うまくいく〟の男扇子を帯に差し入れた。

美竹屋の〝塩梅屋季蔵、突撃商家の夕餉膳〟は早速三日後に瓢吉が配る瓦版に載った。

七

寒さが増した、ある日の夕刻のことである。外は雪が降りはじめた。

「この雪、しとしと雨みたいに降ってきてる。これは積もるよね。お客さん来てくれるかなあ」

三吉が案じていると、

「ご免ください」

戸口でやや甲高い若い女の声がした。

「あなたでしたか」

重箱の包みを大事そうに抱えている相手は殺されたまぐろ屋克吉の女房お朝であっ

た。

「どうしても塩梅屋さんにお見せしたいものがございまして。わたしなりに何とかうちの人の供養をしたいんです」

お朝は重箱の包みは解かずにちらと三吉の方を見た。

「それでは離れで見せていただきましょう」

季蔵は残っていた仕込みを三吉に任せるとお朝を離れへと案内した。

離れの座敷で季蔵と向かい合ったお朝は、

「これはうちの人の形見みたいなものです」

包みを解くと五段ある重箱が現れた。一段目は季蔵が日々捌いて見慣れている冬穴子であったが、

「これは刺身でも炙《あぶ》りでもない湯引きですね」

穴子の湯引きは刺身や炙りよりも骨処理に一手間かかる。中骨、腹骨を取って開きにした後、ハモの骨切りほど高度な技は要らないが、身に付いている細かな骨があるので、骨切りは必須である。

穴子の身に細かく骨切りをした後、熱湯に塩を少量入れ、一口大に切った穴子を湯引きする。二十数えて後、湯から上げ冷水で締める。穴子の皮にしっかり熱を加える

必要があるためあまり短い時間では湯から上げず、皮が柔らかくなってから湯から上げ、水気を拭き取って供する。

重箱の穴子の湯引きには山葵《わさび》醤油と酢醤油が添えられていた。

「こちらの冬穴子料理が評判で作り方の紙が配られていましたよね。その時それを見たうちの人が〝もっと手をかけりゃ、刺身や炙りより美味い湯引きができるのに〟って、悔しがってたんですよ。〝これだけは鰻《うなぎ》じゃ駄目だし、穴子の醍醐味なんだから〟って。それから〝穴子の湯引きは夏場に流行《はや》らせたイサキの振り塩刺身の湯通しと同じで最高に美味くする手間なのに季蔵さん、忘れちまったのかな〟って。うちの人、乱暴者だし、口も悪かったからこんな風でしたけど、塩梅屋と季蔵さんにどれだけ憧《あこが》れてて、好いてたかしれないんです」

お朝は訴えるような目を向けた。

「いただきます」

季蔵は箸を取った。

「ふわりとした舌触りと旨み、まるで天女の衣のようです。感服しました。湯引きに思いが及ばなかったのは不明を恥じます」

沢山の冬穴子を日々捌き続けているせいで、さらなる骨切りが必要な湯引きまではしようと思わなかったことは口にしなかった。

「二段目はうちの人の自慢なんです」

お朝は微笑んだ。

切り身とも三枚下ろしとも異なる、棒状に近い不可解な形、言ってみればこそげ取られたマグロの肉の塊が二個、そこには入っている。

「ほう、珍しい。マグロの脳天ですね」

季蔵はマグロを捌いた経験が何度かあり、脳天肉の存在を知っていた。これはマグロのハチの身ともマグロの頭の身、頭肉、脳天、ツノトロとも言われている。脳天肉がとれる場所は目玉の横についている頰肉《ほおにく》のほぼ真上である。頰肉が二箇所にあるようにこの脳天も二箇所、二個ある。

「このままいただいてよろしいですか」

当惑気味に季蔵は訊いた。

「ええ、もちろん。脳天はそのまま重箱に入れたのではなく、刺身として食するにふさわしい大きさに切ってから、元の形に見えるよう寄せているだけですから」

何のためにそんな細工をするのかと季蔵は気になったが、箸を向けて一切れを摘まむと醬油を付けて食した。マグロの脳天はトロよりも脂が多いとされている部位であり、この脂にひけをとらないタレは醤油が最適と思われた。

「脳天とはこのように得も言われぬ甘みがあるとは――これは何かありますね」

「気がつかれました？」

お朝はくすっと笑って、

「脳天を切り分けた後、各々の切れに深く隠し包丁を入れてあるんです。そうすると舌に触れる部分が広くなるんで甘く感じられるんですって。これもうちの人の受け売りです」

と応えた。

「どの切れにも隠し包丁が深めに入っているんですよ。そもそも眠る間も泳ぎ続けているというマグロは身に入っている頑丈な筋が多いですからね、これは筋切りも兼ねています」

言い添えた。

「それは凄《すご》いな。よほど克吉さんはまぐろ料理に精魂傾けておいでだったんでしょう」

季蔵は感心した。

「次のは一見ありきたりですよ」

お朝は三段目の蓋《ふた》を開けた。

「マグロの脳天の漬け丼ですよね」

季蔵は漬けの切り身が不揃いなのを見逃さなかった。ちなみに脳天はトロほど色が白みを帯びていないが、脂が多く、赤身は言うに及ばず中トロの味わいとも異なる。

マグロの脳天の漬け丼は脳天を小指の先ほどに切り、酒、砂糖、醤油、味醂を鍋で沸騰させて煮切って冷ましたタレに漬けておく。飯の上に千切った海苔《のり》を置き、その上にマグロの脳天漬けを載せて供する。漬ける時は好みで調整する。漬かりすぎると脳天の風味が失われる。

小皿に取って味わった季蔵は、

「まろやかでとろける脳天と海苔と飯が相俟《あいま》って絶妙な音色を奏でているかのようです。是非、塩梅《うち》屋の昼餉にとは思いますが、脳天が少量しかとれないのが恨みです」

と評した。

一方、

──脳天ほどではなくとも赤身ではないトロや中トロでも近い味は出るのではないか？──

トロや中トロで丼物を作っても立派な昼餉にできるという確信をますます深めた。

「こんなに褒められてきっとうちの人、まだ成仏はできないものの、人に取り憑《つ》いたりせずに喜んでいると思います」

溢れ出てきたものを片袖《かたそで》で拭《ぬぐ》ったお朝は、

「ほら、不本意に殺された人たちって、浮遊霊とかになって人を恨み続けて、相手かまわずに取り憑いて苦しめたりするっていうじゃないですか」

と呟くように言った。

季蔵はお朝の顔を見ないようにして、

「四段目が気になりますね。脳天はあと一本残っているはずですよ」

先を促した。

「わかっておいでだったんですね」

お朝は四段目を開けた。

「いい匂いですね」

蓋が開いたとたん、にんにくと生姜、胡麻油の強い匂いがした。

「マグロの脳天のにんにく生姜焼きです」

マグロの脳天のにんにく生姜焼きはまず酒、砂糖、醤油、味醂を合わせておく。平たく大きな鉄鍋に胡麻油をひいて火にかける。薄切りのにんにく、刻み生姜を入れて香りが出たら、マグロの脳天一本を炒《いた》める。六十数えたら、ひっくり返して合わせダレを加えて、さらに六十数えて火から下ろす。

「半生状態のとろりとした風味が魅力ですね。醤油味の他に塩と胡椒《こしょう》でもいけますよ、これは」

季蔵は知らずと一本の脳天の半分ほどを平らげていた。

――そういえばとっつぁんは死ぬまでにもう一度食いたいものの一番は、マグロの脳天だと言っていたな――

そんなことまで思い出した季蔵に、

「これ、最後になってしまいましたが」

やや緊張した面持ちでお朝は五段目の蓋を開けた。

「これは――」

季蔵は愕然《がくぜん》とした。

「マグロの赤身、トロ、中トロ、色でいえば赤、薄桃色、濃桃色で花を模した刺身ですね」

季蔵は重箱の五段目に見入った。

「おめでたい席で大きな尾頭付きの焼き鯛の他に、花を模した花鯛を作るようにとの注文を受けたことがありました。鯛ですので白い花でした。地味な花だと言われてしまいましたが、鯛というご指定なので致し方ないと申し上げて、渋々お許しいただいたのを思い出しました。しかし、これは赤、薄桃色、濃桃色と艶《あで》やかで美しい。これほど見事でおめでたい花の刺身造りは見たことがありません」

季蔵は心地よい衝撃を受けていた。

花の刺身造りはサクを適当な大きさに切り、隠し包丁で細かな筋切りをしてから、少しずつ重ねつつもずらして巻き簀《す》に縦に並べ、巻き上げて花弁の多い花に仕上げる。

「実はこの花は山茶花《さざんか》なのだそうです」

お朝はそっと呟いた。

「たしかに山茶花なら今時分、赤だけではなく、このような色合いのものが咲きますね」

「うちの人はこれぞ、マグロの真骨頂と言っていました。〝出来上がったまぐろ花の刺身を一箸一箸、醬油につけて食うと最後はなくなっちまう。まるではらはらと山茶花の花弁が落ちて風に吹かれてどこかへ行っちまうように〟って。〝綺麗ではかない様子を料理に込めてえ〟とも」

「乱暴者と言われていた方とは思えない想いですね」

季蔵はつい洩らした。

「ところがあんなことになる少し前から、うちの人、この花の刺身造り、山茶花刺身なんて呼んで、〝おまえもお朝なんてつまんねえ名じゃなく、山茶花って名に変えろ〟なんてことまで言ってたのに、これの注文が入るたびにとっても不機嫌になってました。その理由が何だったのか、あたしにはどうしてもわからなくて——。料理人だったうちの人の深い想いなんてとてもあたしには——。あんなことと関わりがあったのか、そうでなかったのか知りたくて——」

お朝は首を傾げつつ、すがるような目を季蔵に向けてきた。

第三話　冬葛尽くし

一

——この女がわたしのところを訪れたのはこの謎《なぞ》ゆえだったのか——

合点した季蔵《としぞう》は、

「料理人がこれぞと思っている自信作の料理に対して、揺らぐものがあるとは到底思えません。もし、まだ未完成だと思ったら、これで完成だと思えるまでその料理の注文は受けないからです。受け続けていたということは山茶花《さざんか》刺身のせいではないと思います。立ち入ることになってしまいますが、克吉《かつきち》さんの日々の暮らしやご夫婦のこと、辰三《たつぞう》さんとのことを話してもらえませんか？」

相手を促した。

すると、お朝《あさ》は自分と克吉の馴《な》れ初《そ》めから話しはじめた。

「あたしたちは同じ長屋の隣同士で育ったんです。あたしのおとっつぁんは棒手振《ぼてふ》りの魚屋で克吉さんのおとっつぁんは火消しの小頭でした。二人ともおっかさんを早くに亡くしてました。あたしはおとっつぁんが魚屋だったこともあって、幼い頃《ころ》から煮炊きができました。おとっつぁん同士が酒飲みだったんで、あたしが肴《さかな》や菜を拵《こしら》えて、いつしか夕餉《ゆうげ》はうちで四人で集まって摂《と》るようになってました。あの頃が一番幸せだったようにも思えます」

そこでお朝は一度言葉を切って涙を堪《こら》える代わりに唇を嚙《か》みしめた。

「克吉さんはお父さんの仕事を継いだのですね」

「火消しは江戸の華ですもん。克吉さんが、格好いい火消し装束で火事場に駆けつける姿のおとっつぁんに憧《あこが》れるのは当然でしょ。でも克吉さんのおとっつぁんはまだ春も浅いある日の夜、乾いた大風が禍《わざわい》して、浜松町《はままつちょう》から金杉橋《かなすぎばし》一帯が一気に燃え広がった火事場で炎に吞《の》まれて亡くなりました。それからは克吉さん、火事はおとっつぁんの宿敵みたいに憎みはじめて、絶対火消しになると決めてあたしにも顔が合うたびに言ってました、他の火消しの人たちもそこまで思いつめている克吉さんの気持ちを汲《く》んで、め組に加えたんだと聞きました。後で克吉さん、〝死んだおとっつぁんの伝手《つて》で火消しになったようなもんさ〟なんてひねくれたこと言ってましたけど」

「結局、火消しは克吉さんには向いていなかったのですね」

「あの仕事は頭取や小頭に絶対従わなければならないでしょう？　全《すべ》てを燃やし尽くそうとする火を皆、命掛けで消し止めようとするのですから。でも、うちの人は火事はおやじの敵だっていう思い込みを捨てられずに、頭取や小頭の言うことを聞かなかったんです。ここはもう無理だからっていう小頭の判断を無視して、燃えさかる家の中に取り残されているお婆《ばあ》さんや子どもたちを助けようとして飛び込み、後で小頭の指図で黙って見ていた仲間を罵《ののし》ったりしてたんですよね」

「それでは仲間との関《かか》わりが悪くなりますね」

「お酒が入ると必ず喧嘩《けんか》になっていました。喧嘩火消しなんて言われるようになって、克吉さんが命を張って助けた人たちと道で会っても顔を背けられるようになり、最後にはそういう人たちにまで、〝俺《おれ》は命の恩人だぞ、恩人だと思ってないのか〟なんていう難癖をつけて、ますます世間から悪く言われ、もう仲間は誰《だれ》も克吉さんと口をきこうとはせず、とうとう頭取から火消しを辞めるよう言い渡されたんですよ」

「その頃はすでに所帯を持たれていたのですか？」

「いいえ。この時までは幼馴染《おさななじ》みの克吉さんでした。ただ、もうあまり顔は合わせてませんでしたけど。飲んだくれていることも多くて、長屋での評判も日に日に悪くなってて、皆怖がってました。そんなある夜のこと、火消しでなくなった克吉さんがあたしのところへ来て、〝どうしよう？　どうしたらいい？〟って子どもみたいに泣いたんです。あたしは〝火消しでなくなったって克吉さんは克吉さんよ。夫婦《めおと》になったら何とかなるわ〟と応《こた》えました。今思うとあたしはずっと克吉さんが好きだったんですね。でも克吉さんは男前だったし、粋な火消しだし、とてもあたしの手の届く男じゃないと思って諦《あきら》めてました。火消しで人気だった頃は浮いた噂《うわさ》もかなりありましたけど、そんなのもうどうでもいいから、今のこの男でいいから、あたしは一緒にいたいと思ったんです。それは克吉さんにもわかったみたいでした。〝こんな俺でいいのか〟って何度も言ってましたから」

「羨ましい赤い糸ですね」

「ですからお役人さんたちに、あたしと辰三親分が、うちの人を殺したんじゃないかって疑われた時は本当に驚きました。笑い出したくなったほどです」

お朝はそう告げた後、先を続けた。

「克吉さんとあたし、二人してすぐに少ない家財道具を背負って、長年住んでた長屋を出て、新しいところへ移って食べ物屋を開くことにしたんです。あたしのおとっつぁんは克吉さんのおとっつぁんの後を追うように流行病《はやりやまい》で亡くなっていました。死んだあたしのおとっつぁんは少々の貯《たくわ》えを遺《のこ》しておいてくれたので、引っ越しができたんです。こうしてあたしの憧れの克吉さんはうちの人になりました。食べ物屋ならお客さんがそう多くなくても、残り物を食べていればいいからと思いました。これも独りぼっちになるあたしのために、おとっつぁんが言い遺してくれていたことでした」

「まぐろ料理を出すことを思いついたのはどちらです？」

「そりゃあ、うちの人ですよ」

お朝の鼻が自慢げに膨らんだ。

「あたしは門前の小僧で魚の捌《さば》きなんかはそこそこ上手《うま》いって自惚《うぬぼ》れてるし、煮売り屋の惣菜《そうざい》ぐらいはお手の物なんですけど、変わってて意外に美味《おい》しいってものなんて、思いも及ばないんですもん。その点うちの人は安くて美味しいのは絶対マグロだって思い込むともうまっしぐら。夜中に包丁捌きとかもとことん練習してあっという間にあたしより上手くなっちゃいました」

「それは凄《すご》い」

季蔵は微笑《ほほえ》んだ。

「そうなんです。こうと決めたことはとことんやる男なんです、うちの人は——」

「とはいえ、マグロを使った肴や菜でお客さんに来ていただくのは大変だったのでは？」

「そりゃあ、もう。はじめの頃は野良猫しか来てませんでした。でもそのうちにあの岡《おか》っ引《び》きの辰三親分が来てくれて、美味しいと噂を広めてくれて、そのうち〝猫を振り返らせるまぐろ料理〟なんていう見出しで瓦版《かわらばん》に載せてくれて、食通の方や常連さんが増えました。皆さん、怖い物見たさならぬ、猫またぎが美味《うま》いなんてはずないけど、もしかしたら――とにかく安いってことで、興味津々で来てくれて、贔屓《ひいき》にしてくれて、夢中で切り盛りしてましたけど有難いことでした」

「その瓦版屋というのは？」

「たしか、辰三親分の友達だっていう飄吉《ひょうきち》さんとか――」

――なるほど、それで飄吉さんはまぐろ屋の話をしていたのだな――

「ご夫婦とまぐろ屋が今日あるお話はよくわかりました。あなたが亡くなる前にご亭主に感じていた不審、山茶花に模したマグロのさまざまな部位の刺身との関わりについて、もう少しくわしく話してください」

季蔵は肝心な話へと誘導した。

「くわしくって言われても、ただ、うちの人は赤身、トロ、中トロの他にも小さくていいから脳天の山茶花も加えたいなんて、はしゃぎすぎだったのに、急に険しい顔や様子で、あたしが〝まぐろ花、是非拝んでみたいっていうお客さんいっぱいいよ〟って言ったとたん、頰《ほお》を張られました。見ていたお客さんたちがしんとなっちゃって、辰三親分が〝これみたいですよ〟なんて言って、小指を立てて片目つぶったんで、〝いけないねえ、克さん、さんざん苦労させたのに〟とか、〝夫婦喧嘩はもう仕舞いにしときなよ〟、〝女房、泣かせるなよ〟なんてお客さんたちがうちの人に説教する流れになりました。こういうのがあたしとうちの人が不仲だったっていう噂や、あらぬ疑いにつながったんでしょうね」

「本当にこれではないのですか」

季蔵も小指を立ててみせた。

「これは女の自惚れだって思われるかもしれませんけど、あたしは違うと思ってます」

「その理由は？」

「匂《にお》いですよ。あたし、うちの人が火消しだった頃、すれ違うと必ず紅化粧の移り香がしてたのを覚えてます、その後も所帯を持つまで、言い寄ってくる女の人たちとのつきあいが続いてた時は匂ってました。でもまぐろ屋を始めてからはこの手の匂い、一度もさせてなかったんです。いつも言ってたのが〝料理人は食べ物の匂いに染まらなくちゃな〟って言葉でした。〝噂に聞く清々《すがすが》しい塩梅屋さん、季蔵さんみたいになりたいもんだ〟とも言ってました」

「でしたら、どうしてまぐろ花の注文の殺到を聞いてあなたを叩《たた》いたのでしょう？」

「うちの人、前にも気持ちが悪い方へ高ぶると暴れることがありました」

「まぐろ屋を始めてからも？」

「人の気性ってがらっとは変わりませんもの。当初は料理人としてもまぐろ料理にもなかなか自信が持てなかったんで、あたし、よく当たられました。〝おまえなんかに料理のむずかしさがわかるもんか〟とか言われたり、〝こんなもんしか作れないのか〟なんて、膳《ぜん》をひっくり返されることなんてしょっちゅうでしたよ。あたしも段々強くなって、〝そんなにまでいうんなら、あたしが食べて神様、仏様って拝みたくなるほど美味しい料理を作りなさいよ〟って言ったり、ひっくり返された膳をそのままにしといて、始末させたりするようになりました。そのうちに少しずつまぐろ屋に人気の品書きが揃《そろ》ってきたんです。その中でもまぐろ花は大人気になりかけてたんです。こんなことを言ってはいけないのかもしれないけれど、これで今まで捨てられたり、肥しにされたりしてた、マグロのトロや中トロの塊が陽《ひ》の目を見るだけではなく、商いになること間違いなしだったんですよ」

お朝は半ば悔しそうに熱く語って、

「だからやっぱりあたしにはうちの人の変わりようがどうしてもわからないんです」

季蔵を見据えた。

二

お朝は帰り際、

「うちの人はいつか絶対、市中料理屋十傑の季蔵さんに見《まみ》えて、まぐろ料理競《くら》べをするんだと意気込んでいました。ですのでこれで多少はうちの人の供養になったと思います」

季蔵が中身を皿に移して空にした後、丁寧に清めた重箱の包みを手にしてしみじみと洩らした。

「マグロを極めた亡き克吉さんとまぐろ料理競べなどとんでもない。そちらにさえお許しいただければ、折を見てお訪ねしてもっとまぐろ料理を勉強させていただきたいです」

季蔵が返すと、

「そんな風に言っていただいて、きっとまだ成仏できていないうちの人がどれだけ救われるかしれません。実は今、とてもあたしが気になってるのは、うちの人が考え抜いていたマグロの日持ち料理なんです」

一瞬、お朝は悲しげにして苦しげな表情になった。

「ご存じのようにマグロって傷みやすいでしょ。冬場はまぐろ花もいいけれど夏でもせっかくのマグロを無駄にしないように、肥しにするしかないのは忍びないって、うちの人、ずっと考えて試しててやっとこれだというものを考えついたようでした。〝教えてやるよ、簡単で便利な肴にもなる〟って、再三言われてたのにあたし、〝マグロの刺身が傷みやすくなって、まぐろ料理の品数が減る夏になってからでいい〟なんて言ってて——。忙しさに紛れてのことだったんですけど今じゃ、とっても悔いてるんです。うちの人の思い出につながる料理を一つ摑《つか》み損ねてるみたいで——。やっぱりこれもうちの人の無念だと思うとたまらなくて——」

言葉を途切れさせたお朝だったが、

「ああ、でも是非とも、是非是非うちへおいでください。日持ち料理は教えてもらえず仕舞いでしたが、教えてもらって、今も店であたしが何とか作り続けている、うちの人のまぐろ料理はまだまだありますから」

これ以上涙を見せないように俯《うつむ》いたまま帰って行った。

季蔵はお朝の話を元にして、克吉の殺害について以下のような疑問を手控帖《ちょう》に書きつけた。

・辰三さんはどうして克吉さんのまぐろ屋を率先して引き立てたのか？　二人は以前からの知り合いだったのでは？

・辰三さんと飄吉さんの関わりも気にかかる。岡っ引きと瓦版屋というつながりで仲良くなっただけだったのか？

・お朝さんは殺される前の克吉さんが渾身《こんしん》の作である、山茶花を模した人気のまぐろ花について、嫌悪とも異なる理解できない感情を持ち合わせていて当惑していた。殺しとまぐろ花とは関わりがあるのでは？　まぐろ花が克吉さんの自信から因縁に変わった？　克吉さんを想《おも》うお朝さんの勘は当たっているのではないか？

手控帖を閉じた季蔵は、

――夏でも日持ちがして、肴にもなるまぐろ料理か――たしかとっつぁんの日記にあったような気がする――

離れの納戸へと向かった。

先代長次郎の日記には以下のようにあった。

以前から気にかかっていたのは、市中でこそ猫またぎで、鰯《いわし》以下の扱いだが他所《よそ》でもこれは同様なのかということであった。マグロは北では獲《と》れず、ほぼ江戸より南で捕獲される。当然、南は北よりも温暖ゆえ、夏場、マグロの傷みやすい魚肉は江戸よりも保《も》たないのでは？　となると上方等でも江戸のマグロと同様に処理されているのだろうと見做《みな》すしかなかった。

そんなある時、京からの商人《あきんど》がこんなことを言った。〝夏のマグロですか？　冬でも刺身では食べません。京に海はありませんからね、傷みやすい魚は駄目なんです。押しずしは傷みやすい鯖《さば》を酢で締めた知恵にすぎません。その知恵は夏のマグロにも伝わっていて、完成されていませんがうちでは代々夏にマグロが手に入ると日持ちするように料理して、決して無駄にはせず、重宝に食べています。当初は奉公人の菜だったようなのですが、酒に合うオツな味だということになって、今はわたしども主一家や親しいお客さんのおもてなしの珍味にもお出ししています〟

その方は〝なに、むずかしいものではありませんよ〟と言い、鶏肉《とりにく》に似た珍味にさえなるという拵え方も教えてくれた。それは以下である。

〝まぐろの鶏肉風〟

まず、マグロのサクに塩をまんべんなくすりこみ、布巾《ふきん》で包む。しばらくの間冷暗所に置いて、水分と臭みを抜き、塩味をつける。

その後、鍋《なべ》に入れ、薄切りにんにく、胡椒《こしょう》を入れた後、サクがひたひたになる高さまで油を注ぎ入れ、煮ていく。油煮というわけである。途中、上下を返して全体に火を通しやすくする。油がぐつぐつと熱くなってきて、サクの色も変わったところで火から少し離し、四半刻（約三十分）弱熱する。途中二、三度サクの向きを変えて、火の通りを均一にするとよい。

中まで完全に火が通ったら火から下ろし、保存する。サクが常に油に浸っている状態を保つ。サクが大きすぎて油に浸りきらない時は切り分けて、油からサクの一部でも出ないように浸し続ける。浸りきっていないと日持ちがしない。

冬であれば冷暗所で十五日ほど、夏場でも五日から七日は保つ。

〝まぐろの鶏肉風〟で使った油は魚やにんにく、胡椒が相俟《あいま》った独特の風味油なので、炒《いた》め物に最適である。

長次郎はこれにいたく感心していてさらに以下のように書いていた。

なるほどこれはまさに物を粗末にしない上方流の日持ちするまぐろ料理である。〝同じように日持ちしない鰹《かつお》もいけますよ〟とも旅の商人は言っていた。なるほど、なるほど。〝それでは鯖だってこれでいけるんじゃないですか？〟ときいてみたら、さすがに〝まあ、悪くはないでしょうが、押しずしには遠く及びませんよ〟と顔をしかめられてしまった。これにもなるほど、なるほどである。この日持ちまぐろを拵えてはみたいが、マグロ一尾をこのために丸ごともとめるのは、刺身とて好む客は少なく、料理法をほとんど知らないのでなかなか覚悟できずにいる。

――ようはとっつぁんはこの日持ちまぐろを拵えずじまいだったというわけだ。よしっ、ここは近々に漁師さんにサクになる塊を分けてもらって試してみることにしよう――

季蔵はそう決めて、早速マグロの塊を穴子と一緒に届けてもらうことに決めた。

その日は店に着いてほどなく烏谷から文《ふみ》が届いた。

本日、昼過ぎてそちらへ赴くゆえよろしく頼む。

烏谷《からすだに》

季蔵殿

季蔵はまだ店に出していない、克吉の穴子の湯引きに想を得た丼をこの日の賄《まかな》いにした。

——お奉行に食べていただこう——

しかし、訪れた烏谷は穴子の湯引き丼《どん》の準備を目の端に挟んで、

「そういえばもう昼餉よな」

ぽつりと洩《も》らして腹をぐうと鳴らしたが、常のように、

「ほらな、腹は正直なものだ」

などというおどけた物言いはせず、

「甘酒など要らぬから飯を早く作れ」

すぐに甘酒を用意した三吉《さんきち》に苦情を言った。そして穴子の湯引き丼をこれ以上はないと思われる早さで平らげると、

「しばらくそちの身体《からだ》を借りる。三吉、後を頼むぞ」

茶も飲まずに立ち上がって季蔵を促した。

素早く前垂れを外して身支度した季蔵は、烏谷と共に八丁堀《はっちょうぼり》に向けて歩きはじめた。

「これはあそこへ行かれる道ですね」

季蔵の言葉に、

「いかにも」

烏谷は大きく頷《うなず》いた。

「何かよほどのことがございましたか？」

季蔵は訊《き》かずにはいられなかった。気になる骸《むくろ》が出ての骸検《あらた》めの迎えであれば、いつも通り蔵之進《くらのしん》で間に合うはずで、わざわざ直々に烏谷が塩梅屋《あんばいや》まで来る必要はない。

「あった」

烏谷はやや声を低めた。

「徒目付頭《かちめつけがしら》の鎌江信次郎《かまえしんじろう》が殺されたのだ」

「鎌江様といえばわたしがお奉行様からのご命令で、瓦版屋の瓢吉さんと〝塩梅屋季蔵、突撃商家の夕餉膳《ゆうげぜん》〟のために伺った、美竹屋さんの相談役というか、関わりがあった方ですね。お話では先代とも親しく、扇子にもたいそう造詣の深いご様子でした」

季蔵は見聞したことをさらりと口にした。ありていに言うと、あの傲岸《ごうがん》にして強欲な鎌江が殺されたと聞いても悼む気にはならなかった。

――鎌江様が殺されて何が大ごとなのだろう？　もしや徒目付頭というお役目をかさに着ての悪事が露呈したのだとでも？　お奉行は大目付の代理の役を兼ねていて、旗本たちを取り締まるお目付様方を従えておられる。そのお奉行は昨今、幕府の意に反して旗本家がお取り潰《つぶ》しになる数が増えていると言っていた。だとすると、わたしに美竹屋への〝塩梅屋季蔵、突撃商家の夕餉膳〟の指示があったのも、目付方の直属であった徒目付頭の鎌江様が、お役目でもなく美竹屋の主《あるじ》然としていることを、食通仲間の飄吉から聞いてすでに知っていたのでは？　そしてお取り潰しになった旗本家と鎌江様との関わりをわたしに探らせるためだったのでは？――

季蔵はしきりに心の中で首を傾《かし》げていた。

三

「鎌江信次郎は駕籠《かご》の中で死んでいた」

烏谷は告げた。

「まさか、鎌江様が骸になって駕籠に乗られたのではありますまい」

咄嗟《とっさ》に季蔵は言った。

「しかし、ひどく酔っていたと美竹屋のお内儀のお志野は言っていた。酒好きの鎌江は今頃の下り酒に目がなくて、美竹屋からの帰りは大抵泥酔していたという話だ」

「そのお話はどこで？」

「お志野だけではない、通りかかったお大事屋《だいじや》の女隠居が見ている」

お大事屋は質屋で女隠居のお春《はる》は一代で商いを広げてきていた。物の賃貸で利を上げる損料屋も商っていて、質屋では押しも押されぬ大店《おおだな》がお春のお大事屋であった。

「泥酔するまで飲めば帰りは夜遅くでしょう。そんな時分にその女隠居は何のために外を歩いていて、酔い潰れた鎌江様が駕籠に乗るのを見たのですか？」

季蔵には何とも不可解な目撃談であった。

「もしやその女隠居とやらも料亭好きの大酒飲みですか？」

訊《き》かずにはいられなかった。

「お春は密《ひそ》かに夜鷹《よたか》たちの世話をなにくれとなくやいている。特にこの時季は寒いゆえ気になって日々夜廻《よまわ》りをしておるのだ」

烏谷は応えた。

夜鷹というのは最下層の遊女である。屋外で客を取って稼ぐため、冬の寒さは身に凍《し》みるはずであった。

「寒さで身体が弱って病に罹《かか》り、客の取れない者たちには温かな夕餉を与えている。またこれは一年中だが、心ない客たちから危害を受けたり、雀《すずめ》の涙ほどの揚代《あげだい》を踏み倒されたりしないよう、お春は用心棒の侍を雇って見張らせている。おかげで市中の夜鷹が殺されたり、半死半生の目に遭《あ》ったり、飢え死んだりすることがなくなりつつある。お春は市中の治安維持に一役買っているのだ。ちなみに苦労人のお春の年齢《とし》のほどはわかりかねるが、夜に灯りで針穴に糸が通せるほどの目だ。酒は勿体《もったい》ないからと寝酒しか飲まない」

――それではお春さんが見ていないものを見たなどと、いい加減なことを言ったとは言えないな――

目撃者についての追及をやめた季蔵は、

「駕籠の中で骸になっていたとおっしゃいましたね。いったいどこの駕籠屋の駕籠です？」

駕籠屋が気に掛かった。

「よい目の付け所だ。この骸と駕籠は切っても切れない」

烏谷はふふふと口元だけで笑ってみせて、

「鎌江信次郎がどんな駕籠に乗っていたか、当ててみよ」

少しも笑っていない目を季蔵に向けた。

「町駕籠ではないのですか？」

「どうかな？　思うところを言うてみよ。当たるかもしれぬぞ」

烏谷に促された。

「まさか留守居《るすい》駕籠だとでも？」

大名の家臣はかなりの重臣であっても江戸市中では駕籠に乗らなかった。唯一、あちこちでの社交が主な役目の江戸留守居役だけが、留守居駕籠と呼ばれる駕籠を使っていた。

——江戸家老とも言われる留守居駕籠に乗っている者なら、お奉行と旧知の間柄だ。その駕籠の一つの中で骸が出たとすると、これは大名家の沽券《こけん》や名誉に関わる。またその留守居駕籠が盗み出されでもしていたら、市中の不徹底な治安への謗《そし》りにもなる。お奉行とてただでは済むまい——

「いや、幸いにもそこまでは——、しかし、まだ武家が乗る駕籠は他にあるだろう」

「権門《けんもん》駕籠ですか？」

権門駕籠は大名の家臣が主君の用事で出かける時に主君から貸し与えられるものである。

――鎌江様は御家人の身分とはいえ、徳川将軍家の直臣《じきしん》だ。他《ほか》の大名家の乗物（駕籠）を使う道理がない――

季蔵は案じたが、

「やっと当たったな」

当の烏谷はからからと声だけで笑った。気がつくと二人は蔵之進の元役宅の前に立っていた。

先に立って烏谷が納屋へと歩いた。中へ入ると土間には、筵《むしろ》の掛けられた骸と傍《そば》には骸を乗せていたと思われる権門駕籠が置かれていた。蔵之進の姿はない。

「あやつには別に必要な調べを頼んだ。田端《たばた》たちにもこの駕籠のことも含めて起こったことの全《すべ》ては話せない」

――まあ、ここは取り繕うしかないだろうな――

季蔵は無言で屈《かが》み込むと手を合わせ、筵を除《の》けて常のように骸の全身を視《み》た。

「頭部に強く打ち付けた痕《あと》があって、それで亡くなったものと思われます。他には傷も首を絞められた痕も一切ありません」

その後、立ち上がって権門駕籠をつぶさに観察すると、

「この駕籠は使い込まれてやや古びてはいますが手入れはされていて、鎌江様の頭へ上から岩など落とした様子はありません。ちなみに鎌江様の頭にあれだけの致命傷を負わせるためには、この駕籠の上が木《こ》っ端微塵《ばみじん》に壊れてしまうほどの力が加わっていなければ無理です」

と断じた。

「ということは、下手人は駕籠を止めさせて、酔い潰れている鎌江を引きずり出して、石等で殴り殺したというわけか」

「そういうことになりますが、それならば引き戸が傷んでいてもおかしくはありません。ところがその様子は全くないのです。それと――ああ、でも――」

続けかけて季蔵が戸惑っていると、

「思うところを言うてみろ」

烏谷は強く促した。

「鎌江様を殺すのが目的ならば泥酔して駕籠に乗っているところを首を絞めてしまうか、ぐさりと一突き、刀を使えばよろしいのではないかと――。着物の裾《すそ》に土が付いていたのは引きずり出されて外で殺された証《あかし》です。どうしても下手人はこのようにし

て殺したかったのでしょう――」

「石は鉄槌《てつつい》で恨みゆえの殺しとは考えられぬか？」

烏谷は真剣そのものの顔を向けた。

「何かお心当たりでも？」

「実はこの権門駕籠は骸でこそないが幽霊のようなものなのだ」

烏谷は言い切ると、

「この駕籠には下がり藤の家紋が刻まれている。下がり藤といえば四千石《ごく》の旗本、岡《おか》崎《ざき》家の家紋だ。一年程前、岡崎家は若い当主と奥方が自刃して取り潰しになっている。わしは亡くなって間もない先代と懇意であった。洒脱《しゃだつ》な老人で将棋《しょうぎ》の腕はなかなかであったぞ。先代は子孫がこのような事になって、さぞかし冥途《めいど》で驚き、悲嘆に暮れているであろうな」

「自刃の理由は？」

「それが全くわからない。ただ一つ、鎌江信次郎なる徒目付が、先代の茶の湯友達を騙《かた》ってしばしば訪れてきていたことだけは、あの飄吉のおかげで摑《つか》んだ」

「それでわたしを〝塩梅屋季蔵、突撃商家の夕餉膳〟で美竹屋へと行かせたのですね。何かあるとは思っていましたが――」

季蔵は苦く笑った。

「子を生《な》していない前途ある若い当主と奥方が、なぜ自ら死ななければならなかったのか、その理由には悪が影のようにつきまとっているとわしは感じた。先代の墓前でその事実を解明して告げたかったのだ。そうしなければ関ヶ原《せきはら》以来続いてきて、これからも続くはずだった岡崎家の家名は取り潰されて穢《けが》れたままだ。これでは目付との仲介役としてのわしを信じてきてくれた先代に申し訳が立たない」

「それで鎌江様を見張り続けたのですね」

「そうだ。鎌江はすぐに美竹屋に扇子通と称して出入りしはじめて、主が死ぬと美貌《びぼう》のお内儀付きで、あの店から絞れるだけ絞り取ろうと入り浸りはじめた」

烏谷は滅多《めった》に見せない憤怒そのものの真っ赤な顔になった。

四

「すると岡崎様の無念を晴らそうとしていて、鎌江様を見張っているうちに当人が骸になってしまったというわけですね。まさかとは思いますが――」

――お奉行がこれだけの憤怒を抱いているとなると――

「わしではないぞ」

烏谷はじろりと季蔵を見据えて、

「わしまで疑うとはそちもよくよく食えない男になったのう。よしよし」

にやりと笑った。

「蔵之進様は何を調べておいでです？」

「岡崎家以外にも旗本家の二家ほどが下がり藤の家紋の付いた乗物を所有している。それで秘密裏にわしの書状を持たせて、立ち回らせているところだ」

「岡崎家の家臣たちが今、どうしているかは？」

「それは岡崎家以外の二家の乗物がなくなっていないかどうか確認してからのことだ。盗まれていないことを祈るばかりだ」

烏谷は冬だというのに額に脂汗を滲《にじ》ませていて、

「いいか、決して他言無用だぞ。幸いこの駕籠と骸を見つけた者は駕籠の家紋や骸の主が誰かはもちろん知らなかった。頭の傷にも気がついていない。こちらは卒中で亡くなったことにしてある。武家の駕籠ゆえ、市井の者は関わってはならぬときつく言って、合点させている。これはもう心配ない。奉行所内でも駕籠の家紋は伏せておいて、運悪く過ごしすぎた酒が死を招いたことにする手はずだ」

「お大事屋の女隠居にも同様に説明、得心させたのでしょう？」

「その通り。お春は美竹屋の前を通りかかった際、生きている鎌江が駕籠に乗り込む様子を見ただけだ。よって駕籠に殺された骸が入っていた事実を知っている者は、わしとここへ運ぶのを手伝った蔵之進、そしてそちだけだ。くれぐれもこれを忘れるな」

　と口止めを繰り返した。

「お奉行様と蔵之進様のお二人で骸が乗っているこの駕籠を担がれて、ここに運ばれたのですね」

「それ以外いったい誰が秘密裏に運び込めるというのか？　これでもそちを呼ぶのはまだ商いで忙しい身であろうからと遠慮したのだぞ」

「お気遣いのほどありがとうございました」

　季蔵は一礼してから、

「駕籠の陸尺《ろくしゃく》は二人です。陸尺は逃げたとして、いったいどこの誰だったのか調べる必要があるのでは？」

「わかっておるわ」

　烏谷はややうるさそうに言った。

「元岡崎家の家臣や奉公人であることも考えに入れて、蔵之進に調べさせるつもりでいる」

「何よりです」

季蔵は短く応えた。

それから何日かして烏谷からまた文が届いた。


本日、暮れ六ツ（午後六時頃）に伊沢蔵之進をわしの代わりに、そちらへ赴かせるゆえ、よろしく頼む。

烏谷

季蔵殿

ちょうどマグロの塊が入っていたので、季蔵は脳天以外の部位でまぐろ花を拵えることにした。

「こんな時分にここへ足を向けるのははじめてだな。また、久々に離れにまで迎えられるとは――」

蔵之進は離れに入るとすぐに仏壇に線香を上げて、妻の父の位牌《いはい》に手を合わせた。

「思えばおき玖《く》の祝言の時以来だ」

つかのま、蔵之進は感慨に浸っていたが、

「おまえさんとはあの話をしなければならない」

駕籠の骸について調べたことを語りはじめた。

「まず、一つ、下がり藤の家紋のついた権門駕籠を持っている旗本家は二家、いずれも盗まれてはいなかった。この目で見たのだから間違いはない。まあ、これは旗本家にとって、市中の治安が保たれているという証なので、事なきを得た。お奉行が責任を問われることもなかろう」

「元岡崎家の家臣や奉公人は？」

「それがな、行方知れずなのだ。誰一人市中に残っていない。こればかりは狐《きつね》に抓《つま》れたような話だ」

「だとすると下がり藤の家紋付きの駕籠を担いでいた者たちのこともわからず仕舞いですか？」

「そうだ。誰とも見当が全くつかない。このままでは鎌江信次郎は駕籠の中で病死ということになろうな。とても下手人へは辿《たど》り着けない」

そうは言ったものの蔵之進は悔しそうではなかった。

「鎌江信次郎のようなクズは、いなくなってくれて有難いと思っている者たちは大勢いるのではないか？　旗本ではない俺とて、関わりなどないものの、溝掃除《どぶ》にはなったと正直すっきりした気分だったのだが――」

そこで蔵之進は少々複雑な表情になった。

「何かございましたか？」

季蔵は訊かずにはいられなかった。

「実はな」

蔵之進は浮かない顔で切り出した。

「病死であっても妻女に鎌江信次郎の骸を確かめてもらわねばなるまい。鎌江の妻女は優美恵《ゆみえ》というのだが、鎌江の骸に取りすがって泣いていた。その様子は空涙とはほど遠かった。そんな優美恵を見ているうちに、この俺にもしものことがあったらと、優美恵におき玖の顔が重なっても見えた。外に始終女を作っているような男でもこれほど慕われているかと意外だった。そして、もしやこんな男にも妻女にとってはよい所があるのではないかと思うと、いなくなって清々したと思った自分が後ろめたかった。表向きは病死で通すしかないが、死んで悲しむ身内がいる以上、真相を知る必要があるのではないかと思った」

「お奉行様は真相究明をお許しになりましょうか？」

「いや、これはむしろお奉行のお考えだ。お奉行はこれには黒幕が居て、ことを知りすぎた鎌江は口封じに殺されたのではないかと疑っている」

「いなくなってしまって見つからない陸尺も気になりますね」

「そうそう。やつらについてもまだ手掛かりが掴めていない。まさに五里霧中だ」

自棄《やけ》気味の蔵之進はしきりに手酌で盃《さかずき》を傾けている。

「酒ばかり過ごされますとお身体に障ります。おき玖お嬢さんに叱《しか》られますのでこれを――たしかマグロはお嬢さんともどもお好きだったでしょう？」

どういうわけか、蔵之進とおき玖は大のマグロの刺身好きであった。もちろんどちらかが相手に合わせているわけではない。

――マグロの刺身好きはそう多くはないので不思議な巡り合わせだ。それゆえ結ばれて、これといった波風も無く一子をもうけて仲良く暮らしているのかもしれない――

季蔵はたまたまマグロのサクが入って、刺身に下ろす時には必ず、この二人の縁結びはマグロの刺身ではなかったかという感慨に浸る。

「マグロの刺身かあ、もちろん脂身のトロはあるんだろうな」

蔵之進の目が輝いた。

季蔵は離れの小さな厨《くりや》で、準備していたマグロの赤身やトロ、中トロの筋切りした刺身の薄切りを、簀《す》で巻いて三色のまぐろ花を拵えたところだった。

「ほぉーっ、これはまぐろの花だな」

目を丸くして喜んだ蔵之進はしばし見惚《みと》れて、

「食うてしまうのが惜しいがやはり食いたい」

盃を置いて箸《はし》を取った。

「お嬢さんの分のお土産も用意しますので、どうか存分に召し上がりください。すし屋のようにして、いくらでもさっとお出しいたします」

季蔵の言葉に、

「握ってくれる代わりに巻いてくれるというわけか。しかし、どのように頼めばいい？」

蔵之進はおどけた物言いになり、

「このまぐろ花は山茶花を模していますので、赤身は紅山茶花、脂のせいで色の薄いトロはさくら山茶花、紅色とさくら色の間の色合いと、脂の入り具合の中トロは木瓜《ぼけ》山茶花でどうでしょう？」

季蔵は思いついていたそれぞれの名称を口にした。

──赤、薄桃色、濃桃色などという呼び名では今一つ、これを創った克吉さんの想いが伝えられない──

「おき玖が喜びそうな綺麗《きれい》な名付けだ。さくら山茶花一枝、いや一花か──う～ん、なかなか典雅な注文だ」

　こうして蔵之進は好物のマグロの刺身を、

「贔屓《ひいき》したくないからどの山茶花も同じ数頼むぞ」

　と言っていたが、最後は、

「好きなさくら山茶花ばかり堪能してしまったせいで、紅山茶花と木瓜山茶花の数がわからなくなってしまった」

　などと洩《も》らしつつ、程よく酔いが廻った様子で土産のまぐろ花が入った重箱を手にして帰って行った。見送った季蔵は、

──お奉行は真相に迫るおつもりなのだろうが、蔵之進様が言った通り、強欲非道な男にも夫として良き一面があったのかもしれないならば、夫の骸にすがって心から泣き崩れていた妻女は真相など知らぬ方がいいのではないか？　そもそも妻女の泣き顔におき玖お嬢さんの顔を重ねたという蔵之進様と、鎌江様とでは生き方が正と邪なのだから──

五

それからほどなくして、烏谷より〝塩梅屋季蔵、突撃商家の夕餉膳〟の続きを促す文が舞い込んだ。

美竹屋の穴子ちらしずしと春菊汁《はるぎく》、蛸《たこ》の天ぷらは安上がりにして贅沢《ぜいたく》だと、なかなかの評判を取り、内儀お志野の料理の腕も買われて親しみが湧いたのか、客足がぐんと増えたようで何よりである。

ここまで好評だと我も我もと引き札代わりの瓦版掲載を望む声がわしのところまで届く。うるさくて敵《かな》わないがこれも役目のうちではある。

というのは引き札代わりの瓦版をと望む商人たちは、橋や堤防等の修理に少なくない金子を出してくれる篤志の持ち主だからだ。

まあ、わしとしては持ちつ持たれつの関わりを崩したくはない。

さて、昨年大雨に禍されて通行を止めた田丸橋《たまるばし》の直しにはよほど金がかかるが、一刻も早く安全に渡れるようにして市中の皆を安心させたいと思っている。

この修理に金子を出してもいいと言ってくれているのが、美竹屋の前で鎌江が駕籠に乗り込むのを見たという、お大事屋の女隠居お春だ。今日日、とにかく流行風邪禍の後とあって商人たちも店の建て直しにあたふたしておる。

今時、橋のため、世のため人のためにぽんと金を出してくれる商人は少ない。損料屋を開いて質流れの品を廻して、堅実にして無駄のない結構なお大事屋のお春ぐらいのものだ。

このお春の望みが〝塩梅屋季蔵、突撃商家の夕餉膳〟でお大事屋の名をさらに広く世に知らしめることのようだ。

商い上手のお春は、女ゆえとかく妬《ねた》みや誹謗《ひぼう》等が多いだけに、わしとしても何とか力になってやりたい。

よろしく頼む。

くわしくはあの瓢吉を向けるゆえ、打ち合わせてほしい。

烏谷

季蔵殿

これを読んだ季蔵は、

——この文の裏にあるものではとてもはかれないが——

かしこまりました。

季蔵

お奉行様

と返事をしたためた。

翌日、夜更けて訪れた飄吉は、

「また、一緒に仕事だなあ」

心からうれしそうに言った。

「そのようですね」

季蔵の方も当初とは異なり今では飄吉の瓦版屋稼業ならではの多弁や機転を面白く思っていた。

「さて、今回はどのような商家の夕餉膳にしたものでしょうか？」

季蔵は先回りしておおよそ決まっている飄吉の案を引き出すつもりだったが、

「それがなあ」

飄吉は困り果てた顔で、

「お大事屋の婆さんは一筋縄ではいかねえ」

頭を抱えた。

「ご自分からこれこれを夕餉膳にとおっしゃるのですね」

「まあ、そうだ」

「よろしいではありませんか。そもそもこちらは商家に突撃して、そこの夕餉膳を一緒に作って味わわせていただくというのが、〝塩梅屋季蔵、突撃商家の夕餉膳〟なのですから。お大事屋のご隠居さんのおっしゃることは理に適っていますし、何とも楽しみな話です。お膳立てのない真の突撃があってもいいではありませんか？」

季蔵はどんな夕餉膳が用意されるのだろうかと気持ちが浮き立った。

「残念ながらそうじゃあ、ねえんだよ、季蔵さん」

飄吉は苦虫を嚙《か》み潰したような顔になった。

「ではお大事屋のご隠居さんは何がお望みなのです？」

季蔵は首を傾げた。

「あの婆さんが突撃で瓦版に取り上げさせたいのは冬の葛《くず》料理、題して〝温《あ》ったか冬葛尽くし〞だそうだよ」

飄吉の言葉に、

「たしかに温めた葛のとろみは身体が温まりますね」

季蔵は思ったままを応えた。

「葛尽くしなんて京料理じゃあるまいし、気取りすぎてると思わねえかい?」

「たしかに葛は歴史が長く深いですから、京料理にもよく見受けられます」

季蔵は先代長次郎が葛について書いた日記を思い出していた。

「そうかい。俺はちっとも知っちゃいねえぜ。そもそも葛なんてものもさ――」

飄吉はいつになく困惑そのものの顔になった。そこで季蔵は、

「少しお待ちください」

離れの納戸へと走って、先代長次郎が書いた日記を持ってきて、葛について書かれている箇所を飄吉に見せた。

他国の医薬書には紹介されているものの、料理や菓子に使ってきたのは我が国だけで、未精製の黒い葛粉は昔の料理書に〝黒葛〞と記されている。

真っ白な葛粉の精製に至るまでには、知恵だけではなく、恐ろしく手間も時もか

かり、忍耐強く器用なこの国の料理人だけがなしえた技法であったように思われる。そんな葛粉が朝廷に献じられてきた歴史もある。これはまさに料理人の誇りである。

そう考えると葛餅《くずもち》や葛羊羹《くずようかん》、吉野饅頭《よしのまんじゅう》等の卑近な葛菓子類には、愛《いと》おしさだけではなく品位さえある。またこうした菓子遣いではない、主にとろみ餡《あん》で知られている、古来の葛料理の数々は伝統の格そのものなのだと思う。

「葛料理ってぇのは、何ともお上品でむずかしそうだねえ」

飄吉はしかめっ面で片手を左右に振った。

「しかし、その〝温ったか冬葛尽くし〟はご隠居のお春さんにも考えておられる品があるのでは？」

季蔵の言葉に、

「まさか。そんなことあるもんか。お春は一膳飯屋ながら、腕一本で市中料理屋十傑に入った塩梅屋季蔵に貧富を問わず、誰にも温ったかくて優しく、滋味豊かな冬葛料理を考えて作るようにと伝えてきた。俺たちが会いに行っても会わねえそうだ。打合せなんざ要らない、冬葛尽くしの料理だけを並べるようにと文で言ってきた。その代わり、載せた瓦版には、はっきりとお大事屋お春が頼んだ、塩梅屋季蔵の冬葛尽くしの夕餉膳だと謳《うた》えとも書いてあった。全く何を考えているのかわからねえ食えねえ婆《ばばあ》だが、これの方はとびきりだ」

飄吉は親指と人差し指で丸を作って見せた。

「ようはわたしの腕を試したいというわけですね」

とは言ったものの季蔵は美竹屋の時よりもすんなりとお春の要望を受け止めていた。

「やりましょう」

「そう言ってくれると思った。献立ができたらあっしのところまで届けてくれ。庶民によだれを垂らさせるにはどんな料理がいいかとか、思わず作ってみたくなったり、安上がりだったりすることばかり、先に考えずにすんで、お大事屋の婆にだけ気に入ってもらえりゃいいんだから、こいつは案外やりやすいかもしんねえな。とにかくよろしく頼むよ」

そう言い置いて飄吉は塩梅屋を出て行った。

その後、季蔵は長次郎が書き残していた葛料理を日記の中から拾い集めようとした。

――とっつぁん、これは――

驚いたことに長次郎は〝長次郎夏葛尽くし〟以外の葛料理を書き記してはいなかっ

た。料理法の他にも時折、感想が交じっていたが、その中から、〝温ったか冬葛尽くし〟に利用できるものだけを選んだ。

長次郎夏葛尽くしより

口取り　ごま豆腐

・胡麻《ごま》と胡麻油を合わせて、ねっとりとするまで当たり鉢で当たり、保存しておく。これに水に溶かした葛粉、出汁《だし》、塩を加えて鍋に入れ、きめ細かくなってとろみがつくまで焦がさず、ダマができないように慎重にへらでかき混ぜつつ煮る。人肌ほどに冷ました後、井戸で冷やして供する。

御椀《おわん》　紅白葛叩き

・鱸《すずき》は三枚に下ろしてそぎ切り、海老《えび》は皮と内臓を抜き葛粉をまぶし、茹《ゆ》でて椀に入れておく。昆布と鰹《かつお》で深みのある風味の出汁をとり、塩と醤油《しょうゆ》で調味して鱸と海老の入っている椀に注ぐと紅白の葛叩きが仕上がる。

六

飯物　きつね葛飯

・油揚げを湯通しして一口大に切っておく。きつね葛飯用のタレを作る。醤油と味《み》醂《りん》を同量、その半量の酒、砂糖を小鍋に入れて混ぜて火にかけ、焦げつかないように気をつけながら煮詰める。これを上方では鰻《うなぎ》タレと言うのだと聞いた。

(このきつね葛飯は大坂から江戸見物に訪れたお客様から教わったものである。上方では鰻を尾頭付きで食する。一方江戸では、開いて串《くし》に刺した鰻を甘辛ダレをかけながら焼いて飯に載せ、さらにそのタレをかけて食べる蒲焼《かばやき》である。上方人にとって江戸の蒲焼は珍しいので、きつね葛飯にかける甘辛ダレを特別に鰻タレと言うのだそうだ)

出来上がったこの鰻タレは火から下ろし、冷めたところで、出汁、味醂、水溶きした葛粉を加えて再び火にかけ、とろみをつけて葛餡にする。その葛餡で切ってあった油揚げを煮て味を馴染ませ、丼に盛り付けたあつあつの飯の上に載せる。おろし生姜《しょうが》、白髪葱《しらがねぎ》、もみ海苔《のり》を添えて供する。

(実はこれを上方ではたぬき飯とも言うそうである。お客様は〝きつねもたぬきも人を化かすと言われているので、ようは鰻を食べた気にされるか、してくれる賄いの知恵、節約料理ですよ〟と笑っていた。葛餡の馴染んだ油揚げには特有の風味はほとんどないが、甘辛の葛餡の元はたしかに鰻タレなのでとにもかくにも食を呼ぶ。江戸の似非《えせ》鰻飯には、秋口の焼いた秋刀魚《さんま》を醤油、酒、味醂を加えて炊いた飯に合わせる、かど飯があると自慢したかったが止めておいた）

葛菓子　葛切り

――葛切りは白玉同様、夏の風物菓子なので今の時季にはふさわしくない。きつね葛飯の方は結局、昼膳には売り出さなかった油揚げの卵とじ丼よりはずっと好まれて、食べ応えもありそうだ――

季蔵はこれらにいくつか加え、塩梅屋冬葛尽くしの献立を練ってみた。

口取り　ごま豆腐

御椀二種　紅白葛叩き
　　　　　葛引き蒸し

煮物　納豆の五目あんかけ
　　　揚げそばのあんかけ

飯物　きつね葛飯

葛菓子　温ったか葛切り

すでに長次郎夏尽くしからの三品は試作済みだったので、後の四品を季蔵は三吉と共に拵えることにした。

葛引き蒸しは蒸し物に入れる五種のかやくに結構手間がかかる。百合根《ゆりね》は泥をよく落として湯がいておく。きくらげは水で戻して細く切る。銀杏《ぎんなん》は殻を割って湯がく。むかごも入れたかったが、

「むかごは秋口だから今頃はもうないよ。どうしても入れなきゃいけないの？」

三吉に訊かれ、

「そうだったな。でもヤマノイモ特有の風味は要るから、一口大に切って茹でた長芋で代用してくれ」

季蔵はてきぱきと三吉に指示した。

むかごは長芋や自然薯《じねんじょ》等のツルの葉の付け根にできる小さな芋である。

最後の一種は蓮根《れんこん》の皮を剝《む》いておろし、小麦粉を混ぜて揚げた蓮団子《はすだんご》であった。

「これだけでもう立派な菜だよね。おいらこれ大好き、いくらでも食べられちゃう」

蓮団子は三吉の好物であった。

これら五種のかやくを茶碗《ちゃわん》蒸し用の器に入れて、澄まし汁よりやや濃い目の出汁に、水溶きの葛を加えてとろみをつけた葛引きを注ぎ、蓋《ふた》をして蒸籠《せいろう》で蒸し上げ、生姜の汁を上に絞って供す。

「これには匙《さじ》がいい」

季蔵に木匙を渡された三吉は早速、掬《すく》いあげて口に運んだものの、

「あっちちちちっ、これ、熱いったらない。唇が火傷《やけど》しちまうよ」

悲鳴を上げた。

見ていた季蔵は、

「京の冬の葛引き蒸しは熱さが美味さのご馳走《ちそう》だと言われているが、江戸では唇に火傷をしないよう、ふうふうと吹いて冷ましながらじっくりと温まってほしい」

と言った。

次は納豆の五目あんかけである。水で溶いた小麦粉の衣を納豆にまぶしてかき揚げにする。生麩《なまふ》と長芋も一口大に切って揚げておく。人参《にんじん》はいちょう切りに、戻した椎《しい》茸《たけ》は細く刻んで出汁で煮る。ここにさっと湯がいた小松菜の葉の部分を入れて醤油少々と酒で調味し、水溶きの葛を加え、揚げた納豆と生麩、長芋にかける。おろし生姜を載せて供する。

「おいら、ただの納豆がこーんなに美味いものだったなんて今まで知らなかったよ。思えば助けられたことだってあったしね。明日から納豆様だ」

幼い頃、家計を助けるために納豆売りをしていた三吉はしみじみと言った。

三品目は揚げそばのあんかけであった。これは揚げたそばに、縦半分にして切り分けた長葱、さっと茹でた小松菜、春菊《しゅんぎく》を出汁に入れ、葛引きにした餡をかけて仕上げる。

「葛引き蒸し、納豆の五目あんかけとずっと京風で来たが、三品目は揚げそばとはいえ、江戸っ子が大好きなそばなんで、江戸風に拵えてみた。京風だとこれにもおろし生姜を載せるんだが、出汁の醤油の量を多目にして、酒だけではなく、味醂も加えた控えめな甘辛味だ。醤油や味醂を使わず、出汁に酒と塩だけのさっぱりとした塩味でも美味しく味わえると思う」

季蔵の言葉に、

「塩味の揚げそばあんかけは大人の味だよ、きっと。おいらはちょい甘辛がいいかな。それとおいら、これから揚げそばも好物に入れる」

三吉は夢中で箸を動かした。

最後の一品は葛菓子である。

「楽しみだなあ」

菓子好きの三吉は興味津々であった。

季蔵は鍋に葛粉と水を入れ、火にかけ、底がすぐに固まってきたところで、砂糖適量を加えてしっかり混ぜた。透明になってきてもさらに混ぜ続けた後、小鉢に移す。

「え、もうできちゃったの？　葛切りってもっといろいろ、めんどうじゃなかった？」

目を白黒させている三吉に、

「それは夏の葛切りだろう？　温ったか葛切りはこのまま、きな粉と黒蜜《くろみつ》で食べていただく。まあ、おまえも冷めないうちに食べろ」

季蔵はきな粉、黒蜜各々の入った小皿と木匙を温ったか葛切りの入った小鉢と共に三吉の方へ押しやった。

七

木匙を手にした三吉は、ふうふうと息を吹きかけながら、まずはそのまま、途中からはきな粉と黒蜜で小鉢の温ったか葛切りを夢中で食べた。

「夏の葛切りと違って温ったか葛切りはきな粉や黒蜜をかけなくても甘いんだね」

菓子好きだけあって三吉が気がつくと、

「温かいと甘さは弱めに感じるものなのだ。だから温ったか葛切りは砂糖を入れて作る」

季蔵は応えた。

「なるほど。温ったか葛切りがこんなにも簡単だったなんて、おいら、ちっとも知らなかったよ。嘉月屋《かげつや》の嘉助旦那《かすけだんな》にいろいろ教えてもらっているから、お菓子じゃ、季蔵さんより物知りのつもりだったんだけどな」

三吉は少々悔しそうに呟《つぶや》いた。

「ずいぶん前に冬場に限った葛切りを教えてくれたのは、嘉助さんだ」

嘉月屋の主嘉助と季蔵は湯屋で知り合ったのを縁に菓子と料理の枠を超えて、さまざまな事柄のやり取りをしてきていた。新作菓子を常に追究してやまない嘉助の仕事ぶりも季蔵と通い合うものがある。

「嘉助旦那、どうしておいらに教えてくれてないのかな。旦那さんのけちけちけち」

三吉は知らずと唇を尖《とが》らせていた。

「それを言うなら、おまえは夏の葛切りを満足に拵えられるのか？」

季蔵はやや厳しい口調になり、

「そう言われると――、塩梅屋は一膳飯屋だから、そうそう何度も作らせてもらえたわけじゃないし、あれ、白玉と違って結構型から剝《は》がすのや、さらっと喉《のど》を通るようにするための切り方の加減がむずかしいんだよ。もっと場数を踏んで修業しないと――」

三吉は俯《うつむ》いた。

「夏になったら嘉助さんにおまえの葛切り修業を頼んでやろう」

季蔵の言葉に、

「ん、おいら葛切りの免許皆伝になってやる。そして絶対、嘉助旦那から温ったか葛切りの伝授を受けるよ」

三吉は力み気味に告げた。

翌日、季蔵は長次郎が存命の頃からの馴染み客である履物屋のご隠居喜平《きへい》、大工の辰吉《たつきち》、指物師の勝二《かつじ》に向けて以下のような文をしたためた。


大寒に入り、厳しい寒さが続く毎日でございます。皆様に日頃、御贔屓いただいている御礼も兼ねて、明後日二十日塩梅屋冬葛尽くしにて暖のおもてなしをと思い立ち、お招きいたしたくお便りいたしました。

楽しみにお持ちいたしております。

塩梅屋季蔵

喜平様
辰吉様
勝二様

二十日当日、

「邪魔するよ」

一番乗りは高齢ながら顔の色艶もよく矍鑠《かくしゃく》とした様子の喜平であった。

「こんなご時勢に招待なんて悪いって、他の二人がわしのところへ言ってきた。それならわしが先に行って本当にいいのかって、確かめようってことになったのさ」

喜平の開口一番に、

「日頃、御贔屓いただいていることへの心ばかりの御礼です。それと冬葛尽くしを拵えるのははじめてなので、皆さんの忌憚《きたん》のないご意見をうかがいたいとも思いました」

季蔵は如才なく応えた。その実、

――葛尽くしには魚や鶏の類《たぐい》を一切用いていないものの、凝った精進料理とは異なる。これがお大事屋さんのお春さんに気に入ってもらえるかどうか、この食通にしてざっくばらんな人たちの口を通して聞きたいものだ――

という下心もあった。

「そうかい」

笑みを浮かべた喜平は、

「それじゃ、外で待ってる二人にそう伝えてくる。大喜びするだろう。そうだ、酒は？　酒も招待のうちに入るのか？」

常と変わらず無邪気なまでに率直な物言いをし、

「もちろんでございます」

季蔵は微笑《ほほえ》んで頭《こうべ》を垂れた。

こうして三人は塩梅屋冬葛尽くしを堪能することになった。

「それではお酒と共に冬葛尽くしを召し上がりつつ、思ったことを遠慮なくおっしゃってください」

三人はごま豆腐と紅白葛叩きは先代長次郎の味だと言ってなつかしがった。

喜平が、

「御椀二種の紅白葛叩きか、葛引き蒸しかって訊かれりゃあ、わしは紅白葛叩きだね。

長次郎さんに義理立てしてるんじゃなくてさ、葛引き蒸しは年寄りには熱すぎる。唇と言わず舌まで火傷しそうだ。吹いて少しずつ木匙で食ってるがなーんかね。自分がもう年齢《とし》だと感じさせられて面白くない」

と言うと、

「ふうふうやりながら食うのがいいんじゃないか。そもそも俺もおちえも冬は温かい食い物が一番だって決めてるんだよ」

辰吉が正面から言い返し、

「わたしは居職《いじょく》ですから、座っていることが多いせいか、このところ足が冷えて困ります。眠れない時もあるほどですのでこの葛引き蒸しは有難いですね」

差し障りのない言葉で葛引き蒸しの方を支持した。

納豆の五目あんかけについては、

「こんなに納豆が美味しいとは思ってもみませんでした。家族にも食べさせたいので是非、作り方を教えてください」

勝二は熱心な目になり、

「俺も頼むよ」

辰吉も言い、

「これぐらい、うちの嫁にも作ってほしいものさ」

喜平も洩らして満場一致で讃《たた》えられた。

きつね葛飯と揚げそばのあんかけは、

「本当をいうと俺はきつね葛飯をするするっと食いたい口なんだが、揚げ物好きなおちえは揚げそばのあんかけの方だろうな。どっちかといわれりゃあ、そりゃあ、揚げそばの方だ」

と辰吉が口火を切った後、

「わしはきつね葛飯に限るよ。相変わらず褞袍《どてら》女房にご執心だな」

喜平は禁句を口にした。

季蔵と勝二はあっと叫ぶ代わりに目を見合わせた。

喜平は以前、辰吉の女房想いをからかってか、ありがちな女への美学がそう言わせたのか、〝あれは女ではない、褞袍だ〟とおちえを称したことがあった。これに怒った辰吉が〝倅《せがれ》の嫁がからげた裾をじっと見ていて隠居させられた助平爺《すけべじじい》〟と罵り、以後、酒が入ってこの応酬になると殴り合いになりかけたことさえあった。

――困りました――

――本当に――

二人は息を詰めていたが、意外にも、

「そうだよ、おちえは褞袍さ。だが褞袍のどこが悪い？　褞袍は温かいじゃないか。特に冬は褞袍に限るね」

平然と辰吉は言い返した。

――よかった――

――辰吉さんも変わりましたね――

二人は安堵《あんど》して、

「揚げそばのあんかけの作り方をお願いします」

勝二はそっと揚げそばを選んだ。

辰吉が躱《かわ》してくれたおかげで喜平との喧嘩は避けられ、冬葛尽くしの料理が一通り終わっても、三人の話は途切れなかった。

「まだまだお飲みいただいて、楽しくお話を続けてください。お茶と葛菓子は後にいたしましょう」

季蔵は温ったか葛切りの代わりに煮穴子を小鉢に盛り付けて各々の前に置いた。

盃を口に運んでいる辰吉の舌は滑らかだった。

「これはおちえに聞いた話なんだが、それにしても驚いたね。あのまぐろ屋克吉が殺されて、始終、客の前も憚《はばか》らずに喧嘩してた女房のお朝が殺《や》ったって話で、てっきりお縄になると皆思ってた。ところがお朝目当ての常連客だった岡っ引きの辰三まで殺されたってえのに、二件ともお蔵入りになっちまった。その証にお朝はお咎《とが》めなしで一度閉めかけた店を開いてる。興味半分で結構客が来てるってよ。もしお朝が男絡みで二人とも殺っちまってたらどうなる？　もう新しい男でも咥《くわ》えこんでるかもしんねえ。怖い話じゃないか。そう思わねえか」

とかく辰吉は多情とされている女に容赦がなかった。相づちをもとめられた勝二は、

「まぐろ屋さんにも箸をお届けしていたことがありました。たしかにご夫婦のは口喧嘩とはいえ派手でしたね」

自身が見聞きした事実だけを口にした。

勝二は親方だった義父が亡くなった後、指物師として一人前になるまでさんざん辛酸を舐《な》めた。暮らしに追われて塩梅屋にも出入りできなかった。そんな勝二は指物の注文がさっぱりなかった頃は箸を作って主に料理屋に納めていた。安価で見た目が良く丈夫な勝二の箸は評判になった。今は指物の仕事で充分食べて行けるし、塩梅屋にも顔を出せる。それでも勝二は、箸の注文が有難かった頃のことを忘れまいと肝に銘じて、ずっと箸を作り続けてきていた。

第四話　大寒味わい

一

「お朝《あさ》さんが岡《おか》っ引《び》きの辰三《たつぞう》親分と親しかったというのは噂《うわさ》でしょう?」

季蔵《としぞう》は三人の顔を見た。

「そんなもん、噂だけで充分だろうが」

辰吉《たつきち》は言い切り、

「お上はその手の噂を集めて、お朝に縄をかけようとしてたんじゃないのかい?」

喜平《きへい》も真顔で、

「実は辰三親分という男《ひと》もどうもね」

勝二《かつじ》は告げた。

「そうそう」

喜平は大きく頷《うなず》いて、

「岡っ引きってえのはいろいろ探り当てて、人の弱みも摑《つか》むだろうが。それをネタに脅して強請《ゆす》ることもできる」

と続けた。

「辰三さんがその手の親分だったと？　南八丁堀《みなみはっちょうぼり》の松次《まつじ》親分からはそのような話は聞いていませんが」

季蔵はこの時ほんの一瞬、烏谷《からすだに》の隠れ者としてだけではなく、田端《たばた》、松次の相談役にもなっていて、自分が市中で起きる事件の調べに手を貸していることを忘れた。

「そこは岡っ引き同士、互いの悪いとこは見て見ぬふりってやつさ。もっとも頑固だが人情者で通ってる松次親分には、これといった悪い噂は聞かねえけどな」

喜平の代わりに辰吉が応《こた》えて、

「たしかにそうですね」

勝二が相づちを打った。

――お三人ともなかなかの噂通だ――

感心しつつも、

――気をつけないと。あまり話しすぎてはいけない――

塩梅屋《あんばいや》季蔵は料理だけではなく、市中で起こる殺傷沙汰《ざた》等の事件にも通じているという噂が広まっては困る。

季蔵が口を閉じると、

「お朝さんと辰三親分との間が親しかったとしたら、表向きはまぐろ屋を贔屓《ひいき》にする代わりに、過去のことで親分がお朝さんを脅して、嫌々言うことを聞かせていたとわたしは考えたいです」

勝二は珍しく積極的に話して、

「克吉《かつきち》さんはお朝さんとのことで辰三親分と話をつけようとしたのではないかと――」

と続けた。

「じゃあ、よりによって、どうして親分まで殺されたんだい？」

喜平の問いには、

「克吉さんを殺したのは辰三親分なのに、嫌疑が一時お朝さんに向いても、いずれはわかってしまうだろうと知ってのことでは？　辰三親分だって岡っ引きの端くれですから」

お朝を見張っていることや辰三の死に様を知らない勝二は理路整然と言い切った。

「辰三はそんな柔《やわ》な奴《やつ》じゃねえぞ」

辰吉は憤怒に近い面持ちになった。

「おや、そうだったのですか」

季蔵はわざと惚《とぼ》けた合いの手を入れた。

辰吉は話を続けた。

「これはおちえから聞いた話じゃない。俺《おれ》たち大工仲間の間じゃ、知らねえ者なんていねえ話さ。腕もいいが幼い倅《せがれ》を目の中に入れても痛くねえほど可愛《かわい》がってた大工がいた。倅は遊びたい盛りで、親の言いつけなんざ守らずに遠くまで出かけてて、見てはなんねえもんを見ちまったんだ。それってえのは裏店《うらだな》で一人で店番をしてた小間物屋のご新造《しんぞ》を、力ずくで自分のものにしちまった上に首を絞めて殺し、銭をかっさらって逃げた辰三の姿だった。大工の子はその様子が忘れられずうなされるようになった。理由《わけ》を聞くと、ご新造の骸《むくろ》が出た小間物屋の店先で、辰三親分の姿を見たんだと倅は答えた。驚いた大工は番屋にそのことを届け出ようとした。ところがその前にその子は大八車《だいはちぐるま》に轢《ひ》かれて死んだ。大工の子は〝怖い、怖い。いつも誰《だれ》かが後をついてくる、見張られてる〟と、手習いに通う以外、滅多《めった》に外へ遊びに出ようとしなくなっていたというのにだ。その上、子どもが轢かれてたのは両親と一緒に夕餉《ゆうげ》を囲む時分だった。手習いからの帰りが遅いので案じた大工が迎えに行こうとした矢先だった」

「当然、その大工さんは番屋に経緯《いきさつ》を話したんでしょう?」

同じ年頃《としごろ》の息子がいる勝二はやや顔を青ざめさせつつ、強い口調で確かめた。

「もちろんだ。だがほどなく、この小間物屋のご新造殺しは、当時、恐れられていた盗賊の一人の仕業だと見做《みな》され、とうとうお縄にはならなかった。けど、仲間は大工の倅が死んだのは、ご新造殺しの生き証人だから辰三に口封じに殺《や》られたと信じて疑っていない。お上は子どもの言うことは信じず、もっともらしい嘘《うそ》を言う辰三を信じたのさ。俺たちはそれからお上の正しさなんて、これっぽっちも信じちゃいないんだ」

辰吉は人差し指で親指の腹を弾《はじ》いてみせて、

「俺の名に辰三と同じ辰が入ってるのも忌々しいくらいさ」

とまで言った。

「その大工と女房はどうしたい?」

喜平がひっそりと訊《き》いた。

「遅くにできたたった一人の子だったんで、夫婦ともどもすっかりまいっちまってね。大工は仕事が手につかなくなっちまって、暮らしに事欠くようになった一年後、子どもの祥月命日に二人して首を括《くく》った」

辰吉もまた低い声で応えた。

すると勝二は、

「たしかにそのご新造殺しと子どもの口封じが辰三親分の仕業だったとしたら、お朝さんに執心する余り、ご亭主の克吉さんを殺したとしてもおかしくないし、その罪の重みで自死しようとするわけもありませんね」

と言った。

――辰三親分が何者かに水瓶《みずがめ》に入れられた毒で死んだことをこの人たちは知らされていない。だが結論は同じで下手人がお朝さんでないのなら、雲を摑むような話ということになる――

季蔵は遅々として進まない調べを憂慮しつつ、

――だが、どうしてこんなに酷《ひど》い言われようをしている辰三親分について、何でも知っているはずの瓦版屋《かわらばんや》の飄吉《ひょうきち》さんが、ただの食通仲間のようにわたしに言っていたのか？　飄吉さんはどこまでわたしのことを知っているのだろう？――

面白い仕事相手だと思っていた飄吉に対してはじめて疑惑を抱いた。

二

何日かして、飄吉がまた夜更けて灯《あか》りの点《つ》いている塩梅屋に顔を出した。

「ちょっとな、お大事屋《だいじや》の婆《ばあ》さんのことで知恵を借りてえんだよ」

すでにお春《はる》が指示してきた、塩梅屋冬葛《ふゆくず》尽くしの献立は烏谷を通して飄吉に渡してあった。

一瞬、飄吉の言葉を不可解に思った季蔵だったが、

──あのお奉行を通じての関《かか》わりと仕事ゆえ案じることはないのかもしれない。まず、お奉行がわたしが隠れ者であると伝えているはずもないし──。物事をあまり深く考えすぎても仕様がない──

と見做《みな》して、烏谷と飄吉の間についても単なる食通友達にすぎないのだと思うことにした。

「献立はあれでよかったでしょうか？」

季蔵の言葉に、

「俺はね、葛料理なんてのは食通の食いもんじゃねえと思ってる。お奉行様だってきっとそうだぜ。そもそも葛っていやあ、病人が啜《すす》る葛湯じゃねえか。あんな辛気臭い

もん、勘弁してほしいもんだが、あの婆さんは言い出したらきかない性質《たち》だからな。そもそもはお奉行様からの頼みで嫌とは言えないし、あんたにも世話をかけたと思うよ、この通り」

飄吉は手を合わせる仕草をした。

「肝心なのはお春さんがあれで納得してくださったかどうかなのですが」

季蔵が重ねて念を押すと、

「尽くしの中身には満足してた。貴賤を問わず、凍える寒さに耐えている夜鷹《よたか》にまで温かく優しい、万人受けのする冬葛尽くしだと褒めちぎってたよ。さすが市中十傑の塩梅屋季蔵だと。お大事屋での〝塩梅屋季蔵、突撃商家の夕餉膳《ゆうげぜん》〟の当日は夜鷹の夜食にこの何品か、たしか、あつあつの葛引き蒸しやきつね葛飯、揚げそばのあんかけ等を配るつもりだともね」

相手はすらすらと応えて、

――飄吉さんが直《じか》に会って承知いただいているのなら心配ない――

「お春さんに会われたのですね」

季蔵はひとまず安堵《あんど》した。しかし、

「うん、会いたくねえからって、ここまでは文《ふみ》だった。だが、どうした風の吹き回しか呼ばれたんだよ」

　飄吉は浮かない表情になった。

「さらなる注文でも？」

「まあ、そんなとこだが」

　そこで飄吉は珍しくも口籠《くちごも》った。

「婆さんが言うにはあんたの冬葛尽くしは大変結構だが、瓦版に載せるのだからもう一工夫あってもいいんじゃねえかと――」

「もう一工夫？　やはりそれは塩梅屋冬葛尽くしに不満があるからでは？」

　季蔵の懸念に、

「わかんねえ」

　飄吉は首を傾《かし》げつつも、

「俺はあんたの料理のことじゃなく、俺に瓦版屋の心意気を見せろってことじゃないかと思う。それらしい様子だったぜ。そうは言っても俺にはちんぷんかんぷんさ。何をどうしていいのか、さっぱりわかんねえ。わかってるのはこのままじゃ、礼は取りづらいってことだよ。といって夜鷹にまで振舞うあの婆さんは鎌江《かまえ》と違って、この礼金をケチるなんてことはねえんだ。俺は葛料理と同じか、それ以上にあの婆さんが苦手なんだよ」

ぼそぼそと呟《つぶや》いた。

「いっそわたしがお春さんに会ってみてはと思います。そもそも大本は〝塩梅屋季蔵、突撃商家の夕餉膳〟の冬葛尽くしにあるのですから、ご挨拶《あいさつ》も兼ねて伺ってみます」

季蔵の言葉に、

「そうか、そうしてくれると有難《ありがて》え。なあに、ご指名のあんたがわざわざ出向いてくんだ、婆さんだって無下にはしねえだろうよ。とにかくよろしく頼む」

飄吉は頭を下げた。

こうして季蔵は南大坂町《みなみおおさかちょう》にあるお大事屋にお春を訪ねることになった。

お大事屋は間口はそれほどでもないが、質草を預かっておく大きな蔵と隣り合っている。訪ねて名乗った季蔵が用向きを口にすると、三十歳ほどの男の顔にさっと緊張が走って慌てた様子で、

「お大事屋主《あるじ》の藤吉《とうきち》です。ご隠居様から聞いております。お大事屋の冬葛尽くしのことですね。今、ご隠居様にあなた様がおいでくださったと伝えてまいります」

一度外へ出て蔵の方へと走って行ってから、戻ってくるまでしばらく時がかかった。

「ご隠居様がお待ちです。これからご案内いたします。こちらです」

藤吉は先に立ってまた外へ出た。

お春の隠居所は店と蔵の間に隠れるように建てられていた。一応、庭は見渡せて椿《つばき》が花をつけているものの、二間あるかないかの手狭な隠居所であった。どこにでもある粗末な部類の平屋で、あれよあれよという間に、お大事屋の商いを今日のような、人が羨むほどに広げた立役者の住まいにしては何とも慎《つつ》ましかった。

「ご隠居様、塩梅屋さんがお見えになりました」

藤吉が戸口で声を張ると、

「どうぞ、入ってもらって。藤吉、あんたはもういいから」

ぞんざいなやや野太い声が響いて、

「それからお茶も菓子も要らないよ。うちのお茶や菓子なんて、市中料理屋十傑の塩梅屋さんには無粋なだけなんだからさ」

と続いた。

「はい」

応えた藤吉は季蔵の耳に〝なにぶんよろしく〟と囁《ささや》いて立ち去った。

「お邪魔いたします」

季蔵は障子《しょうじ》を開けて中へと入った。床の間には虎《とら》が描かれた掛け軸が掛かっている。

その前に小柄な老婆が綿入れに包《くる》まれるように座っている。

「塩梅屋季蔵です。このたびはご縁をいただきありがとうございます」

季蔵は丁重に頭《こうべ》を垂れた。

一方のお春は後ろの掛け軸を振り返って、

「これは円山応挙《まるやまおうきょ》の有名な〝虎図〟とやらだっていうんだけどね、これから質屋、損料屋だけじゃなしに、古着屋、いずれは骨董屋《こっとうや》も開くつもりもあるんで、たいそう気に入ってて、ここに飾ってるんですよ。虎を目にしたことのない応挙が猫を見て描いたんだそうで、目が猫そっくりなところが面白い。お大事屋《うち》はまだ骨董の目利き中の目利きを雇っていないんで、本物か偽物かはわかりませんけど、絵師が偽だとしても、描かれてる虎は猫の目で虎にはなってない、これまた偽だっていうのが何ともいいのよ。お大事屋女隠居お春のあたしはこの〝虎図〟に大満足」

張りだけではなく艶もある声で挨拶代わりの饒舌《じょうぜつ》を披露《ひろう》した。話す時のお春は無造作に束ねた白髪《しらが》交じりの頭とは裏腹に、黒目がちな目をらんらんと輝かせている。

――女隠居の見た目ながら元気そのもの、まだまだ商人魂が満ち満ちている上に洒落《しゃれ》もお好きなようだ。実は見た目よりもずっと年若いのかもしれない――

「お大事屋の夕餉膳にお指図いただいた冬葛尽くしのことでまいりました。何か、まだ至らない点でもございましょうか？」

季蔵は思い切って切り出した。

それには応えず、

「あたしはいったい幾つに見える？」

お春はいきなり問うてきた。

――それは――

六十歳の坂、いや七十歳にもう届いているかもしれないほど老け込んでいる。しかしそんなことを口にしていいかどうかはわからない。季蔵が黙っていると、

「本当はあたし、まだ四十歳なのよね」

けらけらと声に出して楽しそうに笑った。

「見た目は七十歳近い死に損ないの婆《ばばあ》なのにね」

季蔵は全く応えられない。

「ああ、でもこれでいいこともあるんですよ。女の年齢《とし》なんて住んでるところに親戚縁者がいなければ知られずに済む。この姿である日、奉公人たちに隠居したいと言ったら、ああ、そうか、どうぞってことにすんなり行きましたからね。この風体はあたしが女隠居の看板を出すにはもってこいだった」

「親戚縁者がおられない？　では後を継いでいる藤吉さんは？」

季蔵の疑問に、

「藤吉はあたしが小僧の頃から仕込んで養子にして嫁を迎えました。繰り返しますけどあたしには親戚縁者といえる関わりがないんですよ。藤吉にはお大事屋の先行きを託せる器になってほしいと思い、それには主だったあたしの枷《かせ》が取れることだと気づいて、隠居することにしたんです」

お春はきびきびと応えた。

――以前のお大事屋はお春さん一人で商っていたというから、たしかに奉公人たちが女主の年齢を知らなくても不思議は少しもない――

「とはいえね――」

お春はしばし口籠ってから、

「今まであたしは藤吉に立派な跡取りにさえなってくれればそれでいいと思ってて、他《ほか》にこれといった望みはなかった。ところが嫁との間に孫が生まれると何か、今までにない気持ちがむくむくと頭をもたげてきたんですよ。はじめは自分でもわからなかったけど、どうやら、孫娘にだけはただのお祖母《ばあ》ちゃんになって好かれたいんだなとわかった。この気持ち、どうにもならないんですよ。それと冬葛尽くしとどう関わりがあるのかといえばわからない。全然ないような気もする。そんな時、親しくしてる夜鷹のお頭がこう言うの。〝人は生きている間に一つや二つ、わけのわからない我儘《わがまま》をどこかにぶつけてもいいんじゃないか〟って、〝ご隠居さんはあたしたちとは違って、身体《からだ》で稼いでおまんまにありついてきたわけじゃないだろうけど、女一人で商いをここまでにするには、言うに言われぬ辛《つら》い、悔しいことが沢山あったはずだから、少々の我儘は許されるわよ、絶対〟ともね」

——それで飄吉さんにはまるで伝わらなかった、瓦版屋の心意気を示せなどという言葉になったのだな——

季蔵はやっと合点がいった。

三

「冬葛尽くしに何を加えればいいか、料理に拘《こだわ》らずに考えてみたいと思います。また、お知り合いと分かち合われているご苦労について、よろしければ、わたしにお話しいただけませんか？」

「それ、生まれてからここまでどうやってあたしが食べて生きてきたってことですか？」

「ええ」

　季蔵は目を伏せた。

「あたしがあんまり夜鷹のためになろうとしたり、夜鷹のお頭なんかとは友達づきあいだもんだから、おおかたあたしの母親は夜鷹で、あたしは父《てて》なし子だろうっていう口さがない噂はあります。でも違うんですよ。あたしにはれっきとした両親《ふたおや》がいました。といってもひどいおとっつぁんでね。あんな奴《やつ》いなきゃいいのに、役者崩れだったおとっつぁんときたらお酒に取り憑《つ》かれたみたいな男で、夜中に子どものあたしを酒屋に走らせたり、うちにお酒を買うお金がないとおっかさんを殴ったりしてました。止めるとあたしも殴られた後、冬の寒空の下で立っているように言われて、あまりの寒さに死にかけたこともありました。おっかさんはそんな暮らしに耐えられずに逃げました。あたしを連れて行ってくれなかったのは男がいたからです。男は長屋に来る越中富山《えっちゅうとやま》の薬売りでしたが、あたしのことは年齢《とし》の離れた妹だとおっかさんは男に言っていましたから。そんな理由《わけ》であたしは酒浸りのおとっつぁんと二人っきりになり、もうその頃は舞台の端役さえ回ってこないので本当に食うや食わず。あたしが年齢をごまかして子守りをしたり、飯屋の後片付けをさせてもらったりしてその日銭で暮らしていました。そのうちに酒を買ってこいと怒鳴られて殴られることも少なくなり、おとっつぁんは死にました。死んだ日、あたしは葬式もせず、骸《むくろ》を放《ほう》り出したまま、長屋から逃げ出したんです」

そこでお春は一度言葉を止めた。

「今では酷《ひど》いことをしたと思っています。でも同じことが繰り返されたら、今でもあたしは逃げていたと思います。あたしはお女郎に売られることになっていたからです。女郎屋の主はあたしにさんざん、お女郎になれば綺麗《きれい》な着物が着られて旨《うま》いものが食べられ、贅沢三昧《ぜいたくざんまい》な暮らしができると吹き込んでいました。そして、おとっつぁんは前金を受け取っていましたので、逃げなければ身を売る羽目になってしまいます。それがとても嫌だったのは、飯屋の残飯を漁りにくる物乞《ものご》いのおばさんたちがあたしにこんなことを言っていたからです。〝物乞いよりも惨めなのは夜鷹だよ。自分の身体を襤褸《ぼろ》切れみたいに売って、おまんまを食ってるんだからね。それならあたしらみたいに御慈悲の残飯を有難くいただいている方がまだましだよ。いくら垢《あか》じみてても穢《けが》れちゃいない身体は自分のものなんだからさ〟」

――なるほど――

季蔵は複雑な気持ちで言葉が出なかった。

お春は先を続けた。

「逃げたあたしは川原で葦簀《よしず》張りの下で雨露を凌《しの》ぎながら、物乞いたちと一緒に暮らしました。近くに夜鷹たちも葦簀張りの下で寝起きしていて、物乞いは煮炊きや夜鷹の子の世話をしたり、銭を稼いでいる夜鷹は物乞いが病に罹《かか》った時に備えて、いくばくかの薬代を渡したりしていて、持ちつ持たれつの間柄でした。驚いたのは夜鷹たちが物乞いが言っている通り、自分たちを物乞いよりも惨めだと感じていることでした。夜鷹のお頭は〝夜鷹だけにはなっては駄目だよ。女郎なんぞになったら堅気に戻れるのはほんの僅《わず》か、年齢《とし》をとって、いつのまにかあたしたちみたいになっちまうんだから〟と言い、物乞いのお頭は〝あんたにはあっしらみたいに施されるんじゃなく、あっしらに施す側になってもらいたいもんだ〟と言ってくれました。おかげであたしは物乞いのお情けを受ける秘訣《ひけつ》を習い、いただいた銭を溜《た》めて、それを元手に行商をはじめました。夜鷹のお頭には男の客や競争相手の男たちにふりまく愛嬌《あいきょう》を習いました。寝る間も惜しんで働きました。それでやっと小さな潰《つぶ》れかけていた質屋を買えた時は、天にも昇る気持ちでした。あの時ほどうれしかったことはありません」

「商売一筋でご家族は持たれなかったのですか？」

「商いを続けて広げることばかり考えていました。生い立ちを思い返すと正直、家族というものに希望は持てなかったんです。そんなわけで共白髪を約束しようと覚悟した男にはとうとう出逢《であ》えずじまいでした。まあ、夜鷹のお頭の指南で多少の色香も身につけましたけれど、それも二十歳《はたち》ぐらいまでで、働きすぎもあって三十歳になった頃からはほらこんな風に」

お春は白髪頭と顔の皺《しわ》に手を触れてくくくっと笑った。

「それにあたし、男前の父親に惚《ほ》れたおっかさん似で、若い頃から十人並み以下でそう褒められた器量ではないんですよ。おとっつぁんは女郎屋の主から渡されたあたしの前金の額を〝少なすぎる、おまえの器量のせいだ〟って言って、とっても不機嫌でしたから。でもそのおかげで女郎屋の主はあたしをとことん追うようなことまではしなかったんでしょう。夜鷹のお頭は〝なまじ、美人だなんて言われるのも考えものさ〟なんて言ってくれましたけど。ああ、でも今じゃ、こんなに老けて見えてるし、若い頃から商いの駆け引きに差し障りが出るほど言い寄られることがほとんどなかったのは、この顔のおかげですから、本当によかったと思ってますよ」

お春は今度はふふふと含み笑い、

――顔立ちや生い立ちよりも、今日お春さんが大商人お大事屋お春なのは、一本太い筋が通った不屈の気性のせいだろう――

季蔵は密《ひそ》かにそう思った。

「冬葛尽くしを〝塩梅屋季蔵、突撃商家の夕餉膳〟にと指定されたのはなぜですか？」

――これはお奉行をはじめ飄吉さん、そしてわたしにもどうしてなのかという思いはまだある――

生い立ちや来し方と関わってここが肝心だと季蔵は思った。

「ああ、それね」

頷いたお春は話しはじめた。

「さっき挨拶代わりに円山応挙の〝虎図〟の掛け軸を見せて、絵師が偽で虎の目が猫で偽、偽が重なっていてもいいと言ったわね。それで、何でもかんでも上方の真似《まね》、ようは何重にも偽を重ねて、江戸独自の料理を創り出してきたこの江戸にもなきゃって思ったんですよ。葛料理はどういうわけか、江戸ではあんまり広まってない。違います？」

問われた季蔵は、

「八杯豆腐《はちはいどうふ》は市中の皆さんのところでよく作られるものですよ。豆腐をうどんと同じくらいの太さに細長く切って、醤油《しょうゆ》と酒で味付けした鰹節《かつおぶし》の出汁《だし》で温め、葛でとろみをつけて仕上げます。番付で最高位の大関格となり、これが一番人気の江戸料理と称されたこともあるそうです。たしかに呼び名の通り、細切りの豆腐と葛のとろみが醤油味の出汁と相俟《あいま》って、得も言われぬ美味《うま》さとなり、するすると八杯は軽く食べられてしまいます。ご存じでしょう？」

と言った。

「それはよく知ってます。でも江戸ではおおむね、葛といえば葛餅とか、葛饅頭《くずまんじゅう》、葛切りとかのお菓子。これらもきんつばや大福、焼き芋ほどは知られてない。葛料理と聞くとやっぱり有難くて高尚なお公家《くげ》さんたちのお膳を想《おも》わせますよ。もっとも公方《くぼう》様やお大名方は本格的な京風の葛御膳を召し上がっておられるのでしょうけど。それで何とか市中に葛を使った、わりに手軽で安上がりの江戸流尽くしを流行《はや》らせてみたいと思ったんです。市中の人たちは雅やかな京風を尊んで憧《あこが》れ続けてますからね。夢を持ってもらうこともできると思いました。それとさっきの応挙の〝虎図〟ね、本物の虎じゃなくても猫の目は可愛《かわい》いからそれでいいって、あたしは思ってるんです。あれ、何も〝虎の目〟の本格的な京風の葛御膳でなくても、美味しくて江戸の人たちの口に合う〝猫の目〟でいい、江戸人好みで身体を芯《しん》から温めてくれる冬葛尽くしが最高じゃないかってことなんですよ。偽も極まれば本物以上になれるみたいな——、わかります？」

聞かれた季蔵は、

「そのつもりです」

　そう応えて、

　――これにはいわゆるどん底からここまで這《は》いあがったお春さんの強い想いも込められているはずだ。現実の貴賤は決して超えることのできないものではあるが、このような形であれば〝猫の目〟は〝虎の目〟を超えることもあり得るのだから――

　とお春の胸中を思って感じ入ったものの、

　――しかしこれを瓦版屋の心意気とどう関わらせたものか？　わかっているのは月並みな苦労話を添えたりしたら、この手の話を恥じてはいないものの、誇ってもいないお春さんのお眼鏡《めがね》に適《かな》うことがないどころか、見限られるだろう。お春さんは今後のお大事屋に果てしない期待を抱き続けている。そして養子の主夫婦に出来た孫娘に自分でも戸惑っているほど、並々ならぬ愛情を持っている――

　すぐには瓦版屋の心意気、お春の宿題の答えが思いつかなかった。

　するとお春は、

「今思いついたんだけど、瓦版屋にあたしについてのことを、〝塩梅屋季蔵、突撃商家の夕餉膳〟でちょいとした噺《はなし》にして載せてもらうというのはどう？　あたし、夜鷹のための夜廻《よまわ》りをしてて、寄席《よせ》を覗《のぞ》くのが楽しみなんですよ。趣味といえる趣味はこのくらい。だからあたしと葛料理を掛けたような噺、瓦版屋なら心意気で創ってほしいと飄吉さんに伝えてくださいよ。季蔵さんの冬葛尽くしに合ってて、葛料理の温かさが身体だけじゃなしに、心まで温めてくれる噺、お願いしますよ」
最後もまたくくっと笑った。
飄吉の居所を知らない季蔵はこの旨を烏谷を通して飄吉に届けた。そろそろ現れるだろうと待っていると、当人の代わりに文が来た。

瓦版屋の心意気という意図はわかりました。聞きしに勝る凄《すさ》まじい婆様です。お春の生い立ち、来し方については調べて知っていますのでそれなら心意気を発揮できます。ですがお春と葛料理を掛けたような話で心意気を見せることはできません。俺の力ではとても及びません。何とか、どなたかにお願いするか、――ああ、でもお奉行様は無理かと思いますが――、直に話を聞けた季蔵さんにお願いしたいです。不甲斐《ふがい》なくて相済みません。

飄吉

市中料理屋十傑　塩梅屋季蔵様

四

——噺といえば五平《ごへい》さんだが——
長崎屋《ながさきや》五平は江戸で三本の指に入る廻船問屋《かいせんどんや》の主で、父親が不慮の死を遂げて店を継ぐ前は、噺家を志して勘当され、食うや食わずで精進し、二つ目松風亭玉輔《しょうふうていたますけ》にまで昇り詰めていた。長崎屋の主となってからも恋女房が娘義太夫《むすめぎだ ゆう》水本染之介《みずもとそめのすけ》で鳴らしたおちずとあって、おちずの理解を得て趣味の噺の会を催していて、次々に創作噺を考えついている。

塩梅屋にふらりと現れて、折々に思いついた料理や材を主とする噺を聴かせてくれることもあった。ちなみに五平が季蔵にはじめて聴かせてくれた噺は〝酢豆腐〟、食通を気取っている若旦那《わかだんな》が熊《くま》さん、八《は》っつぁんに腐った豆腐を珍味の真骨頂と偽られて食してしまい、〝これぞ絶品〟と唸《うな》る痛快笑い噺である。

——五平さんは料理や材に掛けた噺がお得意だ。しかし、これは葛や葛料理に関わってはいても、後ろにはお大事屋のお春さんがいる。五平さんにお願いするにはこの事情を説明しなければならない。おそらく五平さんは快く引き受けてくれるだろう。けれども、お願いしたものの、五平さんの噺が、お春さんの気に入らなかったら大変なことになる。五平さんとの長きに亘《わた》る付き合いに溝ができかねない。これは駄目だ――

そこで季蔵は烏谷に向けて以下のような文をしたためた。

飄吉さんよりお大事屋のお春さんは、〝塩梅屋季蔵、突撃商家の夕餉膳〟の冬葛尽くしの他に、瓦版屋の心意気がお望みだとおっしゃり、皆目見当がつかないと言う飄吉さんの代わりにわたしがお春さんに会いました。

幼き頃からのご苦労の数々や貧しく恵まれない人たちへの想い、可愛くてならないお孫さんへの情には感じ入りました。

また所蔵されている円山応挙作とされる〝虎図〟の虎ではない猫の目に事寄せて、上方のしきたりや料理をやみくもに江戸に持ち込んで真似た結果、所詮物真似の偽物ながらも、この江戸に独自の味付けの妙が数多く面白く生まれ、育まれてきた話をお聞かせいただきました。これはこの江戸の美につながる〝粋〟だとわたしは思いました。お春さんが葛尽くしを夕餉膳に選んだのも、知られているのは薬湯に近い葛湯が主で、せいぜいが葛餅、葛饅頭止まり、上方以外ではあまり広まっていない葛料理にも江戸風、江戸流をとの粋なはからいであったようです。

こうしたお話の後、これらに関わって噺を作って、瓦版の〝塩梅屋季蔵、突撃商家の夕餉膳〟のお大事屋、冬葛尽くしに華を添えてほしいということになりました。これが瓦版屋の心意気であったのだとわかりました。

噺といえばわたしが懇意にしていて、お奉行様もご存じの長崎屋五平さんなのですが、お春さんも相当な噺通だとお見受けしているのでお気に召さなかったことを思うと、とても頼むことはできません。

そこでお奉行様から飄吉さんを通して、お春さんに何か、お好みの噺をうかがっていただきたいのです。それを叩《たた》き台にして何とか飄吉さんとわたしで創ってみたいと思っています。お春さんならこの手の真似はお許しいただけることでしょう。

よろしくお願い申し上げます。

塩梅屋季蔵

烏谷　椋十郎《りょうじゅうろう》様

それから何日かして飄吉から以下の文が届いた。

お春さんのところへ出向いて、物真似しても許してくれる、好きな噺はないかと訊いた。〝うどん屋〟だということだ。俺は噺よりも歌舞伎《かぶき》の方が好きなんで噺には暗いから、噺の〝うどん屋〟についてもよく知らない。

だからよろしく頼む。

それからお春さんはあんたが真似ることを見抜いてて、出来上がったらあんたから届けろと言ってた。

あの婆には敵《かな》わない。

飄吉

塩梅屋季蔵様

この報《しら》せの届いた翌々日、あの長崎屋五平から予期せぬ文が舞い込んだ。

妻のおちずが頼んでいた文箱《ふばこ》を勝二さんに届けてもらった折、塩梅屋冬葛尽くしについて耳にしました。

どれも絶品ながら、特に子どもたちが喜びそうな、温かな冬葛切りが美味でしかも簡単だという話を聞き及び、おちずは気になって仕方がないようです。そもそも、おちずに限らず女子《おなご》は皆、京の都やお公家さんのお姫様を想わせる葛料理に憧れがあるようです。

勝二さんからは、作り方を書いた紙が後日用意されると聞きましたが、何やらわたしも一刻も早くと気になってきました。

八ツ時ならいつでも伺います。

五平

季蔵様

これを読んだ季蔵は、

――冬葛尽くしの作り方はお大事屋さんの〝塩梅屋季蔵、突撃商家の夕餉膳〟が瓦版に載った後、お春さんの許しを得て配ると決めている。今は五平さんにも渡せない。となるともうこれしかないな――

冬葛尽くしをお気にかけていただきありがとうございます。拵《こしら》え方は今、準備中です。八ツ時でしたら、今なら赤貝を振舞わせていただくことができます。是非、お運びください。

塩梅屋季蔵

長崎屋五平様

五平に招きの文を返した。

その翌日、昼過ぎた八ツ時、小袖《こそで》と揃《そろ》いの、渋いが特上の大島紬《おおしまつむぎ》の羽織を着た長崎屋五平が塩梅屋を訪れた。若い時に比べてやや目方が増えて恰幅《かっぷく》がよくなり、長崎屋を先代の時以上に繁盛させている様子が貫禄のある姿に見てとれる。

「珍しくふらりとおいでになりませんでしたね」

季蔵は五平に対して常と変わらないややくだけた物言いをした。

「皆さん、いろいろ細かく世話をしてくれる女房には、年々、こちらが年をとるにつれて弱くなるって言いますけど、わたしの場合は季蔵さんも知っての通り、おちずの娘義太夫姿に一目惚《ひとめぼ》れしてからずっとですからね。おちずの頼みとあっては季蔵さんを急《せ》かしにこうしてお邪魔するしかないんです」

五平は片目をつぶって見せた。

季蔵は鰻料理を介して、五平が恋い焦がれていた娘義太夫のおちずとの縁を取り持ったことがあった。

「あと何日かでお届けできます。きょうはこちらで」

季蔵はそう告げて支度に入った。

「赤貝ですね。いいですね」

五

「何か噺の着想が芽生えかけている様子ですね」

季蔵は探りを入れた。

「ええ、すっかり赤貝の虜《とりこ》になってしまいました。ここを訪れる前は、おちずがしきりに気にしている冬葛尽くしのこともあって、新たに葛と関わる噺は創れないものかと思っていたんですが――」

「どんな噺になりそうでした？」

季蔵はさりげなく訊いた。

――多少なら五平さんの思いつきを借りても――

「思い出したのは〝親子酒〟の一部でした。止めよう、止めようと思っていても止《や》められない、〝親子酒〟はどう仕様もない大酒飲みの父親が、大店《おおだな》の後継ぎである息子も自分に負けない大酒飲みなのを案じて、とうとう率先して酒を断つことにするが結局は——という噺です。この〝親子酒〟で母親が何とかして止めようと、酒を飲む口実を作ろうとする二人に意地悪く葛湯や蜜柑湯《みかんゆ》を勧めるんです。そこに出てくるぐらいで——。あと、これはわたしが勝手に思いついたことなんですが、薬湯でも滋養湯でもある葛湯を、〝酢豆腐〟のように食通ならぬ、風呂通《ふろつう》を気取っている贅沢三昧な御仁が葛風呂と取り違え、葛まみれになって動けなくなるというのも面白いと思ったものの——しかし、これでは何ともとりとめがありませんね」

五平は苦笑して、

「なのでここへ来て、赤貝に出会えてよかった」

ときらきら光る目で言い、帰っていった。

——噺創りとはむずかしいものだ——

三吉《さんきち》が使いから戻ってきたところで、

「少しここを頼むぞ」

季蔵は離れの経机の前に座って以下のように書きつけた。

お大事屋お春さんより

〝うどん屋〟を手本に。〝うどん屋〟は冬のとりわけ寒い夜、屋台のうどん屋が今夜は稼ぎ時とばかりに、立ち止まる客たちを必死に誘うが、酔っ払いは勝手な話ばかりしていて注文せず、がっかりしていると、小さな声でうどん屋を呼ぶ声が聞こえた。奉公人たちが主に内緒で注文するのだと期待したものの風邪をひいていただけのことだったという噺。

・五平さん、小ネタ

〝親子酒〟の母親が酒を止める言葉として、〝葛湯〟。

〝酢豆腐〟の葛湯風呂版。葛湯まみれ風呂。

――これらを元になんとかするしかない――

意を決した季蔵は〝うどん屋〟ならぬ〝葛湯屋〟という噺の筋を書きつけていった。

〝葛湯屋〟

どういうわけか、酔っ払いのとりとめもない話を聞かされるだけか、これと思った客には巧みに食い逃げされてしまう、商いがさっぱりなうどん屋が商い替えをしようと考えた。あれこれめんどうではない客ばかりで、そうした客たちからそこそこ金がとれる引き売りはないものかと考えに考えて、葛湯だけを売る〝葛湯屋〟に決めた。これならうどん屋のように他に競う相手もいない。

元うどん屋の葛湯屋は小石川養生所《こいしかわようじようしよ》の近くに昼間、屋台を開くことにした。ここならきっと、年老いた病人やその家族たちが行き来するので葛湯が売れるだろうと算盤《そろばん》を弾いたのだ。そしてこの手の人たちは酔っ払いでもなく、食い逃げならぬ、啜り逃げもしない、葛湯に癒やしだけをもとめて立ち寄るはずだった。これぞ、うどん屋だった頃の仇討《あだうち》商いではないかと元うどん屋はほくそえんだ。

こうして葛湯屋は最初の客を待った。客は年老いた婆さんで杖《つえ》をついていた。葛湯は一番の好物だと言いつつ、可愛い孫娘に世話を焼いてもらうのが苦になっていて、養生所に入ろうかと思い、知り合いが入っているのでたびたび訪ねて、居心地を確かめているのだと言った。そんな折、大好きな葛湯を売る葛湯屋の看板を見てうれしくてならなかったと涙をこぼして喜んだ。何と言っても孫娘の葛湯だけは常々勘弁してもらいたいと言うのだ。

〝それはどうしてです？〟

葛湯屋がつい聞いてしまうと、老婆は孫娘の葛湯は葛湯風呂。お祖母ちゃんが好きで温まるからと葛粉をどっさり風呂に入れてしまう、身体がべとべとして水風呂にでも入らない限り、拭《ふ》くだけではなかなか取れない。お祖母ちゃん、大好きな葛湯を着てるみたいでいい気持ちでしょう？　と孫娘が浮かべている笑顔に応えたいので、孫娘が帰るまで拭き取ることもできない。足だけではなく腰が悪いせいもあって、このところ葛湯が張り付いてしまった浴衣の上に着物や羽織を重ねている始末。

〝それでも葛湯は大好きですよ。一椀《わん》くださいな〟

と言った口から、

〝ああ、でも、そんなことをしたらもう孫娘の顔が見られなくなる。ごめんなさい、やっぱり結構です〟

老婆は立ち去ってしまった。

年寄りの愚痴は酔っ払いと同じくらい手強いものだと思って葛湯屋がため息をついたとたん、一番立ち寄ってほしくない酔っ払いが入ってきた。

〝寒いし腹も空《す》いてきた、葛湯〟

もうすっかり出来上がっている男は叫ぶように注文した。これはいい客だと葛湯

屋は喜んだ。酔っ払いにもいろいろいるものだと――。客は葛湯の熱さをものともせずに五椀ほど立て続けに啜《すす》り終えて、さらに、

〝葛湯〟

まるでうわばみのような啜りっぷりであった。そろそろ気になってきた葛湯屋が、

〝この辺りで一度お勘定を〟

と促すと、

〝酒代で有り金をすっちまった。前に大酒は病で葛湯は酒代わりの薬だって聞いたことがある。だったらこの葛湯も薬、薬代ならこの近くの養生所に払ってもらってくれ。あそこなら大丈夫だ〟

六

この〝葛湯屋〟を季蔵はまずは飄吉に見せて、

「わかんねえけど、ま、いいんじゃねえの」

などと曖昧《あいまい》に承知した後、以下の文を添えてお春に届けた。

〝うどん屋〟のお題をいただいて〝葛湯屋〟を、お話しいただいたご隠居様の来し

方と、今一番大切にしたいお気持ちを一元に噺にしてみました。お望みの瓦版屋の心意気には達してはおりませんが、何とぞお許しください。

塩梅屋季蔵

お大事屋ご隠居様

どうだったのだろうかと、気を揉んでいると意外にも翌日、お春からの評が返ってきた。

〝うどん屋〟、転じて〝葛湯屋〟の噺、大変面白く楽しかったです。わたしは大酒飲みの上、殴る、蹴《け》るのおとっつぁんを捨ててしまったことを悔いてはいません。けれども、血縁でもない孫娘への自分の強い想いに当惑しているわたしは時折、覚えていないだけで、あんなおとっつぁんにも優しいところはあったはずだと思うようになっています。富を得た今は、悪いのはただただ貧しさだったとも――。

そんなわけで〝葛湯屋〟、わたしの心に沁《し》みました。とはいえ、せっかくの冬葛尽くしを少しばかり、湿っぽくしてしまう上にやはり、噺と葛とは相性が今一つだったと、自分から言い出しておいてお願いしたことを恥ずかしく思っています。ですのでこのお願い事はお忘れくださいませ。そして、お騒がせのほどお許しくださ

い。

お大事屋　春

塩梅屋季蔵様

——ようはもう、瓦版屋の心意気は不要というわけか——

季蔵はこの文を飄吉を呼んで見せた。

すると飄吉は、

「〝あたしはそこらの成金とは違って心意気があります。物乞いや夜鷹を助けたり、橋や堤防の直しにも金を惜しみません〟、なぁんて言ってってもこのざまか。そりゃあ、自分で自分に腹が立つほど恥ずかしいだろうさ。ただの成金婆の気まぐれでやってた善行だってわかっちまったんだからな。俺はますますこの恰好《かっこう》つけのクソ婆が嫌いになったぜ。どんな嫌な女でもこの婆よりはましだ。それにしてもあんたには苦労をかけた。ほんとにすまねえことをした」

頭を垂れてから、

「しかし、これで礼金はばっちり取れる。ふざけんじゃねえ、婆め、今に目にもの見せてやるぞ」

細い目を思い切り瞠《みは》ってうそぶいた。

――まさか、飄吉さんは――

季蔵は飄吉に二度目の疑惑を抱いた。

――相手の弱みを握って、時にこのような手口を使うのでは？　そしてこういう手口は――

「飄吉さんの瓦版は料理や食べ物だけではありませんよね。例えば人がひた隠しにしている秘密、時に御定法に触れかねない事実を知ってしまうこともあるのでしょう？」

季蔵は訊かずにはいられなかった。

すると飄吉は突然、あははと笑い出して、

「真っ白な綺麗《きれい》な手の瓦版屋なんてこの世にいるもんか。人の秘密はえらくいい味がするんで瓦版は売れる、銭になる。だから若い頃はそんなことがないか、ないかって血眼になって探したもんさ。そのせいでそこそこ俺の手も汚れてる。腐るほどじゃあねえけどな」

さらりと言ってのけた。

——まぐろ屋克吉さんや岡っ引きの辰三親分について、疑われたお朝さんのことも含めて飄吉さんはよく知っていた。徒目付頭《かちめつけがしら》鎌江信次郎《しんじろう》様の死の真相についても何か握っているのではないか？——

季蔵はそれについても訊いてみたかったが止《よ》した。お春のところでの〝塩梅屋季蔵、突撃商家の夕餉膳〟の日が迫っていたからであった。

お大事屋での冬葛尽くしの夕餉膳は無事終わり、礼金は美竹屋の数倍振舞われた。お春は終始、満足そうなにこやかな笑みを浮かべていて、夜半になると大八車を押させて、物乞いや夜鷹のところに冬葛尽くしの何品かを届けに出かけて行った。前回同様、飄吉から金子を受け取った季蔵は、塩梅屋にもやっとこれで蓄えらしい蓄えができたとほっとした。

それからしばらくして、いつもよりずっとたくさんの赤貝を漁師が届けてきた。二枚貝の赤貝は湾や浅海の砂泥の底で獲《と》れる。殻長四寸（約十二センチ）以内、殻高三寸（約九センチ）以内で、貝には珍しい赤い血と赤い身で知られている。

この短い時季が旬《しゅん》であり、枯れた色味の自然の中で、ぱっと美味で艶《あで》やかな花が咲いたような贅沢さがある。その上、昆布に似た匂《にお》いと旨味《うまみ》があり、それが嚙《か》みしめる度にシャキシャキと溢《あふ》れ出る。アワビほど固くない、ほどよい固さの歯応えが楽しめる。

「ちょいと値が張るんですが、是非とも料理屋十傑のここで使ってもらいたくてね」

漁師に押し切られた。

季蔵はまず赤貝を捌《さば》いていく。背中の蝶番《ちょうつがい》をずらして剝《む》いていくのだが、まずは背中側の殻を小刀で割り、割れた穴または口から貝柱を外す。

薄い膜に覆われている身からひもを下に俎板《まないた》に置き、貝柱を包丁で押さえて赤貝の身を引く。外したひもはまた捌き方が違うので別に分けておく。

ひもを外した身は半分に開き、身を包丁で押さえつけるようにして黒い肝を包丁で削《そ》ぎとる。この時、身の背中にある糸のようなものも同様に外す。これで赤貝の身の刺身が出来上がる。赤貝の身には独特の飾り切りができる。この飾り切りの妙で赤貝は何とも華のある材料と見做されている。季蔵は縦に細かく切れ目を入れる飾り切りに決めていて、これだとしっとりと馴染《なじ》んで口当たりもいい。

次にひもを捌く。

貝柱付きのひもを俎板の上に広げ、鰓《えら》を切り離し、ひもに残った汚れを綺麗に落として仕上げる。

ひもの方は真ん中の貝柱の辺りに浅く切り目を入れて握りやすいように伸ばす。これを先が少し見えるよう結ぶように重ねて畳み、貝柱が中央にくるようにする。

季蔵はこの日、赤貝と分葱《わけぎ》の酢味噌和《すみそあ》えを拵えて客に供した。

赤貝はそのままでも食べることができるが、塩で揉《も》み、酢水で洗うことで、ぬめりと貝独特の臭みを取り除けてさっぱりと食することができる。

生のままの赤貝の刺身が海の幸そのものの野性的な美味であるのに比して、塩揉み、酢洗いした赤貝を使った料理は洗練された深みのある味わいを醸している。

赤貝と分葱の酢味噌和えはまず、塩揉みして酢水で洗った赤貝の表面を、格子状に切り込みを入れる鹿子《かのこ》切りにしておく。分葱は塩少々を加えた熱湯でさっと茹《ゆ》で、笊《ざる》にあげて手早く冷まし、独特のぬめりが赤貝に合うのであえて取らず、一寸（約三センチ）ぐらいに切り揃える。

当り鉢で味噌と砂糖、酢、辛子を混ぜて、赤貝と分葱を加えてざっくりと混ぜ合わせて器に盛って供する。

客たちが赤貝を堪能して帰って行った後、

——今日あたりおいでになりそうだが——

季蔵は夜半まで店に居た。

——あまりに謎すぎる——

結局〝葛湯屋〟は瓦版に載らず、冬葛尽くしに瓦版屋の心意気が添えられることはなかった。

——お春さんはわたしたちを試したのだろうか？——

そうだとしたら、礼金を値切ることはあっても、あのように奮発することはあり得なかった気がする。

——自惚《うぬぼ》れかもしれないが〝葛湯屋〟はお春さんの心に届いていたような気がする。何もわたしたちに世辞など言って褒めることなどないのだから。お春さんが〝葛湯屋〟を封印した理由は他にある——

とはいえ、他の理由が何であるのかまでは皆目見当がつかなかった。

皮から外した赤貝の一部をひも付きのまま赤い剝き汁に浸《つ》けてあった。これを血止めと言い、この状態で二、三日は生きていて鮮度が保たれる。ようは、今訪れる相手は捌いたばかりの赤貝を刺身または酢味噌和えで食することができる。

「邪魔をするぞ」

戸口を開ける音がした。

「やっとおいでになりましたか」

訪れたのは、マグロの刺身で拵えたまぐろ花を食して以来、音信のない伊沢蔵之進《いざわくらのしん》であった。

「ほう」

蔵之進は季蔵の手元にある赤貝が入った鉢を覗《のぞ》き込んで、

「剝《む》き玉《だま》に出会えるとはいい時に来たものだ」

うれしそうにニヤリとした。

赤貝は殻付きのものを本玉《ほんだま》と言い、剝いてあるものは剝き玉と呼ばれる。もちろん血止めが何たるかを知っている蔵之進はこの赤貝に目がなかった。

七

「話があるが先に握らせてくれ、酒は後にする。とにかく腹が空いている」

「わかりました、では早速どうぞ」

襷《たすき》を掛けて両袖《りょうそで》をまくった蔵之進は季蔵の横に立った。

　赤貝の握りずしはすし職人に、どうしてもと蔵之進が頼み込んで握り方を教えてもらっていた。他の料理にはあまり興味を示さない蔵之進だったが、赤貝の握りにだけは、

「きっと握るのも美味さのうちだよ」

と言い張って拘《こだわ》った。

　もっとも剝き玉からひもを外す作業等は季蔵が引き受けて、その後の握りだけを蔵之進が楽しむ。

　蔵之進はまず赤貝の身から握った。

「ここは食う側にとっては身というが、実は赤貝の足に当たる部分なのだ。剝いた足を左右に開かないと厚すぎる上に、独特の固い弾力がある。握る側は強めに握らないと米と赤貝がばらけてしまう。この強めの握り加減が何ともいえない。さすが冬のすし屋で主役を張るネタだ。まあ二つほど」

　蔵之進が握った赤貝の身の握りずし二つが季蔵の前に差し出された。

「いただきます」

　握りに固執している蔵之進は山葵《わさび》を挟まない。最初に山葵抜きの握りだけの味を賞味した季蔵は、

「さすがです」

ため息を洩《も》らした。

残った一つはネタ側に山葵と醤油をつけて食す。これもいつも通りで、季蔵は山葵醤油で刺身のように握りずしを食べるのが好きだった。山葵の量をネタの種類によって好みで加減できるからである。

蔵之進が握り、季蔵と食していく。

「うむうむ。美味い」

何とも言えない笑顔を見せた。

「そろそろ」

と言って、蔵之進は赤貝のひもの握りに入った。これにはもちろん山葵は挟まない。わくわくとした表情で握り、するりと口に入れると、

「時折、夢に見るのは身の握りではなく、ひもの握りなんだ。旨みやほどよい渋味に近い苦みは身と変わらない。けれども食感が違う。ひもには貝柱がついているので、また違った深みのある強い味がして食感も複雑怪奇。まるで愛《いと》しい冬のお化けのような美味だ」

深々とため息をついていた。

「締めはあれとあれで頼む」

「わかっております」

ここからは季蔵が拵える。あれとあれというのは多くの客たちが好む赤貝と分葱の酢味噌和えではなかった。最初のあれは、赤貝の肝を含む内臓《わた》の海苔《のり》箱盛りである。

「最初のあれは今しか食えぬゆえな」

赤貝の内臓の海苔箱盛りは本来は捨てられる内臓をさっと甘辛く砂糖と醬油で煮て、ぐるりと海苔を巻き付けた米の上に載せた珍品であった。冬の今しか食せない部分だというのは、夏場になると内臓が毒を持つからであった。

蔵之進はこの珍品を胃の腑《ふ》に納めて、

「赤貝の醍醐味《だいごみ》ここにあり、よしっ、いざ、食ってやるぞという、握りを食っていた時の緊張がほどけて、まったりとしたこの柔らかい味にほっとできる」

と洩らし、

「それであれにも箸《はし》が伸びるのでしょう」

微笑んだ季蔵は拵えてあった赤貝のひもとカブの煮物を供した。

赤貝は生食が主ではあるが味に深い旨みがあるので、熱を加えても充分美味しい。

赤貝のひもとカブの煮物は酒、醬油、味醂《みりん》、出汁を鍋《なべ》に入れ、薄切りにしたカブと赤貝のひもを加え煮含めて仕上げる。

箸を伸ばした蔵之進は、

「柔らかく煮込まれたカブに、赤貝のひもから出る旨みが染み込んでいる。これなら肴だけではなく菜にもなるな」

と言い、

「ではこれも赤貝の炊き込みご飯やしぐれ煮と一緒に、おき玖《く》お嬢さんたちへのお土産にしてください」

季蔵は赤貝の炊き込みご飯がすでに詰めてある三段重箱の中段に、この赤貝のひもとカブの煮物を詰めた。

おき玖はあまり赤貝の生食を好まず、炊き込みご飯等の煮炊きした赤貝料理を好んでいる。ちなみに赤貝は熱を加えても生ほどではないが赤い色味を保ち、旨みだけではなく華やかさを失わない。

赤貝の炊き込みご飯はひもを外した剝き身の赤貝と戻した椎茸《しいたけ》の細切り、人参《にんじん》も同様の細切り、生姜《しょうが》の千切りを水加減して、出汁、酒、醬油、味醂を加えた米と一緒に炊き上げる。赤貝の色味が豪華さを醸しつつ食べ応えがある主食であった。

赤貝のしぐれ煮の方は酒、味醂、醬油、砂糖、生姜の千切りを合わせた中に、赤貝の剝き身を入れて煮て仕上げる。

ご飯に合う逸品なので赤貝のしぐれ煮炊き込みご飯にしても美味しい。これは生姜以外、赤貝の炊き込みご飯と同じ具を出汁だけを加えた米と合わせて炊く。赤貝はすでにしぐれ煮にしてあるので、甘辛味がしっかりとついている上に、身は固くならずにふっくらとしたまま柔らかく、しぐれ煮から出る味がしっかりと具に馴染む。生の赤貝から炊き込む炊き込みご飯に比べて重厚で、より食べ応えがある。

季蔵はこの赤貝のしぐれ煮を上段に詰めた。

「さて、始めよう」

蔵之進の言葉で季蔵は酒と唐芋のあんかけを用意した。

唐芋のあんかけはまず、唐芋を味醂、砂糖、飴《あめ》で甘露煮《かんろに》にする。ここまでだと子どもの菓子にもなる。だが、この唐芋の甘露煮に、少々の醬油で調味した昆布出汁を、水溶きの葛粉を加えてとろりとさせた餡に絡め、すり生姜を添えると肴になる。食後であっても酒が飲める不思議な肴であった。

古式ゆかしき葛料理なのに冬葛尽くしから外したのは、どう見ても、昆布出汁の葛餡よりも唐芋の甘露煮が主だとしか思えなかったからである。

「これはお客様の薬種問屋さんから教わった肴なのです。昔々、甘露とは長寿、不死の甘い木の意味であったそうで、砂糖や酒が薬だった頃の最高の薬餌《やくじ》がこれだと聞きました」

季蔵がさりげなく口にした、薬種問屋という言葉に、

「薬種問屋とはな、うーむ、それは聞き捨てならない」

蔵之進の目がぎらりと光って手が盃《さかずき》に伸びた。慌てて季蔵は酌をする。

「まぐろ屋克吉さんと岡っ引きの辰三親分が毒死させられた事件は、市中の薬種問屋さんと何か、関わりでもあるのですか？」

季蔵は訊かずにはいられなかった。

「お奉行の命により密かに鎌江信次郎の妻女、優美恵について調べている。優美恵の実家《さと》は薬種問屋の大野屋《おおのや》だそうだ」

「大野屋さんといえば老舗《しにせ》の薬種問屋さんで市中で五本の指に入る大店ですよ」

――どうして徒目付頭の奥様になったのか？――

そもそも、商家は商家同士で嫁や婿を取り合うのが常で、大店ともなると商いを広げて栄えさせるために、互いにより有利な商家の相手を選び合っているはずであった。

「鎌江信次郎と優美恵は共に二度目の縁で結ばれている。鎌江の方は鎌江の母親に嫁いびりされた先妻が耐えかねて逃げ出し、優美恵の方は嫁いだ先の老舗の菓子屋が潰《つぶ》

れてしまい、借金苦の亭主が自死して、一人娘の幼い娘を連れての出戻りとなってい
た。兄夫婦の代になっていて、とかく肩身の狭い優美恵は店先で手伝いをするように
なり、その楚々《そそ》としていながら大年増《おおどしま》ならではの艶っぽい姿を鎌江が見初めた。御家
人とはいえ武士の妻になるにはどこぞの武家の養女にならなければならないのだが、
これも鎌江が優美恵を娶《めと》るために東奔西走して段どった」
「優美恵さんが鎌江様の骸に取りすがって泣いていたというのも、そこまで想われて
いたからなのでしょうか」
「それなんだが」
蔵之進は唐芋のあんかけを口に運ぶと、
「菓子にはあらず、しかし肴にも菜にもあらず。これと同じで鎌江の家の事情はよく
わからない。調べれば調べるほど不可解だ」
手酌の酒で流し込んで、
「これもこうするとまあ、肴でもいいかという気はするがな」
と言いつつも首を傾げた。

第五話　究極の酒肴

一

「どのような調べをなさったのです？」

季蔵《としぞう》は訊《き》かずにはいられなかった。

「優美恵《ゆみえ》は鎌江《かまえ》に言われて市中の女連中を集めて、職人技には程遠いが見様見真似《みようみまね》で元の嫁ぎ先の菓子屋丹心堂《たんしんどう》で覚えた、菓子作りを教えている。これがそこその人気で多少余裕のある暮らしをしている町人の女房や娘たちばかりではなく、鎌江の上司に当たる目付の奥方たちも通ってきていたそうだ。まずはこの辺りを調べた。町人の女房や娘たちは鎌江の通夜、葬儀には訪れないので、鎌江の隣家の下働きの覚えを頼りに何人かに訊いた。女房や娘たちは格調ある菓子が習えて幸いだったと口を揃《そろ》えた。優美恵については半年ほど前に死んだ姑《しゅうとめ》にもよく仕えていて世話にも骨身を惜しまなかったという。ただし、習いに来ていた呉服屋と小間物屋のお内儀の話によると、菓子作りの時に床に臥《ふ》している姑が、〝優美恵さん、優美恵さん〟と何度も優美恵を呼ぶのだそうだ。いつものことなのだが、手が離せなかった優美恵に代わり、お内儀たちが姑のところに行くと、信次郎《しんじろう》の悪口雑言を聞かされたそうだ。鎌江はその頃《ころ》から美竹屋《みたけや》に居続けていて、時折、ふらりと家に帰ってくるだけだったという」

「家の切り盛りや寝ついてしまった姑の薬代等は？」

「優美恵の開いていた菓子作りの会の月々の謝儀（月謝）は決して安くはなかったので、これらで何とか家のことを賄《まかな》っていたのだろうと、商家のお内儀たちは言っている。もっとも月々のものを集めるのは鎌江の仕事で、これぱかりは優美恵には触らせない。この時ばかりは家に戻っているのだ。だが二人の目付たちの妻には頭を下げるばかりで、謝儀を取ることはしなかったようだ。菓子作りの会はいわば趣味の集まりなのでこれは解せないとお内儀たちは憤懣《ふんまん》を溜《た》めていた。ようは優美恵さんは非の打ち所のない女だが亭主の方は――というわけさ。それと居るはずの優美恵の連れ子である娘の姿を誰《だれ》一人、見たことがないという。何とも奇妙な話ではないか？」

「もしや――」

季蔵の言葉に、

「俺《おれ》もすぐにそう思った。だが、御家人とはいえ武家の家の中を町方役人が調べるわけにはいかない。それでせめてもと思い、優美恵の胸中について女たちに訊いてみたのだが、〝あたしならたとえ居候《いそうろう》と言われてもとっくに実家に戻ってます〟とか、〝世の中には並みの女ではない仏様みたいなお人がいるんですね〟、また、〝傍目《はため》にはおっかさんが仏様でも、たいていの娘は自分だけの仏母でいてほしいもんでしょ、嫌気がさして家出しちゃったんじゃないかしら？　たしか年頃《としごろ》の娘さんでしたからね、今時分、身体《からだ》を売ってたりしていないといいけれど——。お婿さんを取る話？　聞いてっこありませんよ〟等の手前味噌《みそ》だった。どれもこの家のおかしさのこれぞという証《あかし》にはなっていない」

「暴君で我儘《わがまま》な主に実の母親までが腹を立てたものの、女は耐えるものという心情の妻が、もしやすると、我が子を犠牲にしてまで、家の面目を保っていたというわけなのでしょうか——」

自分で口に出しておきながら、なぜかそのようには信じられなかった。

——そもそも優美恵さんは武家の出ではないのだし、もしやという話ながら娘を犠牲にできる母親がどこにいる？——

「そのうち、お奉行に許しを得て二人の目付の奥方にも話を訊いてみたいと思っている。だが武家の奥方たちはこの手の話となるとたいそう口が堅い。期待薄だ」

盃《さかずき》を不味《まず》そうに傾けた蔵之進《くらのしん》に、

「蔵之進様はまぐろ屋克吉《かつきち》さんと岡《おか》っ引《ぴ》きの辰三《たつぞう》親分の毒死と、駕籠《かご》の中で息絶えていた鎌江信次郎様の殴打死を一連のものだとお考えなのでしょうか？」

季蔵は念を押した。ついさっき優美恵の実家が薬種問屋だと言った時の蔵之進の目には凄《すご》みがあった。

――蔵之進様は優美恵さんを疑っている？　しかし薬種問屋の実家から何の毒を持ち出したというのか？　二件の毒死に使われたのは石見《いわみ》銀山鼠捕《ぎんざんねずみと》り、どこにでもある鼠捕りにすぎない――

「北町が克吉と辰三は薬殺、鎌江は殴殺ゆえ、この違いだけで同一犯ではなく、一連の関《かか》わりもないとするのは性急すぎるとは思っている。ただし、一連だと言い切る証などどこにもないのだから、勘だけでは決めつけられない」

蔵之進はややくぐもった声で言った。

「それでは少し整理しておきませんか？　どちらも謎《なぞ》が多すぎるように思うので」

そう言って季蔵は紙と硯《すずり》を引き寄せて筆を手にした。

一、まぐろ屋克吉殺し

酒に混ぜた石見銀山鼠捕りによるもの。死に到るまで全身を殴打されている。女房のお朝《あさ》はまぐろ屋の客たちからの夫婦仲の悪さを指摘する証言が多かったため、情を交わしていたとされてしまった岡っ引き辰三との共謀を一時疑われた。だが、役人がこのお朝を見張り続けていた最中、辰三が毒死したので疑いは晴れた。

克吉は火消しの元二代目。親に追いつこうとしたが挫《くじ》けて、放蕩三昧《ほうとうざんまい》だった時、幼馴染《おさななじ》みのお朝によって、まぐろ料理人の道が開けてきたところだった。

一、岡っ引き辰三殺し

水瓶《みずがめ》に入れられていた石見銀山鼠捕りにより死に至る。命取りとなる傷はない。まぐろ屋の常連客だったため、お朝との仲を疑われた。四十半ばの独り者、女好き。自身の罪を隠すためにその様子を見た子どもを口封じのため大八車《だいはちぐるま》で轢《ひ》き殺したとの噂《うわさ》あり、まぐろ料理好きの人のいい岡っ引きの反面、自身の闇《やみ》を隠して生きてきた？

一、徒目付頭《かちめつけがしら》鎌江信次郎

美竹屋に居座って日々暮らしている。美竹屋のお内儀お志野《しの》に送られて駕籠に乗った後、殴打され、死ぬ。放置された駕籠と共に見つかった。下がり藤の紋所の駕籠は廃絶になった旗本岡崎《おかざき》家のもの。駕籠に乗り込むところを通りかかったお大事屋《だいじや》の女隠居お春《はる》が見ている。

酒は飲んでいたが薬を盛られた証はない。女は好きだが金はもっと好きという御仁、その有り様を隠しもしなかった。実子はいず、家族に冷淡。

「ほう、岡っ引きの辰三のあの話は聞いていたのか？　そういえば先代からの客に大工がいたっけな」

書いた紙に目を通した蔵之進の指摘に、

「よく知られた話のようです」

季蔵は辰吉の名は出さなかった。

「殺された三人は三人とも、褒められた人柄ではなかったようだ。恨んでいた者はそれぞれ結構いただろう」

「まぐろ屋の克吉さんもですか？」

季蔵はお朝の話を信じたかった。

「まあ、火消しを辞めさせられたのは、皆命掛けの役目だというのに、頭の言うことに聞く耳を持たない上、喧嘩《けんか》っ早いという理由あってのことだからな」

「とはいえ、お朝さんと力を合わせてまぐろ屋を商っていたのですよ」

「口喧嘩とはいえ、客の前で罵《のの》り合っていた。二人とも商いというものを心得ていたとは言えないぞ」

「蔵之進様はお朝さんをまだ疑っているのですか？」

「いや。しかし、お朝の見張りをしていなければまだ疑っていたかもしれない。客とはいえ辰三と親しく話をしていたというからな。お朝には病を得た父親が逝くまで身体を売っていたという過去もある。このことから辰三との仲を克吉が疑って客の前であっても、何かと因縁をつけてお朝を虐《いじ》めていたとしたら、うんざりしたお朝がもう他に道はないと辰三を巻き込んでもおかしくない。だがこの読みは外れてしまった。正直、克吉と辰三殺しの方は皆目見当がつかない。一方、お奉行が殊の外案じていて、その余りに言葉に出せない読みがある」

蔵之進は季蔵を見据えた。

——おまえならわかる読みだろうが——

「克吉さんの毒死を真似《まね》て辰三さんが殺されたというのですね」

「そうだ。毒ならば簡単だし辰三は少なからず恨みを買っている。あり得ない話ではない」

　――それは殺された大工の子の親が生きていればの話ではないか？――

「どう思う？」

　季蔵は訊かれたが、

「あり得ることですが、あり得ることばかりを集めていてはきりがありません」

　辰吉の話は口に出さず、

「わたしは商家のお内儀さんたち同様に、やはりこの二件の毒死はつながっていると思っています」

　と言い切った。


　蔵之進の訪れからほどなくして、瓦版屋《かわらばんや》の飄吉《ひょうきち》がふらりとやってきた。

「いい話、いい話」

　飄吉は謳《うた》うように言った、上機嫌である。

「またあれですか？」

　季蔵は〝塩梅屋《あんばいや》季蔵、突撃商家の夕餉膳《ゆうげぜん》〟の三弾目とばかり思っていると、

「これでいいよいよ、あんたも階段を一段また上ったたってぇことだよ。今度のは瓦版に

載るんじゃねえ、市中料理屋十傑のあんたの腕を見込んで是非、是非、これぞという料理をというお誘いだ。有難く思わねえと罰が当たる。これであんたも手堅く階段を上れて梯子《はしご》を外されずに済む。気がついてねえかい？　十傑に選ばれた時には降るほどあった出張料理の注文がぱたっと今じゃ、止まっちまってるってこと」

飄吉は早口でまくし立てた。

二

たしかに十傑に選ばれた当初は次々に大店《おおだな》の番頭格が店を訪ねてきて、手狭な店をぐるりと見渡してこほんと咳《せき》を一つすると、

「これではうちの主《あるじ》はとても座れませんな」

などと言い、

「主のたっての願いです。うちへ来て思う存分市中料理屋十傑の腕をお奮いくださいー」

と頼んできていたのだった。

塩梅屋を切り盛りするだけではなく、豪助《ごうすけ》夫婦の鳥料理の店味楽里《みらさと》を手伝わなければならなかった季蔵はこれといった約束ができなかった。

そんな状態がかなり続くと、店に来る大店の番頭の姿はなくなった。季蔵は苦にならど全くしていなかったが、飄吉に言われてはじめて、

――そうか。これが梯子を外されるということなのだな――

と思った。そして、

――あの時、多少は受けておけば、材の高騰にもこれほど悩まず、昼餉の元手にもなっただろうに――

多少は後悔したものの、

――外された梯子はもう掛けられることなどないのだろうから、地道によじ登っていくしかない――

意外に晴れた気持ちで自分に言い聞かせた。

「まあ、これからは瓦版は五分五分、この手の仕事は七、三で行かせてもらうよ。もちろん七があんたで俺が三だよ。今度は武士で大身のお旗本のお目付様だからかなり気前がいいはずさ。侍は商人と違って値切らないのがいい」

飄吉は取り分の話をした。

「それでお目付様のどなたがわたしの料理を望んでいらっしゃるのですか？」

「山賀常《やまがじょう》右衛門《えもん》様と聞いている。何でも同じお目付の木田《きだ》高太夫《こうだゆう》様との酒宴だそうだ。

二人は遠い縁戚にある竹馬の友で共に旗本二千八百石《ごく》の御家《おいえ》の嫡男だ。そうそう奥方様たちは山賀様の妹が木田様に、木田様の妹が山賀様に縁づいている。二人してこの間、駕籠の中で死んでいた徒目付頭鎌江信次郎のところに通って、奥様から菓子作りを習っていたという。何もかも順風満帆なお方たちだ。礼金が楽しみだ」

飄吉の目はにんまりと笑ってなくなった。

「酒宴とおっしゃいましたね。どちらがどちらを呼ばれるのです？」

「何でも山賀様が木田様を呼ばれる。季蔵さんは山賀家の厨《くりや》に入ることになる」

「奥方様たちは？」

「男同士の酒宴ということだ。山賀様の奥方は料理を手伝われると聞いている。木田様の方もおいでになるのではないかな」

「酒宴といえば肴《さかな》ですね」

「飯や椀《わん》の類《たぐい》は要らぬそうだ。とにかく美味《うま》い肴で美味い酒が飲みたい、ただし刺身には飽きているのでお造りも不要。凝った和《あ》え物も食傷気味、意外な驚きを舌に感じさせてくれて、酒をより引き立ててくれる肴をとおっしゃっている」

「なかなかの食通ですね」

「それだからこんな遊びもされるんだろう。まあ、こればかりは〝塩梅屋季蔵、突撃商家の夕餉膳〟と違って、瓦版には載らないから利得はなし、大身旗本たちの羨ましい遊興だからな。その分、料理は群を抜いてねえと困る。こんな風にはなりたかねえからさ」

飄吉は侍による無礼打ちを真似してから、〝お許しをー〟と言いながら倒れてみせた。

思わず吹き出した季蔵は、

「わかりました」

こうして山賀家の酒宴の肴を請け負うことになった。

打合せは一切ない。言われた日に料理に用いる材と共に山賀家へ出向いて、厨で酒宴のための肴作りの支度をすることになる。

――これは何も珍しいことではない。お奉行の命のままにこうした出張料理を重ねてきた――

だがそれらとは何かが大きく違うと季蔵は感じていた。

――あれらの時はお奉行が、わたしを推挙してくれた。だが十傑になった今はわたしの料理への期待だけだ。わたしと料理が純粋に選ばれている――

これが喜びと自信というものなのだろうとも季蔵は思った。

この後、季蔵は先代長次郎《ちょうじろう》が遺した、四季別の肴が集められている日記を開いた。先代長次郎は料理人としての研鑽《けんさん》を積むために、高級料理屋に客として足を運ぶことも多く、時折、季蔵も相伴させてもらったこともあった。羅列してある肴とその拵《こしら》え方の後に長次郎は以下のように書き記していた。

高級料理屋の贅沢《ぜいたく》な御膳《ごぜん》に並ぶ肴は本来、冬の青物料理を主として魚介類で豪華さを加味し、繊細で美しい器で目福を楽しむものである。

例えば今時分であれば、塩茹《ゆ》でした菜の花の緑、塩抜き後、薄口醬油《しょうゆ》と酒、味醂《みりん》に浸《つ》けた数の子の黄色、薄切りにして昆布出汁《だし》に一晩漬けてから酢の物にした大根は白く、人参《にんじん》は橙《だいだい》色である。これに艶やかに炊いた漆黒《しっこく》の黒豆に深緑の松葉を通して、金箔《きんぱく》を飾るという趣向である。

これが一流にして格が高いとされている肴の規範と言っていい。青物は蓮根《れんこん》や南瓜《かぼちゃ》、海老《えび》芋《いも》、牛蒡《ごぼう》、春菊《しゅんぎく》、慈姑《くわい》、蕪《かぶ》等の冬青物が用いられ、魚介は塩漬け雲丹《うに》、蟹《かに》、車海老、牡蠣《かき》、平貝などさまざまな貝、やり烏賊《いか》、鯛《たい》、鰺《あじ》、鯖《さば》、鰯《いわし》、鰤《ぶり》、海鼠《なまこ》、鮟鱇《あんこう》の肝等の料理が添えられる。

実はこのような目福では物足りないとわたしは思っている。本来料理は舌で味わうもの、舌福ではないか？

冬場は確かにたいていの魚介類に脂が乗って美味であるが、鴨《かも》等の鳥肉はこの時季ならではの極上の珍味であるし、鶏とて肉に旨《うま》みが増す。けれどもこれらは下等と見《み》做《な》されて尊い膳部には並ばないものと思われる。またマグロも同様で冬場は傷みも遅いゆえ大いに用いて醍醐味《だいごみ》を味わってほしいのだが、一流肴の材料から外されているのを残念に思う。


こうした長次郎の想《おも》いと季蔵も同じだった。特に今回の場合、一流の規範に基づいての酒肴を拵えて供するのでは、飯や椀、和え物まで排し、月並みの懐石仕立ては結構、究極の肴を堪能できるようにと厳命している注文主を怒らせかねない。

——まさか、無礼打ちはないだろうが膳をひっくり返されるようなことにでもなったら困る。どうしたものか——

思い余った季蔵は烏谷《からすだに》に相談することにした。

「そちの方から、つなぎをしてくるとは珍しいではないか。これぞ鬼の霍乱《かくらん》、雪が降るかな、いや、雪ではない一転真夏の暑さになるのやもしれぬな」

暮れ六ツ（午後六時頃）きっかりに訪れた烏谷はワハハと気持ちよさそうに高く笑

った後、

「さて今日は赤貝という大寒の旬《しゅん》を振舞うとそちからの文《ふみ》に書いてあった。これは楽しみだ」

どしんと音を立てて離れの座敷に座った。まずは常と変わらず仏壇に手を合わせてから、

「早《はよ》う出せ」

催促されて季蔵は蔵之進に供したものとほぼ同じ赤貝の料理を供した。盃を傾けながら満足そうにそれらを口に運んでいた烏谷は、

「もう、そろそろいいぞ。茶を貰《もら》おう」

季蔵の手を止めさせた。

言われた通りに濃い煎茶《せんちゃ》を淹《い》れると、

「そちの呼び出しに魂胆がないはずはあるまい」

と言い、季蔵が一瞬困惑すると、

「それはお互い様か」

今度はからからと面白そうに笑った。

——お奉行には敵《かな》わないな——

季蔵は腋《わき》の下に冷や汗が流れるのを感じながら、

「実は――」

目付山賀常右衛門の屋敷で同輩の木田高太夫を招いての酒宴の肴を任された話をした。

「おおかた、あの飄吉が持ってきた話であろうが――」

烏谷はやや苦い顔になり季蔵は先を続けかねた。

目付の山賀常右衛門、木田高太夫は共に町奉行である烏谷より格下の役目にある。しかし生まれながらに二千八百石の大身の家に生まれ、当主となったこの二人は叩《たた》き上げで今の地位にある烏谷よりも遥《はる》かに自尊心が高かった。

「飄吉さんが山賀家に頼まれての成り行きなのですが、お断りした方がよろしいのであれば――」

よく見ると珍しく烏谷は眉《まゆ》と眉を寄せてその間に皺《しわ》を刻んでいる。

「いや、もう遅い。頼まれた時に多忙を理由に断るのでなければ――ん、それでもまずかろう。塩梅屋は恐れをなして断っただの、思い上がるのもほどがあるとか、とにかく悪い噂《うわさ》を市中に垂れ流しかねない。挙句の果ては料理屋十傑を決める黒幕は食い道楽で知られる奉行の烏谷だったなどという話まで用意しているかもしれぬ。連中が思いきり辱めたいのはこのわしゆえな」

「しかし、どうしてそのような愚かしいことを？」

季蔵もいつしかむずかしい顔になっていた。

「あの連中は目付ゆえ、旗本たちの見張りが役目だから、このわしについても探ることができる。おそらく今回の依頼はわしが長く塩梅屋に出入りしていると知ってのことだろう。関《せき》ヶ原《はら》以来二千八百石を頂く名家の当主の自分たちが、成り上がったわしに頭を下げ続けるのが癪《しゃく》で癪でならず、一泡吹かそうとあのノリのいい飄吉にこの話を持ち込んだのだ」

烏谷はきっぱりと言い切った。

三

「そうなるとお奉行様への辱めはわたしに課した酒肴を通してということですね」

季蔵は険しい表情を隠せなかった。

——よりによって、人に幸と福をもたらす料理をそのようなくだらない策の具に使おうとしているとは——

憤りさえ感じる。

――そうであるのならこの策に嵌《は》められてはならない。何としてでも肴料理で勝たなければ――

季蔵は意気込んだ。

「飄吉さんからは山賀様と木田様が互いの妹御と夫婦《めおと》になられているほど、仲睦《なかむつ》まじい間柄、竹馬の友と聞いています。しかし、とかく表面の綺麗事《きれいごと》には裏面に汚れがあるもの、このお二人についてご存じのことがあったら、何なりとどんな細かいことでもよいですので教えていただけませんか？　相手を知らなければこちらも、文句のつけようがない献立の策を練ることができかねます」

この言葉に、

「わかった」

大きく頷いた烏谷は話しはじめた。

「旗本には、大名のような参勤交代はなく治水工事等の公の事業への負担金も冥加金もない。二家とも二千八百石取りだから、主側の暮らしは酒や遊興に走ってもおかしくないほど楽なものだ。嫡男たちは労せずして家督を継ぐわけなので、おおむねちやほやと安全第一で育てられる。そのせいで人に頭を下げたり、詫《わ》びたり、自分の至らなさを省みて、相手の良いところを認めようとする心がけが育ちにくい。二千八百石取りの誇りばかりが常に優先する。奴らは持高勤め（先祖代々の禄に見合った役に就くこと）だ。目付の役高は一千石だから、これからの出世を夢見ているが、今は不満だろう。公儀は能力のある者は一千石取りでなくても目付に登用する。その時は足高《たしだか》の制（家禄の低い者が家禄の高い者が就く役職に就いた時に不足分を幕府が補う制度）を使う。目付は十人いるが、結局は能力ではなく家禄の高い者が幅を利かす。暇を持て余しているとまでは言わぬが、真面目《まじめ》にお役目をはたしているかのう？」

「それで質《たち》の悪い酒肴《しゅこう》の遊びを思いつくわけですね」

「まあな。それとわしが町奉行の座にいては先の見通しがつきにくいので、失態を犯して職を解かれるか、自ら辞任してほしいとは願っているはずだ」

「出世欲があるのですね」

「人一倍な。それは出世というもののむずかしさを知らずに家禄だけで、とりあえず目付を仰せつかったがゆえであろう。目付を経て町奉行、勘定奉行までするすると上り詰めたいという野心の持ち主たちよ」

町奉行、勘定奉行は旗本の出世頭であった。

「それには町奉行のわしは目の上のたん瘤《こぶ》なのだろうが、寺社奉行、奏者番《そうじゃばん》、京都所司代《きょうとしょしだい》等、大名しか就けぬ役目はともかく、旗本約五千人全員に昇進する機会がないとは限らない。時にはわしのように家柄を破って勝ち取る者もおる。そうそう、上様へのお目見えが適《かな》わぬ御家人だってあなどれない」

烏谷はさらりと言ってのけた。

「お奉行様は山賀様、木田様と話されたことは？」

「会ったことはあるし、中元、歳暮等は充分すぎるほど贈ってくれる。しかし、膝《ひざ》を交えたことは一度もない」

「食通と自負されている方々でしょう？　お奉行様の食い道楽も知られています。お二人がお奉行様を誘われてもおかしくはありません」

「そんな心がけならば此度《こたび》のようなことはするまいて。とにかく、ここは徹底的に揶揄《から》いじみた馬鹿な行いを改めさせねばならぬ。よしっ、わしから仕掛けてやる。究極の酒肴をとそちに相談されて応《こた》え、行きがかり上、わしもその酒宴に連なりたいと書いた文を山賀に届けることにする。わしの方が身分が上ゆえ嫌とは言わぬであろう。攻めこそ防御というではないか」

あれとあれよという間に烏谷は山賀家の主席に座る成り行きになった。

次に、烏谷は、

「ところで妹たちが各々、竹馬の友の家に嫁いでいるのは気にならぬか？」

季蔵に訊いてきた。

「それは兄同士が幼い頃から親しくしていた流れでは？　四人皆揃って幼馴染みだったわけですから」

幼馴染みの瑠璃《るり》を許嫁《いいなずけ》にしていた季蔵には自然なことのように思えた。

「有徳院《ゆうとくいん》（八代徳川吉宗《とくがわよしむね》）様の頃、三千石取りの旗本が遊女と情死する事件が起きている。これでその旗本家は取り潰《つぶ》しになった。以来、三千石程度の富裕な旗本家ではこの手のことを警戒してきた。とはいえ、何不自由ない暮らしぶりの旗本家の嫡男にとって、花の吉原《よしわら》ほど魅せられる場所は他にあるまい。山賀常右衛門と木田高太夫は一時、十年に一度出るか出ないかと騒がれた人気の花魁《おいらん》、飛鳥乃《あすかの》に血道を上げたことがあった。飛鳥乃を競い合ったのだ。それもまた、竹馬の友ならではのものと言えば言える。いい女には男が群がって競い、闘うのが常でもある。だが、山賀、木田両家では有徳院様の時の不祥事がまた繰り返されるのではないかと殊の外懸念した。ようは若さゆえ、男の性ゆえではないかということになって、両家の主と奥方は常右衛門、高太夫共に各々、幼い頃から見知っている互いの妹を娶《めと》るよう、そうしなければ廃嫡すると脅したという」

「それで結局お二人とも従われた」

「そうだ。そしてその分、出世欲だけが溜《た》まりに溜まった。あの二人は目付のお役目を疎かにはしていない。同じ石高の旗本に比べて勤勉な方だ。だが望みは高い。噂では蓄財に励んで末は長崎《ながさき》奉行の座を狙《ねら》っているらしい」

「長崎奉行ですか」

季蔵は複雑な思いでこの言葉を聞いた。

季蔵の元主家である鷲尾《わしお》家では主《あるじ》だった影親《かげちか》が長崎奉行を務めていた。長崎奉行は長崎に赴いて貿易と治安の一切を取り仕切る激務である。長崎奉行の役高は一千石であったが、輸入品を関税免除で購入でき、大坂《おおさか》等でこれらを売りさばくことができた。また、長崎奉行のこの恩恵にありつくことが目当てで、何とか少しでも縁を得ようとする長崎の商人や役人たちが八朔銀《はっさくぎん》と呼ばれる賄賂《わいろ》を送り続けるのが常であった。

長崎奉行に関税免除の特典が与えられるのは、こうした賄賂を撥《は》ね付けるためであったのだが、それが少しも功を奏さず、かえって賄賂のさらなる横行につながった。その有り様は江戸で長崎奉行に指名されるための猟官運動に三百両（約三億円）かけても、なってしまえば子々孫々の代まで安泰だと言われたほどであった。

——出世はさらなる莫大《ばくだい》な富をもたらすこともある。それが人を変えるのだな。わが元主はそうはならなかったが——

季蔵の主鷲尾影親はこれを深く憂えた当時の老中から頼まれてこの任を引き受けた。長崎に赴任した影親は老中の期待に応えはしたものの、長きに亙《わた》って当たり前のように続いてきた賄賂の横行を、完全には断ち切れぬまま、任期を終えて江戸に戻ってきた時は心身共に疲弊しきっていた。

――とはいえ、ご自身の信念はあのような形で貫かれた――

帰ってきた影親を最も打ちのめしたのは、嫡男と定めた影守《かげもり》の放埒《ほうらつ》にして残虐な行いの数々であった。長崎奉行の嫡男であることをかさに着ての乱行の数々の中には、当時堀田《ほった》季之助《としのすけ》と名乗っていた季蔵の許嫁、瑠璃への横恋慕が含まれていた。結果、季蔵は家宝の茶碗《ちゃわん》を割ったと濡《ぬ》れ衣《ぎぬ》を着せられて出奔、瑠璃は季蔵の責めを一身に負って自害した父親に代わり、家を守るために卑劣な影守の側室となった。

そして影守の魔手が主の座を譲ろうとしない影親に伸びかけた時、影親は自ら影守と屋形舟の中で闘い共に果てた。影親は影守を斬《き》り殺し、鬼のような男が決して就いてはならない鷲尾家の当主の座を守ったのである。

――影守が生きて鷲尾家を継いでいたら、影親様の長崎奉行時代の人脈を辿《たど》って、己の利益のためどんなあくどい手を使っても、富を得てのし上がろうとしただろう。今時は身分も富で買えることが多々あるというから、あの時、影親様が影守を成敗なさらなかったら、市中の闇ならず、この国の暗黒は今よりももっと深く広くなってしまっていたはずだ――

季蔵は帰っていく烏谷の背中にかつての主の想いを重ねた。

――お奉行もまた、真から市中の平安と笑顔が絶えない、生き生きとした皆の暮らしぶりを願っておられる。そのためにここまで頑張って出世されてきたのだろう――

そう思った季蔵は、何としても究極の酒肴を供さなければならないとさらに固く決意した。

――とっつぁん、どうか見守っていてください――

ふと夜空を見上げると落ちてくる真っ白な雪が見えた。愛猫虎吉《とらきち》を胸に抱いた瑠璃のなつかしい笑顔も――。鷲尾父子が死闘を繰り広げた屋形舟に同乗していた瑠璃は、あまりの悲惨さに正気を失ったままでいる。笑顔を見せたこともない。

――きっと瑠璃も見ていてくれるだろうが、それよりやはりあの頃の笑顔の方がいい――

正気と共に笑顔を失った瑠璃には季蔵に向けての特別な力があった。

四

山賀家の酒宴は迫っている。翌日から季蔵は塩梅屋に泊まり込んで究極の酒肴作りに励んだ。これについては長次郎の日記ではなく、季蔵自身が書き溜めた酒肴日記から選んだ。

実のところ刺身、飯物、椀物、和え物は外せという要望に応えるのは相当難儀であった。肴の代表格が刺身であり、椀物で胃の腑《ふ》を落ち着かせ、主に青物と合わせる和え物は酒肴の真骨頂で、酒の後に飯物は欠かせないからである。無理難題という気もする要望であった。

——そうであっても応えねば。まずは王道とされる酒肴も示しておかないと邪道とそしられかねない——

季蔵はまず王道である時季を彩る冬場の酒肴を一の膳として以下のように決めた。

〝冬酒肴〟

赤かぶの隈取《くまどり》すし

越前白茎《えちぜんしらくき》牛蒡のお浸し

氷大根巻き
蟹の長芋寄せ
鮟肝鯛《あんきもだい》

——わたしとお奉行との関《かか》わりを知っている者がいて、その動きが山賀様、木田様に報《しら》されているのだとしたら、これは秘密裡《ひみつり》に拵《こしら》えなければ。事前に知られてでもしていたら足をすくわれる——

季蔵は店の暖簾《のれん》を三吉《さんきち》に下ろさせた後、離れの厨で究極の酒肴を拵え続けた。幸い離れは灯《あか》りを点《とも》しても庭の木々にさえぎられていて灯りが外に洩《も》れない。

——このところの忙しさで庭の木の手入れを怠っていてよかった——

季蔵は日々、淡々と一人で密《ひそ》かに拵え続け、試食を繰り返した。

赤かぶの隈取すしは歌舞伎《かぶき》役者の隈取を模した一品である。飛騨高山《ひだたかやま》の特産である赤かぶは、特別に江戸に種を持ち込んで育てている青物屋に声をかけて仕入れたものであった。

赤かぶの隈取すしの作り方はまず、赤かぶを薄い輪切りにして塩水に四半刻《しはんとき》（約三十分）ほど漬ける。これを笊《ざる》にあげて水気を拭《ふ》き、薄口醤油をかけて柚子《ゆず》の皮をすりおろし、よく揉《も》む。

すし飯には刻んだしば漬けと炒《い》り胡麻《ごま》を混ぜる。巻き簀《す》の上に調味して揉んだ赤かぶの薄切りを、少しずらしつつ重ねながら並べ、棒状にまとめたしば漬け、炒り胡麻入りのすし飯を載せて巻く。一刻（約二時間）ほど置いて味が馴染《なじ》んだところで一口大に切り、器に盛り付ける。

赤かぶの赤い曲線がどう出るかを計算できるまでには年季が要る。だが完成したすしのぱっと見は奇抜にして美しく巻きの鍛錬が報われる。

――味の方もすし飯だけではないので意外な楽しみと驚きで思わず顔がほころぶはずだ――

お浸しに用いる牛蒡は越前白茎牛蒡で、日頃目にする牛蒡とは異なり、白い茎と根、葉の全《すべ》てを使いその香りの良さを堪能する。特にあく抜きはしない。これも飛驒高山の特産品の赤かぶ同様、珍しもの好きの青物屋が栽培している。

越前白茎牛蒡は根、茎、葉に切り分けた後、根と茎は斜め薄切りにして、葉は細かく切る。油揚げは斜めの短冊切りにする。

鍋《なべ》に越前白茎牛蒡の根を入れ、水をひたひたに注いで火にかける。煮立ったら茎と葉を加えてさっと茹でる。笊にあげて水気を切りそのまま冷ます。

油揚げと越前白茎牛蒡を合わせ、八方地（鍋に一番出汁、薄口醤油、煮切り酒を入れて沸かし、鰹節《かつおぶし》を加えて漉《こ》したもの）に一刻以上漬けて器に盛る。

氷大根巻きは巻く具材が多彩で豪華にして典雅な酒肴である。大根は皮を剝《む》いて薄い輪切りにし、塩を振ってしばらく置いてから洗って甘酢に漬けておく。人参は皮を剝いて牛蒡と共に拍子切りにしてそれぞれ湯がいておく。小松菜の葉の部分は茹でた後、冷水にとって二寸（約六センチ）ほどに切る。

干し椎茸《しいたけ》はさっと洗って戻し、薄切りにして戻し汁、醤油、味醂、砂糖、酒で煮る。鶏《とり》ささみは水、酒、塩、薄口醤油で煮て冷まし、身をほぐす。蟹は茹でて殻を割って足の部分を取り出す。

丸く大きな皿に甘酢漬けの大根を少しずつずらして並べ、人参、牛蒡、小松菜、干し椎茸、鶏ささみ、蟹の身を向かい合うように並べる。柚子胡椒味噌《ゆずこしょうみそ》を添え、各々の具を巻いた甘酢大根に付けて食する。

ここまでが主に青物中心の冬肴である。蟹の長芋寄せと鮟肝鯛は伝統的で人気のある冬の魚介肴である。

蟹の長芋寄せは蟹のほぐし身を用意する。長芋は皮を剝いて粗めに叩《たた》き、ぬめりを水で洗い流し、水気を切っておく。鍋に寒天を入れて火にかけ煮溶かす。これに長芋と蟹のほぐし身を入れ長四角の型で冷やし固める。食べやすい大きさに切り分けてすりおろした長芋と小口切りにした三つ葉を添える。

鮟肝鯛はまず、鯛の皮を引き、食べやすい大きさに切る。皮は取っておく。鯛の身に薄口醤油を振って絡め、しばらく置く。鍋に水と掃除して臭みのある部分を除いた鮟肝を入れて火にかけ、茹でて裏漉しし薄口醤油を加えて伸ばす。鯛の皮は湯引きして細切りにする。鮟肝醤油と鯛の身を合わせ、器に盛って鯛の皮を飾る。

こうして一の膳を作り終えたところに、

「季蔵さぁーん――季蔵さぁーん、いますかあ」

店の方から大声が響いた。

――飄吉さんの声だ――

「いつも馳走《ちそう》になってばかりで悪いんで、お朝《あさ》さんのところのまぐろ料理を持ってきたんだよぉ。酒もある。いるんなら返事してくれよぉ」

――わざわざ立ち寄ってくれたのはわかるが、わたしが今していることを伝えるわけにはいかない――

念のためと季蔵は灯りを消して息を殺した。

「あっちの方はどうなってんだい？　献立はもうできたのかい？　任せきりにして悪

いと思ってるんだよ」

　飄吉は声を張り上げたが季蔵は気が気ではない。

　──誰も聞いていてほしくない──

　やっと、

「ちぇっ、いねえのかい。つまんねえなあ」

　その声が聞こえて、

　──よかった。これで帰ってもらえる──

　季蔵は安堵《あんど》した。

　次の日に取り掛かった二の膳は冬の珍味酒肴と名付けた。これらはどれも魚や肉を主とした食べ応えのある肴であり、伝統的な酒肴というよりも季蔵の工夫の極致であった。

　〝冬珍味酒肴〟
　分葱《わけぎ》まぐろ
　大寒揚げ
　鰯の柚子釜

牛肉の桜焼き

セリ鶏肉

分葱まぐろのマグロは小指ほどの大きさに切り、さっと湯通しして旨みを閉じ込めるために霜降り状態にする。分葱は一寸（約三センチ）ほどに切り、熱湯で茹でて軽く塩をしておく。生姜《しょうが》はみじん切りにする。マグロと分葱を辛子味噌で和える。

大寒揚げは魚市場から仕入れた公魚《わかさぎ》と葉の部分を開いた蕗《ふき》の薹《とう》を、卵と水と小麦粉で作るごく薄い衣で揚げたものである。塩を添えて供する。

鰯の柚子釜は三枚に下ろした鰯を叩いておく。平たい鍋を熱して五分（約一・五センチ）ほどに切った葱に焼き色をつけておく。生姜はみじん切り、大和芋《やまといも》はすりおろし、長芋は賽《さい》の目切りにする。胡麻と松の実はそれぞれ炒る。

柚子はヘタから一寸弱（約二センチ）ほどのところで切り、果肉を取り出して柚子釜を作る。

鉢に叩いた鰯、焼き色をつけた葱、みじん切りにした生姜、すりおろした大和芋、賽の目に切った長芋、炒った胡麻と松の実を入れてよく混ぜ、柚子釜に盛る。これを瑞千院《ずいせんいん》様から譲り受けた石窯《いしがま》で四半刻（約三十分）焼いて仕上げる。

牛肉の桜焼きというのは、ようは燻製《くんせい》である。烏谷に特別に手配してもらった、極上の彦根牛（ロース肉）の塊八十匁《もんめ》（約三百グラム）に塩をすりこみ一日置いておく。鍋に乾燥させた桜の小枝を敷き詰め、その上に網を載せて牛肉を置き、蓋《ふた》をして五百数える間いぶして燻製にする。薄切りにして皿に盛る。

石窯は店の方にある。この夜半、牛肉の桜焼きを拵えるために季蔵が店の土間にいると、戸口に気配があって、

――匂《にお》いで感づかれたのか――

びくっと身体が震えたとたん、

「邪魔をする」

のしのしと烏谷が入ってきた。

――よかった――

「好物の牛肉が気になってな。どんな具合に仕上がっているのかと来てみたのだ。それにしても寒いのう」

烏谷は口調こそ朗らかであったが両手を両袖《りょうそで》に突っ込んだままでいる。

「もう少しで牛肉の桜焼きが出来上がります。あと一品拵えると今夜の酒肴拵えは終わるので、試しに召し上がっていただけます。今少しお待ちください」

季蔵は出来上がった牛肉の桜焼きと共に烏谷を離れへと案内した。セリ鶏肉が仕上がるまで炬燵《こたつ》に当たっていてもらうつもりで、

「今夜はとりわけ冷え込むので熱燗《あつかん》でも先におつけしましょうか」

まずは暖をとることを勧めた。

「それは有難い」

早速季蔵は熱燗を供した。

烏谷が炬燵に入って盃を傾けているると炬燵が烏谷に抱かれているるように見えた。

五

その間に季蔵は二の膳の最後のセリ鶏肉を拵えた。

セリ鶏肉は鍋に水と酒、薄口醤油、塩、生姜の薄切りを入れて沸かし、鶏もも肉一枚を六百数える間煮て、そのまま冷まし、下味をしっかりつける。これを二分弱（約五ミリ）幅に切る。セリは湯がいて一寸強（約四センチ）の長さに切る。鉢に鶏肉とセリを入れ、醤油、酒で調味する。さらに一味唐辛子を混ぜて器に盛り、刻んだ柚子の皮をあしらう。

「お奉行様、二の膳、五品が出来上がりました」

季蔵は声を掛けたが応えない。そのうちにぐらりと烏谷の上体が大きく揺れて、盃を手にしたまま炬燵を抱えるようにして折れ曲がった。

――眠ってしまわれた――

季蔵は烏谷の背中に綿入れを着せかけた。

――お疲れのところをおいでになったのだ。究極の酒肴も気になってはおられたろうが、わたしへの気遣いもいくらかはあったはず――

もうすぐ夜は明ける。

――そうだ、目覚められた時のために――

季蔵は七輪で飯を炊くことを思いついた。

――二の膳の中身はどれも肴でありながら菜にもなる。これで朝餉《あさげ》を召し上がっていただこう――

そして空が白みはじめて目覚めた烏谷は、

「あーっ、よく寝た」

大きく伸びをして、

「いいところに起きた」

炊き立ての飯での膳を堪能して、

「山賀のところへそちから聞いて、是非とも酒宴に連なりたいと書き送ったところ、丁重な招きの文が届いた。文字が震えていた、というのは冗談だ。この究極の酒肴戦、わしに任せろ。この五品を武器に奴らに止《とど》めを刺してやるぞ。大船に乗った気で安心していろ。奴《やつ》らの企《たくら》みは粉砕してやる」

どんと分厚い胸を叩いてみせた。

そして、いよいよ、三の膳を拵え終えて、究極の酒肴が完成する夜になった。

三の膳は甘さがあったり、時が過ぎても味が変わらない、乾き物の菓子に似た酒肴をにぎやかに盛り合わせて供することにした。

〝酒肴菓子〟
牡丹《ぼたん》百合根
蜜煮《みつに》金柑《きんかん》
柚子あみがさ
からすみ餅《もち》

慈姑煎餅《せんべい》

この夜は驚いたことに、掛行灯《かけあんどん》の火を落として、離れへと向かうと伊沢《いざわ》蔵之進が待ち受けていた。

「裏手から入ったゆえ気づく者はおらぬ、安心しろ」

と言ってから、

「おまえさん一人で奮闘しているにちがいないから陣中見舞いがてら、手伝いに来たのだ。俺は義父上《ちちうえ》と二人暮らしだったから、三度の膳を何とか調えられるし、おき玖《く》に厨を手伝わされることもある。まあ、お奉行よりは役に立つだろう」

にやりと笑った。

「それは何よりです」

こうして季蔵は蔵之進と共に〝酒肴菓子〟を作りはじめた。

すでに仕込んである牡丹百合根は仕上がりを待っていた。

牡丹百合根は水に砂糖を入れて、沸かした後、井戸水で冷やし、砂糖水を拵える。百合根は丹念に洗って根を取り除く。牡丹の重なった花弁のような見た目になるように外側から少しずつ切る。刷毛《はけ》を使ってさらに汚れをよく洗い流す。

水にみょうばんを溶かし牡丹の花の形に作った百合根を九百数える間漬ける。軽く水で洗い流して蒸籠《せいろう》で蒸す。蒸しあがった百合根が熱いうちに冷やしてあった砂糖水に二日間漬ける。

「これはこうして仕上げるのです」

季蔵は器に盛り付けた牡丹百合根に梅肉をぽつりと飾った。

「どれどれ」

味わった蔵之進は、

「甘さのほどがよく、菓子にして菓子にあらずだな。姿の艶っぽさも酒を進ませそうだ」

と洩らした。

蜜煮金柑は水と砂糖、金柑の茹で汁だけで出来上がる。コツは金柑を砂糖煮にする前に、包丁で縦に切り目を入れてから湯で三百数える間煮る下拵えにある。水と砂糖、水の半量の金柑の茹で汁を入れた鍋で下拵えしてある金柑を煮含め、冷まし、箸《はし》の先で種を取り除く。器に盛り付けて金柑を煮た後に鍋に残っている蜜を張る。

「お上手ですね」

季蔵は箸の先で巧みに種を取り除く蔵之進の器用さに感心した。

「無駄に手先が器用なのさ。どんぐり独楽《こま》作りなどは教えてくれた義父上よりすぐ、上手くなったものだ」

ちなみにどんぐり独楽とは錐《きり》でどんぐりに穴をあけ、爪楊枝《つまようじ》を刺し込んで独楽を作る。

「錐の扱いは包丁同様子どもにはむずかしいものですよ」

「ならば、次のは俺一人でやらせてくれ」

蔵之進は喜々として柚子あみがさに取り掛かった。

これは蜜煮金柑同様、基本は砂糖煮である。ヘタを取って皮の表面をすりおろした後、半分に切って中身を取り除くと、編み笠に似た平たい椀形になる。湯でこの皮を三百数える間茹でた後、笊に取り、蒸籠で四半刻強蒸す。水と砂糖を合わせた器にこれを入れてさらに四半刻蒸す。蒸しあがったら熱いうちに器に蓋をしてそのまま冷ます。器に柚子あみがさを盛り付けて残っている蜜を張る。

「これは蜜煮金柑と同じではないぞ」

蔵之進は口を尖《とが》らせた。

「このように何度も蒸すとは――なんという手間だ。それに形はただの編み笠――」

「たしかにその通りなのですが召し上がってみてください」

季蔵に勧められて箸を手にした蔵之進は、

「おっ、柚子の香りと皮の苦味がさわやかな甘さとよく調和している。姿さえ編み笠でなければ茶席でももてはやされそうな上品さだ」

じっくりと柚子あみがさの醍醐味を味わった。

「からすみ餅と慈姑煎餅はこれほどは手がかかりませんが、コツがありますので二人掛かりで拵えましょう」

季蔵はからすみ餅に取り掛かった。これはまず、からすみを三寸（約一センチ）ないし六寸（約二センチ）に切り分けておく。次に角餅の中ほどに包丁を入れ、二枚に開き、一方の角餅にからすみを載せ、もう一方の角餅をその上に載せる。つまり、薄く切った角餅でからすみを挟むのである。

ここまでは蔵之進が器用にこなした。

「焼くのはわたしがいたします。焼きすぎると味はよくても見た目が——ほんの少しこんがりがよいのです」

季蔵は火鉢に焼き網を渡してこれを少々こんがり焼いていく。

最後は慈姑煎餅となった。

慈姑を切るのは蔵之進が引き受けた。皮を剝いて一分（約三ミリ）の厚さの薄切りにする。水に三百数える間晒《さら》し、水気をきっちりと拭き取っておく。

ここから後は季蔵の仕事である。揚げ油で揚げ色がほんのりとつく程度まで揚げ、器に盛って塩を振って供する。

「なるほど、からすみ餅にも慈姑煎餅にも、思わず手を伸ばしたくなる。食をそそれる程度に、ほんのり色づかせる焼きや揚げのコツはむずかしいものだな。ん、おき玖の料理の腕も見直してやらねば――」

蔵之進は感じ入ったように言った。

こうして三の膳を拵え終えた後は当然のことのように酒宴になった。蔵之進がとっておきの新酒を持参してきていた。

「なんとまあ、気楽な酒宴だことよ」

蔵之進の呟《つぶや》きに、

「気楽が何よりでございましょう」

季蔵は相づちを打って微笑《ほほえ》んだ。

酒肴菓子五種を試した蔵之進は、

「酒肴の究極がわかったぞ。飲むほどに酒で痺《しび》れてくる舌をきりっとさせる、この変わり種の食味、それが酒肴菓子、これぞ究極っ」

と断じてから、

「実はこの間、赤貝の握りずし等の後、馳走になった唐芋のあんかけの味が忘れられずにいたのだ。あれは舌を通して頭も爽快《そうかい》にしてくれる。あの唐芋のあんかけを含めて酒肴菓子の類《たぐい》こそ、特にこのような折にはふさわしい」

思わせぶりな物言いをした。

「例の件で何かございましたか？」

思わず季蔵が身を乗り出すと、

「人の口にはどんなに警戒しても戸は立てられぬものだ。優美恵の実家《さと》の近くで聞きまわっていたら、優美恵が菓子屋の丹心堂へ嫁ぐ前に交友のあった、絵習いの友達を見つけられて、耳よりな話を聞くことができたのだ」

蔵之進の目が光った。

六

蔵之進は先を続ける。蔵之進には話した相手の言葉を、かなり長いものであっても、ほとんどそのまま覚えていられる才があった。

「優美恵の実家の薬種問屋の近くに婿を取って住んでいる米屋のお内儀に会うことが

できた。まずはこのように話してくれた。〃優美恵さんとは狩野《かのう》派の絵師狩野英善《えいぜん》先生のところへ御一緒していました。わたしも優美恵さんも絵がとても好きで、絵で身を立てられたらいいのになどと思っていたこともありました。わたしは下手の横好きでしたが、優美恵さんには英善先生も認める才があって、わたしはてっきりその道へ進むのだと思っていました。ところが英善先生が突然卒中で亡くなられたのです。その頃、優美恵さんは丹心堂の若いご主人と知り合ったようです。丹心堂さんも名人で通っていた先代が突然亡くなったので、悲しみと痛手に打ちひしがれていた二人の心はすぐに寄り添ったのだと思います。優美恵さんが丹心堂のご主人に惹《ひ》かれたのは、丹心堂のお菓子には、他にはない絵心が引き継がれてきていたからではないかしら。丹心堂のお菓子には四季の移ろいが感じられて、わたしの絵心も満たされていたからです。お菓子の美味しさを超えた一幅の絵のような素晴らしいお菓子でした。ただし、丹心堂さんのお菓子は値も張る上にありがちな花鳥風月を模した普通のお菓子ではないので、老舗《しにせ》中の老舗であってもそうは流行《はや》っておらず、主に歌人などの文客に人気のある、知る人ぞ知る店でした。ですので優美恵さんは薬種問屋をされているご両親を説得して嫁がれたんです〃と」

ここで一度蔵之進は言葉を切った。

「ということは、優美恵さんは店のやりくりに行き詰まったご亭主が自死され、幼子を抱えて実家に戻られた時はさぞかし肩身が狭かったでしょうね」

季蔵は先を促す物言いをした。

「絵習いで一緒だった米屋のお内儀は〝優美恵さんが見初められてまた嫁ぐと聞いた時は、相手はどこかの武家の養女にしても添いたいと言ってくれているお侍さんだし、幼いお嬢さんもいることだし、良い縁を得られたと思っていました。他の絵習いの友達と――まあ、いつまでも若くてお綺麗な方は得ね、今度生まれてくるなら絶対美人‼――とため息をついたのを覚えています〟と言っていた。その実は見初められたのがあのような男でも、嫌とは言えなかったのだろう」

「その後、その絵習い友達とのつきあいは？」

「米屋のお内儀は親友だと思っていたので文を期待して待ったが、優美恵からは何の音沙汰《おとさた》もなかったそうだ。その米屋のお内儀に鎌江に嫁いだ優美恵についての話をしたのは絵習いの頃の後輩だという。この後輩は恩師が亡くなった後も他の師について絵を習い続けていて、是非とも幻の菓子箱を描きたいと探していたというが、それが丹心堂秘蔵の逸品だとわかった。唐《とう》の時代、あの寵姫楊貴妃《ちょうきようきひ》と共に破滅した玄宗《げんそう》皇帝が菓子好きな楊貴妃のために造らせ、海を渡って太閤秀吉《たいこうひでよし》の所蔵となり、利休《りきゅう》へ下げ渡された後、行き先がわからなくなっていた、たいそう謂《い》われのある菓子箱だった。後輩はすぐに優美恵の鎌江家を訪ねてこれを拝もうとした。優美恵は快く後輩の頼みを聞いて素描を許した。ところがそれから半年も経《た》たないうちに、名品堂《めいひんどう》という名の知れた骨董屋《こっとうや》の店先にこれが飾られていて、もとより売るのではなく客寄せの品なので一千両と驚くほどの高値がついていた」

「優美恵さんは何らかの理由でその菓子箱を手放したのでしょうか？」

季蔵が首を傾《かし》げると、

「丹心堂所蔵のお宝菓子箱となれば優美恵にとっては愛《いと》しい夫の形見だろう。そう簡単に手放すとは思えない。それで俺は名品堂の主に詰め寄った。最初はあちらも売った客の名は明かさなかったが、悪事に関わったものかもしれないと脅すと、〝そういえばおかしな成り行きでしたがまあ、夫婦《めおと》のことなのでたいして気にも留めなかった〟と言い出して、その時のことを渋々話し出した」

「どのようなものだったのです？」

「名品堂の主はかねてから丹心堂のお宝菓子箱のことは知っていた。何でも太閤秀吉が欲しがっただけあって、金彩蒔絵《きんさいまきえ》の塗り物の菓子箱の蓋に矩形《くけい》に仕切られた菓子盆が工夫されていて、蓋の他の部分と菓子盆にまたがって、花鳥風月を背景に楊貴妃らしき貴女が、菓子職人のように飴《あめ》の下地を伸ばしている構図が描かれている絶品だという。それで名品堂は鎌江信次郎に持ちかけ続けていたが、強欲な鎌江は値を吊《つ》り上げ続けていて、やっと六百両で折り合ったのだそうだ。名品堂の主は六百両と引き換えに鎌江宅からお宝菓子箱を受け取って帰ろうと門を出た。その時、〝お待ちください〟と妻女の優美恵の声がして追いすがってきた」

そこで一度蔵之進はやや辛《つら》そうな顔になった。

「それで」

季蔵は促す他はなかった。

「鎌江が受け取った代金は何としても返すから持って行かないでほしいと、悲鳴のような声だった。思わず名品堂の主は足を止めた。すると血相を変えた鎌江が出てきた。〝本当によろしいのでございますか〟、名品堂は鎌江に念を押したそうだ。鎌江は〝妻の物は夫の物よ、その菓子箱しかと売り渡した〟と名品堂に言い、妻女の方を向いて〝この馬鹿者が〟と頬《ほお》を叩いたという。〝あれから妻女はどれだけの折檻《せっかん》を受けたことか――〟とも名品堂は言っていた。それまでもお宝菓子箱のことで訪れるたびに、妻女が〝それだけは売らないでください、後生です〟と必死に鎌江に頼み込む姿を名品堂は見てきていたそうだ。そのたびに鎌江は〝うるさいっ〟と妻を殴ったり、突き倒したりしていたそうだ。名品堂はこう言い逃れていた。〟そのたびに手を上げる鎌江様はきっと、今の奥様への想いがよほど深く、亡くなられたご亭主に妬《や》いておられると思っておりました。それでお宝菓子箱を始末してしまいたいと。ならば致し方ございませんでしょう〟と。何とも都合のいい方便よな」

「人の道を外れても商い第一ならばそうなりましょう」

溢《あふ》れ出る憤怒の思いの季蔵は、

――間違えば優美恵さんの方が虐《いじ》め殺されていてもおかしくはない――

死んだのが鎌江の方でよかったと真から思わないではいられなかった。

「優美恵は夫に虐められ続けていた。そのような事情の上に元夫の形見の品を金に換えられてしまった恨みもある。そうなると気の毒ではあるが、鎌江殺しに優美恵が関わっている可能性が出てきたところだった。鎌江が殺された時分、優美恵がどこで何をしていたのか、調べる必要があった。ところが夜半であったにもかかわらず優美恵にはどこで何をしていたかの証が立った。俺が鎌江の家を訪ねて優美恵に聞き糺《ただ》すと、〟後で番屋へ出向いてお話しします〟と優美恵は俯《うつむ》いたまま応えた。俺は優美恵を見張り続けた。夜更けて鎌江の家の裏木戸を潜《くぐ》った者がいた。何とあのまぐろ屋のお朝だった」

「お朝さんが何を？」

お朝と優美恵という結びつきは意外だった。

「俺はお朝の後について裏木戸を抜けた。そして、〝優美恵さん、あたしよ、朝〟と声を掛けて、勝手口から入っていこうとするお朝の背中を押して、一緒に中へと入った。優美恵が待ち受けていた。優美恵ははかなげな様子の美人で、整った童顔のせいか、年齢《とし》より若く見えた。俺が奉行所同心だと名乗ると優美恵はみるみる顔を青くした。〝町方はお武家の調べはしないんじゃないですか〟と言って、お朝はたじろぎもせず俺を睨《にら》み付けてきた。それで俺は〝御当家の主鎌江信次郎殿が、市中の駕籠の中にて息絶えていたことの調べである。市中での殺しをめぐる調べは町方のお役目であるぞ〟と返し、〝ついては妻女優美恵殿が当夜、どこで何をしていたのかお訊《たず》ねしたい〟と詰め寄った」

そこで蔵之進は苦々しい面持ちで深いため息をついた。

「優美恵さんはどう応えられたのです？」

季蔵の言葉に、

「応えたのは優美恵ではなかった。お朝が〝ほら、これですよ〟と、手にしていた鎌江家の家紋の入った一段重箱を俺に差し出した。中は煮た魚の塊で煮汁と脂が滴っていた。〝何だ？　これは〟と俺が問うと、〝うちはまぐろ屋ですからね、毎日、余ったマグロの身で拵えてるまぐろ鶏ですよ。まぐろ鶏は日持ちがするんで、皆さんに喜ばれてておかみさんはうなぎ登りに増えてるんです。小さい店の切り盛りを今は一人でしてるんで、このところのお届けは夜遅くに限ります。あたしは忘れもしないその日、夜更けて、まぐろ鶏をここへ届けに来て優美恵さんに会ってます。本当です。嘘《うそ》なんてついても何の得にもなりませんからね〟とお朝は開き直った様子で堂々と応えた。俺が〝間違いありませんか？〟と優美恵に念を押すと、〝間違いございません〟、相手はきっぱりと言い切り、頼りなげな風情に似ずしっかりと首を縦に振って、俯いていた顔を上げて俺を見据えた」

と蔵之進は経緯《いきさつ》を話した。

七

「お朝さんは鎌江様の妻女を奥様ではなく、優美恵さんと呼ばれていたのですね」

季蔵は念を押して、

「そうだ」

蔵之進は応えて、

「俺もお朝と優美恵がどうしてこれほど親しいのかと気にかかった。訊いてみたところ、まぐろ鶏は当初、主の克吉が生きている頃は、お朝が亭主の拵えたこの品を夕刻に売り歩いていたそうで、優美恵は何日かに一度は必ず買っていたそうだ。お朝は当初、身形《みなり》の悪くない優美恵が同情ゆえに売れ残りをもとめてくれたと思っていたそうだ。そのうちに優美恵は〝安いからもとめるのです〟と伝えてきて、そろそろ得意先が何件か出来てまぐろ鶏届けが始まっていたので、〝お届けしましょうか？　ただし時はいつとは決められません〟と持ちかけると、〝それは大変有難いことです。わたしは旦那様の言いつけであまり外には出られないので〟と応えて、今のようになったという。お朝が〝まぐろ鶏はそちらの旦那様が召し上がるのですか？〟と聞き、優美恵は〝わたし一人でいただいています。わたしの食べ物にはお金はかけられません、まぐろ鶏なら五日ほどはいただけますから〟と応えたという話もあった。こうして二人は短くないつきあいだし、安くて旨く日持ちがするまぐろ鶏を介してわかりあっている。これは優美恵をお朝が奥様ではなく、優美恵さんと呼ぶ理由になる。そもそも優美恵は武家ではなく商家の出なのだしな。そう呼ばれてもなんともなかったろう」と続けた。

この時の蔵之進は見えたかのようだった鎌江殺しの真相が、再び闇に眠ってしまったことが悔しくもあり、優美恵への嫌疑を深めずに済む証を得て安堵しているようにも見えた。

「なるほど」

季蔵は相づちを打ったものの、

——お朝さんは亡き克吉さんがこれから手がけようとしていたマグロの日持ち料理があったと話していた。これはまぐろ鶏のことを言っていたのだろう。ところが飄吉さんはまぐろ鶏はすでにまぐろ屋の人気の品だと言っていた。この飄吉さんの話とお朝さんが優美恵さんにまぐろ鶏を届けていたのとは辻褄《つじつま》は合う。しかし、合いすぎる辻褄はどこか不審だ。どうして、お朝さんはまぐろ鶏のことでわたしに偽りを言ったのか？——

拘《こだわ》る気持ちが増したが蔵之進にはそれを伝えなかった。

——確とした証のないまま、優美恵さんが疑われてお朝さんの時のような風評になったら、武家の妻だけにそれだけで自死を迫られかねない——。

蔵之進が陣中見舞いもかねた手伝いに訪れてから何日かが過ぎて、いよいよ山賀家での究極の酒肴の宴の日が来た。

季蔵は大八車に材や器等を載せて昼近くに山賀家の裏門を潜った。この日、塩梅屋は休みにしてある。

「どっかのお声掛かりの出張料理なんでしょ。連れてってよ。おいらだって少しは役に立つよ」

しきりに三吉は同行したがったが、出張料理はたいていが烏谷の指示によるものだったので、よほど手が要る時以外は、季蔵は単独で相手方に赴いていた。三吉の身を案じるがゆえであった。

「相手がお武家様だったりしたら、不味いって腹立てたら、〝おのれ、不届き者っ〟ってことになっちゃって、斬り捨てご免なんじゃない？　おいら心配だよ。このところ季蔵さんの顔厳しいし――」

三吉は泣きそうな顔になった。

――見せないでいるつもりでいたが、三吉にもわたしのぴんと張り詰めた心の糸が感じられるのだな――

「それは大丈夫だ。お客さんの一人はお奉行様なのだから」

季蔵が微笑んでみせると、

「そっかあ、それならよかった。きっとお奉行様があのでっかい身体を張って守ってくれるよね」

三吉はほっとしていつもの笑顔になった。

「そうだ、そうだ」

大きく頷いてはみたものの、

――実はそうなったら、わたしが斬り捨てられるのをお奉行は見ているだけで止めてはくださらないだろう。山賀家の宴は市中料理屋十傑の腕を見込まれた料理人の料理がお口に合わず、わたしに罰が下されたにすぎないという仕儀になるだけだ。表向きはわたしが不味い料理を頑固にそうだと認めず、すぐに口に合うものを拵えられなかったゆえとされるのだろうが――。どのみち斬り捨てられて骸になるのならば、料理への想いを存分に伝えて、町人の分際で大身旗本の主、目付様方に口応えして果てることにしたい――

季蔵は覚悟していた。

――だからどうしても三吉だけは巻き込みたくない――

一千五百石以上の武家屋敷は広大である。表座敷、座敷、次の間、これらを繋《つな》ぐ廊下がある家屋も広いが庭は壮大と言っていい。ただし今は冬場なので太い立派な幹に、淡褐色《たんかつしょく》の菰《こも》を巻かれた五葉松のある様子は、よく手入れされている庭ではあるだけに閑散とした印象を受ける。夏冬関わりない鹿威《ししおど》しの音だけが冷え冷えと響いていた。

季蔵は大八車を厨に続く勝手口に止めた。荷を中に運び込もうとすると、

「大変そうですね」

「お手伝いいたしましょう」

赤い襷《たすき》をかけた二十代半ばの二人の女が勝手口から出てきた。

「とんでもない」

下働きにしては上等な着物を着ている上に丸髷《まるまげ》が一糸も乱れていない。

「わたくし山賀常右衛門の家内の玉尾《たまお》でございます」

ややふくよかで小柄な方が挨拶《あいさつ》した。

「あなたが噂に聞く塩梅屋季蔵さんですね」

大きく目を瞠った玉尾は如何《いか》にも朗らかで明るい雰囲気を醸している。

「わたくしは木田高太夫の家内の百合乃《ゆりの》でございます」

目を伏せたまま、遅れて挨拶したのはやや内気そうな、背丈があって痩《や》せた妻女だった。

「ご挨拶が遅れて申し訳ございません。このたびの酒宴の料理を供させていただく塩梅屋でございます」

季蔵は深々と頭を下げた。

「どうか手伝わせてください」

妻女たちの申し出に、

「とんでもない、お許しください」

季蔵はひたすら断り続け、こうした押し問答の挙句、

「それでは皿や小鉢の類をお願いいたします」

季蔵が折れ、

「ああ、よかった。ねえ百合乃さん」

玉尾の言葉に、

「ええ、本当に」

百合乃も笑顔を見せた。

こうして材や器等が運びこまれた後、

「酒宴のお支度もわたくしどもに手伝わせていただけませんか？」

玉尾と目配せしながら、おとなしそうな百合乃が思い切った様子で告げた。

「わたしたち料理が好きなのですよ」

すかさず玉尾が加勢する。

「そればかりは困ります」

この時、季蔵は毅然として拒んだ。

「わたくし塩梅屋季蔵は、山賀家ご当主様のご指名によりここに参上しておりますので。これはわたくしに課せられたお役目でございます」

「まあ」

「がっかり」

二人は肩を落としたが、

「お作りになるのを見せていただくだけならよろしいでしょう？　お邪魔は一切いたしませんから」

玉尾の押しに、

「本当に見るだけでございます。手出しはいたしません」

今度は百合乃が助太刀した。

「それではどうぞ」

二人は季蔵の究極の酒肴作りをつぶさに見ることとなった。

まずは正統な冬酒肴の一の膳については、

「まあ、赤かぶの隈取すしと氷大根巻きの綺麗なことといったら、まるで冬の花のようではありませんか。見た目も味のうちとはよくいったものだわ」

玉尾がわかりやすい美しさに感嘆すると、

「絵のような蟹の長芋寄せや、戦国武将の柴田勝家《しばたかついえ》がお市《いち》の方とお城を枕《まくら》に討ち死にした北《きた》の庄《しょう》にゆかりのある、越前白茎牛蒡のお浸しも風情がありますよ。この牛蒡の茎の白さは、お市の方の透き通るように白かったと伝えられる肌の色にちなんだものではないかしら？　お味もきっとこのように深みがあるのでしょうね。鮟肝鯛も調和のとれた繊細なお味なのでしょうね」

百合乃の感激は何とも奥深かった。

――お二人とも何と無邪気な料理好きなのだろう。このような妹様たちと兄である山賀様、木田様もごく幼い頃は楽しく、遊ばれたこともあるのだろうから――

夫である山賀常右衛門も木田高太夫もこの妹たちに似たところがあってほしいと、季蔵は願わずにはいられなかったが、烏谷のあしざまな言葉を思い出して、

――人は長じて出世や欲が絡むと変わってしまうものだった――

包丁を持つ手に集中した。

八

「見事ですね」

「目福です」

料理は二の膳を作り終えて、三の膳へと進んでいる。牡丹百合根については、

「まあ、上生菓子みたい」

と玉尾は目を丸くし、

「蜜煮金柑と柚子あみがさを今度、わたしたちで作ってみましょうよ」

百合乃は見かけによらない大胆な提案をした。

「そういえばお二人は亡くなられた鎌江様のお宅で、奥様の優美恵様に菓子を習われていたそうですね」

季蔵は訊いていた。

「ええ、まあ」

「でも、あんなことがあって――」

二人は同時に俯いてしまった。

「もう菓子習いには行かれないのですか？」

季蔵は気になった。

「丹心堂さん秘伝のお菓子はむずかしいのか、なかなか教えてもらえなくて」

百合乃の言葉に、

「あら、時季の桜や菊の練り切りは、可愛くて綺麗でとても素晴らしかったじゃないの。わたしは秘伝の土色が多いものより、綺麗な色のお菓子が好きだったわ」

玉尾はふっとため息をついて、

「殿様たちが揃って、もう鎌江家には出入りしてはいけないとおっしゃるものですから。つまらないわ」

吐き出すように言った。

「でも、玉尾さん、仕様がないじゃないの。わたしたちは大身旗本の家に生まれたのですもの、子どもの頃は父上、母上に、嫁してからは殿様に従うしかないのです。それが定めなのですから」

百合乃が曇った表情で洩らすと、

「いいわね、市井の女たちは自由で」

玉尾は跳ね返った言い方をした。

この後突然、百合乃がごほっと咳《せき》をした。慌てて袖《そで》で口を被《おお》ってごほごほと咳《せ》き込み続ける。

「百合乃さん、風邪？　いけないわ。寝つきでもして、日々あれこれ家の采配《さいはい》ができなくなったら無用なのがあたしたちですもの。風邪とはいえ病には気をつけないと」

そう告げた玉尾は片袖から包みを取り出して、

「はい、これ、蜜柑味の喉飴《のどあめ》。この間百合乃さん、やはり今みたいに咳が出てこの飴でおさまったでしょ。それでさしあげようと持ってきたの。百合乃さんは喉が弱いからそこから風邪が入ってきたら大変」

百合乃に渡した。

「ありがとう。今はもうおさまったみたい。大事に舐《な》めるわ」

喉飴を受け取った百合乃は大事そうに帯の間に納めた。

からすみ餅と慈姑煎餅が出来上がると、季蔵は五種の酒肴菓子を二人分取り分けて、

「おやつ代わりに召し上がってみてください」

玉尾と百合乃に勧めた。

「熱いうちに」

と促したが、

「ありがとうございます」

玉尾は目を輝かせ、

「御膳が運ばれて酒宴が始まってからここでいただきます」

百合乃は告げた。

「奥様方は席には連ならないのですか？」

季蔵の言葉に、

「ええっ、まさか」

玉尾は仰天し、

「大身旗本の家に生まれついたわたしたちは、器量を見込まれて縁づいたわけではありませんから、殿様方の酒席に連なるなどは、もっての外でございます」

百合乃は静かな口調で多少いかめしい物言いをした。


刻限になり究極の酒肴による酒宴の支度が出来た。すでに広間の座敷には主で目付の山賀常右衛門と木田高太夫、上座には強引に加わった奉行の烏谷が酒肴膳が運ばれるのを待ち受けていた。

「手伝わせてください」

「わたくしたちがお運びいたします」

玉尾と百合乃の申し出を、

「とんでもない。これはわたしの役目です」

季蔵は断って一人で厨から広間までの長い廊下を、重ねた三種の膳を掲げて運んだ。

そして、

「塩梅屋季蔵でございます。お待たせいたしました。ご依頼のものをお持ちいたしました」

まずは座敷の開いている障子の前で膳を掲げたまま座った。

「入れ」

山賀常右衛門と思われる、男にしては細い声が促した。

「はい」

応えた季蔵は三種の膳を各々の前に置いていく。その際に山賀常右衛門と木田高太夫を見た。山賀常右衛門は一目で百合乃の兄とわかる顔立ちで、瘦せ型で首が長かった。目鼻口がちんまりと小さくおさまっていて如何にも何代も続いた大身旗本の末裔《まつえい》といった印象であった。学問の道を志して、こつこつと書物をひもといているのが似合いそうな様子にも見える。

——このような御仁でも金や出世を望むものなのか——

木田高太夫の方は百合乃ほど小柄な妹玉尾に似ていなかった。烏谷ほどではないが背も目方もたっぷりとあり、小袖や袴、羽織までも窮屈に見える。ただし目だけは玉尾に似て大きめで今は穏やかな様子ではあったが、この目で冷徹無比に見据えられたとしたら怖気《おぞけ》を震いそうである。

——木田様には野心が似合いそうだ——

咄嗟《とつさ》に季蔵は先は長崎奉行の座を得たいと思って動いているのは、木田高太夫だと思い込んだ。

「それではいただくといたそうか」

烏谷が盃を取り上げると、

「お奉行様、どうかお一つ」

間髪容《い》れず木田がすり足で駆け寄って酒器から神妙な顔つきで新酒を満たした。

「当家によくおいでくださいました」

山賀も倣った。

——これは本来、招待した山賀家当主、常右衛門様が一番になさることでは？　木田様は礼を欠くとわかっていて、相手を出し抜いて、上に胡麻を擂《す》った——

季蔵は半ば呆《あき》れつつ、

「わたくしはこれにて」

座敷を下がろうとすると、

「そちはそこに居れ。酒が足りなくなった時、命じる者がいなくては困る」

烏谷に引きとめられて座敷の片隅に座った。

青物中心で正統な酒肴を並べた一の膳から箸が付けられていく。三人は酒を酌み交わしつつ箸を進める。

「冬の青物は眺めよな。女子《おなご》と同じ綺麗な色の取り合わせでつい食わされてしまうわ」

烏谷が嘆息すると、

「女子に例えるとはさすがお奉行様です。遊び心の底が深い」

早速木田が胡麻を擂る。

「とはいえ、日頃から青物は馴染みすぎていてちと飽きておる。やっと鮟肝と鯛に行き着いた。よかった。これは鮟肝の冬と鯛の春、なごりとはしりの両方が楽しめる」

烏谷が続けると、

「鮟肝をなごり、鯛をはしりというは真に名言」

さらに木田は持ち上げた。

酒肴はいよいよ、二の膳に入った。

「ほう、マグロとは珍しい」

烏谷は季蔵が添えた献立を一瞥《いちべつ》した。

「あれは下魚とも言えぬ代物ですが」

山賀は控えている季蔵に咎《とが》めるような視線を送った。

――ここが一番の勝負どころだ――

季蔵は息を止めかけた。

「たしかにそうですな」

木田はこの日はじめて山賀の言葉を受けた。

「そうは言うが清《しん》国では古来から、食べられるものは木の椅子《いす》の他は何でも食らってみるのが食通の証というぞ。いざ、味わってみるとしよう」

元からマグロ好きの烏谷はぬけぬけと初体験を装った。

「それでは」

木田が箸を伸ばし、

「わしも」

山賀は渋々倣った。

「ん、旨いっ。こうして霜振りにしてマグロの旨味を閉じ込め、しゃきしゃきした旬の分葱と合わせると、とかく嫌われる独特の臭みが風味になる。新しい旨みと風味ここにありっ」

鳥谷がはしゃぐと、

「まことにおっしゃる通り」

木田は分葱まぐろを口一杯に頬張り、

「たしかにそんな気もしてまいりました」

神妙な様子の山賀は箸を止めずにいた。

「わたしは揚げ物が殊の外好きで、お奉行様も天ぷら好きだと聞いております」

木田はマグロの話を打ち切って、人なつこい笑顔を鳥谷と大寒揚げに交互に向けた。

「なるほど。よくご存じですな」

鳥谷は頷きつつ、上目使いにちらと季蔵の方を見て、

――マグロへのあらがい、これほどのものか――

唇の端を皮肉に歪《ゆが》め、

――無事乗り切れそうでほっとしています――

季蔵は頭《こうべ》を垂れかけた。

九

鳥谷は、

「究極の酒肴とやらもよろしいが、こうして目付の方々と膝を交えられるのは何よりです」

などと決まりきった世辞を口にして、その目は、

――奮戦必須だったマグロ食い談義、ちと物足りないのう――

と語りつつ、ふふふと顔中を綻ばせてうれしそうに笑い、

――とんでもない。もうお腹いっぱいです――

慌てて季蔵は目を伏せた。

三人は大寒揚げに舌鼓を打ちはじめた。

「丸ごと食べる公魚も苦みのある蕗の薹も子どもの頃は大の苦手でした。酒の味を知るようになってからどちらも好きになりましたが――」

山賀が木田に先んじて話をすると、

「たしかに左様」

烏谷は相づちを打った。

片や木田は、

「わたしは生真面目な山賀殿とは違って、少しばかり悪く、幼い頃の甘酒好きが高じて、学問所へ通う前から周りに隠れてこれを――」

盃を傾ける仕草をして、

「酒はそもそも公魚や蕗の薹が無くても美味いものですからね」

大胆に山賀の話をねじ伏せようとしたが、

「この薄い衣に技があるのをご存じか。公魚と蕗の薹、どちらも春の訪れを感じさせる香りがする。その香りを目一杯酒と共に楽しむには衣を薄くして、軽い食味で舌に早春を報せねばならぬのだろう」

烏谷は食通ならではの自説を説いただけだった。

次はマグロに次ぐ関門である鰯の柚子釜であった。

「よりによって鰯など」

木田が悲鳴に似た苦情を洩らし、

「猫もまたいで通るマグロならば清国に倣って試しに食うてもみましょうが、鰯は下魚中の下魚と定められてきました。究極の酒肴に用いるのは何ともふさわしくないのでは？　当家では奉公人の菜に限った魚が鰯です。たとえどんなに窮しても、武士たるもの鰯ごときは隠れて食する代物です」

山賀は眉を寄せて言い切った。

——大身旗本とは食べ物に対してさえも上下を設けているのだな。正直これほどと

は思っていなかった。隠れて鰯を食べている禄の少ない下級武士を蔑《さげす》んでいるように
も聞こえる――

下級武士の家に生まれた季蔵は鰯の煮付けさえ馳走だったことを思い出した。

――母は苦しい家計のやりくりのため、ハレの日に鯛をもとめる余裕がないと、鰯
を使った料理を工夫してくれた。これもその一つだった――

「下魚には下魚の良さがあるとわしは思うておる」

烏谷の笑顔は満面に広がり、唯一常に笑っていない大きな目さえも筋になっている。

「このわしも下魚の類ゆえかもしれません」

とも言い、

「まあ、食うてみましょう」

鰯の柚子釜に箸を伸ばした。

「おっ、ごろごろした食味、これは葱と長芋だな。思いがけないせいか、舌が楽しく
喜んでいる。鰯の風味もあるが一番に感じられるのはこのごろごろ。これが面白すぎ
て鰯が下魚だとか、駄目だとかは二の次のような気がしますな」

烏谷の言葉に、山賀と木田の二人は、

「そうは言っても鰯は鰯」

「食うは当家主の恥でござる」

「それはそこもと木田家主も同じ」

「たしかに」

「困った」

「困りました」

声を潜めて囁《ささや》き合った。

「なるほど、各々方は目付である前に大身旗本家の主でございましょうから、無理強いはできますすまい」

烏谷は美味そうに鰯の柚子釜を堪能していて、

「この柚子の釜の上品な香りが、鰯と葱、長芋、胡麻、松の実など、実にさまざまな混然一体のやや強烈な風味をさわやかに引き締めている。お二人には食さないまでも、柚子皮の香りに包まれた極上のこの酒肴を想い描いていただきたい。塩梅屋、まずは叩いた鰯を用いる山家《さんがや》焼きについてお話してさしあげよ」

季蔵を促した。

——あの朝はおっしゃらなかったが、お奉行は山家焼きをご存じだった——

一種感動にも似た感情を抱きつつ、季蔵は山家焼きについて話した。

「山家焼きは漁師料理です。釣りたての鰯や鯵、秋刀魚《さんま》、鰹、烏賊等を叩いて味噌と合わせ、アワビの殻に入れて焼いて食したのが始まりです。安房《あわ》ならではの料理が次第に広まりました。今も鳥や猪射《いのしし》ちを兼ねている漁師が山へ猟へ行く際に、アワビの殻に味噌と合わせた叩き魚のなめろうを入れて持参し、焚火《たきび》であぶって食しているはずです」

「なるほど。この肴にもなり力もつく漁師料理、世の中が安穏ではなかった戦の頃は武将たちがこれぞ侍食とばかりにこぞって作らせ、各々戦いの場に持って行ったかもしれぬな。神君家康《いえやす》公もそのお一人だったかも。それもあって広まったのでは？　今も猟師を兼ねる漁師が同様に食うているとしたら、漁師たちは侍の鑑《かがみ》よのう。見習いたいものだ」

烏谷が締め括《くく》りかけて、

「そうそう、この鰯の柚子釜の元になっている山家焼きとやら、ここまで凝って磨き上げずとも、好みの魚を叩いて味噌と合わせただけで炊き立ての飯によく合う。飯が何杯でも食える。しかしこればかりは下魚でないと駄目だな。高級魚の鯛では味噌に風味が殺されてしまって少しも美味くはなかろう。下魚には下魚の良さがあると言ったのはこれだった――」

季蔵に向かって瞬きしてみせた。

「お奉行様の身に沁《し》みる良きお話、何よりでした」

木田はそれまでの発言がなかったかのように、

「わたしは鰯が苦手なので早速、後ほど妻に好きな烏賊を用いて作らせます」

と言った。

「わたしは鯛ならば何とか――」

山賀は慌てて取り繕ったが、

「鯛では駄目だとお奉行様は仰せですよ」

木田は突き放すような物言いをした。

牛肉の桜焼きについてはもとより案じてなどいなかった。

――牛肉がご禁制なのはうわべだけのことだ。御大身の御当主たちならば御酒を飲ませて育てているという、なかなか手に入らない、高額で極上の彦根牛を食し慣れているはずだ。おそらく大好物だろう――

季蔵の思っていた通り、牛肉の桜焼きについて二人は絶賛した。

「焼いたり、煮たりでは少々、飽きが来ていたところでした」

木田の本音に、

「当家は牛肉に通じた良き料理人に恵まれずに来ました」

山賀は同調して、

「是非ともこれの作り方を知りたいものです」

と洩らした。

「ならば後ほど塩梅屋より伝えさせよう」

烏谷はさらりと言ってのけて、二人が箸を伸ばそうかどうしようかと迷って見つめている、いぶし牛肉の最後の一切れを素早く箸の間に挟んだ。

二の膳の最後はセリ鶏肉となった。

烏谷に牛肉の桜焼きの最後の一切れを奪われた二人は、無言で半ば自棄《やけ》気味にセリ鶏肉を酒で流し込むかのように食している。

「わしはセリの香りが好きでな。ぴりっとくる一味唐辛子も堪《たま》らない」

烏谷が評してやっと、

「これも技でございましょう」

木田がやっと追従したがその面持ちは山賀同様苛立《いらだ》っていた。

――御大家の嫡男ゆえ、常に譲られる身で我儘な暮らしをなさってきたのだろう。このお奉行との酒宴、相当な苦労でお二人とも限界に来ているのかもしれない――

季蔵は二人のこめかみに共に浮いている憤怒の青筋を見逃さなかった。

——これがこの方々の正体だ——

一方の烏谷は、

「さてさて、仕舞いの三の膳は長い酒宴のための楽しみな酒肴菓子だ。その前に山賀殿、木田殿、どうか今のお役目について何か思うことがおありでしたら、話してください。山賀殿や木田殿ほどのご大家のご当主が目付職に就いて、さぞかしご苦労の数々もおありかとこの烏谷、日頃から察しておりました。何しろ目付職は各々方と同じ旗本の身分の見張り役ですからな」

相変わらずの笑顔で持ちかけた。

「お役目は有難く拝し務めております」

山賀は固い表情で応えたが冬場だというのに額に汗を滲《にじ》ませた。

「同じ旗本たちの不正に目を光らせるのは正直、お奉行様にご案じいただいたように心の休まる暇はありません」

木田は訴えるように目を瞠って、

「ただ三千石以上の代々の知己でもある富裕な旗本家には、ほとんど不正らしきものは見つかりません。せめてもの救いです」

と言い、山賀は大きく頷いた。

「なるほど、まさにそれは貧すれば鈍するということですな」

烏谷はわざと高く笑い、二人の表情が一瞬緩んだ。

第六話　春を呼ぶ菓子

一

三の膳《ぜん》の酒肴《しゅこう》菓子については、

「これはただの口取りか、箸休《はしやす》め、おしのぎの寄せ集めではないか」

山賀《やまが》は突き放すような物言いになり、

「市中料理屋十傑に選ばれた者にふさわしい仕事とは思い難い」

木田《きだ》は烏谷《からすだに》の言葉を待った。

――ここで足元が掬《すく》われようとは思っていなかった。二人は先ほどの奉行の同調を皮肉とは解さず無邪気に気を許したのか？――

季蔵《としぞう》は慌てたが、

「まあ、そう言わずに食そうではないか。五種あるうちの一番、口に合いそうなものを食してみてはいかがかな。わしは甘辛両刀ゆえ五種全部を堪能させていただく」

躱《かわ》した烏谷はまずは牡丹百合根《ぼたんゆりね》に菓子楊枝《ようじ》を遣った。

「ふーむ、この独特の食味は、やんごとなき美しき女人の白い肌を想《おも》わせる。これだけで酔うた気分にもなるだろうが、酒が加わればまさに極楽へ誘われる気分となろう」

突然品位を保ちつつも艶っぽい物言いをして、料理に難癖をつけかけていた二人を困惑させた。その後、蜜煮《みつに》金柑《きんかん》、柚子《ゆず》あみがさ、からすみ餅《もち》、慈姑煎餅《くわいせんべい》と順番に食していって、

「蜜煮金柑は甘さの花が咲き誇っていて、柚子あみがさは苦みと甘さが絶妙だ。からすみ餅になると、炙《あぶ》ったからすみの香りと塩気は何ものにも代えがたい。慈姑煎餅には仄《ほの》かではあるが慈姑ならではの甘味があって惹《ひ》かれ、このようについつい手が伸びてしまう」

烏谷は慈姑煎餅を手にして告げて、

「この酒肴菓子は女たちの年頃《としごろ》に相応した魅力を見かけの姿ではなく、味わいに例えているのだ。女に生まれれば竈《かまど》の灰になるまで奥深い味わいが持てる。羨ましい限りだ」

と言い添えた。

「そうでしょうか」

木田は早々に烏谷に煙《けむ》に巻かれて、五種の酒肴菓子を酒と共にややゆっくりと味わうと、

「牡丹百合根に生娘の肌に通じる、男をわくわくさせるものがあることはわかります。蜜煮金柑の触れなば落ちん甘さもたまらない。ですが、柚子あみがさの甘さと苦み、からすみ餅の風味と塩気、慈姑煎餅の仄かな甘味も酒によく合うものの、女に例えるのは当たっていません」

自身の想いをやや赤裸々に口にした。

木田に倣って矢継ぎ早にこれらを食した山賀は、

「女に味わいがあるのは若い頃だけですよ。年老いた女に味わいなどあろうはずもありませんから。柚子あみがさやからすみ餅、慈姑煎餅に無礼です」

言い切った。聞いていた烏谷は、

「お二人はどうやら、この酒肴菓子がお気に召したようですね」

わははと豪快に笑った。

「そういうことか？」

「そうなのか？」

二人はしかめ面になって互いに問い合ったが、

「酒が足りなくなってきた。季蔵、厨《くりや》へ行って酒を持て」

烏谷は笑い顔のまま命じた。

――やれやれ。何とか切り抜けたな――

「はい、只今《ただいま》」

季蔵は廊下へ出て厨へと向かった。

――玉尾《たまお》様、百合乃《ゆりの》様はわたしが除《の》けておいた酒肴菓子を召し上がられただろうか？　この酒肴菓子は八ツ時の茶請けにもよいのではないかと思って拵《こしら》えたものだけに、是非とも食しての評を聞きたい――

などと思いながら厨の土間へと下りた季蔵は、

――これは――

一瞬わが目を疑った。

二人が倒れている。廊下側に玉尾が、一間（一・八メートル）ほど離れて百合乃が倒れていた。

「しっかりしてください」

季蔵は自分から近い方の玉尾を抱き起こした。脈はもうほとんど打っておらず、虫

の息だったが、

「百合乃様、兄上様、殿様、すみません」

と言い残してがくりと頭を横に垂れた。

百合乃の方はすでにもう息絶えていた。

――二人が一緒にこのように亡くなるのは病などではあり得ない――

季蔵は五種の酒肴菓子を二人分、取り分けてあった皿を見た。

――少し残っている――

土間の上にも目を凝らした。

倒れている百合乃と玉尾の周りには黄色の固形物が飛び散っている。

――蜜煮金柑と柚子あみがさが吐かれている。ということは誰《だれ》かがここでこれらに毒を仕込んだことになる――

季蔵は思いを巡らせた。

――これらはわたしが一人で拵えた。だから、いつ毒が仕込まれたのだろう？　わたしが究極の酒肴の膳を運んで行ってから、ここで何が起きていたのか？　その真相を突き止めねば、このままではわたしが毒を仕込んだ張本人にされてしまう。いったいどうしたものか――

つい先ほどまで好ましく親しく話をしていた相手の突然の死に、季蔵は大きな衝撃を受けていた。すっかり混乱している。頭を抱えて蹲《うずくま》ってしまった季蔵は、

――そうだ、このような時はまずは落ち着かねば。松次《まつじ》親分や蔵之進《くらのしん》様に呼ばれて骸《むくろ》検《あらた》めをする時のように。常ならどうする？　平静に、平静に――

季蔵は自身に平常心を課しつつ、百合乃と玉尾の骸を視《み》ることにした。

――だがこれは時がかかる。足りない酒を持ちに厨に来たわたしをお奉行もあのお二人も待っておられるはず。骸検めの時はない。どうしたものか――

立ち上がりかけてまた蹲ってしまった時、

「どうした？」

野太い声が後ろから聞こえてきた。

「これは――」

さすがの烏谷も顔色を変えて声を低めた。

「なかなか戻らぬゆえ、何かあるのではないかと察し、立派な厨を見てみたいなどと言うて様子を見に来たのだ。まずはよかった――」

烏谷はすぐに常の何を考えているかわからない冷徹な目を取り戻していた。

――どれほどの修羅場を潜《く》り抜けて来られたのか、このお方はどのような時でも立

ち直って平常心に立ち戻るのが迅速だ――

烏谷はしばし突き通すような鋭い眼差しを骸と土間、空の皿等に向けた。

「どうしたものかと――」

季蔵は何とか立ち上がることができた。

「知れたことだ。酒はわしが運ぶ。とにかくこの事態がなにゆえ起きたのか、一瞬にして寡夫になってしまった二人に説明をつけられるようにせねばならぬ。いいか、徹底的に骸検めをせよ。それでも突き止められず、このままの姿をあの二人に見せれば――」

「わかっております」

――いきなりの無礼打ちは必至――

「半刻《はんとき》（約一時間）、わしの我儘《わがまま》で無心を言い、何か美味《うま》いものを作らせていると言っておく。この方便もせいぜいが半刻までだ、いいな」

「はい」

季蔵は烏谷を見送った後、二体の骸の前に立って、毒を用いて二人の命を奪った下手人について考えてみた。

――誰かがここに入って蜜煮金柑や柚子あみがさ等の酒肴菓子に毒を振りかけたの

だろうか。しかし、常に表門だけでなく裏門まで家党の誰かがいるこの屋敷に、なぜ怪しまれずに入れた？　二人は秘密の客人を呼んでいた？　それは男？　いやいやあり得ない。いつ、わたしが厨へ酒を取りに戻るかわからないのに、そのようなことをしようとするわけはない。そもそもあの二人に密会など似合わない。となるとどこから密命を受けた忍びのような者がこっそり忍び込み、この厨を見張っていて、二人に悟られずに毒を菓子に振りかけたことになる。これは考えられる。そうなると忍びの目的は山賀、木田の妻女たちということになる。しかし、忍びの密命の実行ならば狙《ねら》いは政《まつりごと》とは無縁な妻女たちではなく、当然政の一翼を担っている当主たちだろう。忍びでは理が通らない。駄目だ――

季蔵はここで外部からの侵入の可能性を捨てた。

――他《ほか》からの侵入はなかったとするのは、自分で自分の仕業だと認めるようなものだが仕方ない。わたしが下手人なら何の理由もなく、ただ病んだ心のなせる所業ということにできる。斬《き》り捨てにならずとも申し開きなど一切聞いてもらえず、即刻首を刎《は》ねられるだろう――

刻々と季蔵の生死を決める刻限は迫っている。

――たとえそうなるほかはないとしても、ここでわたしは今から精一杯の骸検めを果たすぞ。それが大身旗本家に生まれついたとはいえ、このように幸薄かった女子たちへのせめてもの供養なのだから――

こうして覚悟を決めた季蔵は本格的な骸視に入った。着物を脱がせて仔細《しさい》に視ていく。

――どちらも身体《からだ》は綺麗《きれい》なままだ。刺し傷や打撲はもとより、二人とも誰かに汚された様子はない、よかった。けれども――

気になって百合乃の骸をもう一度確かめた季蔵は、

――やはり、酷《むご》い――

たまらない気持ちになった。

二

――おや――

脱がせた着物を各々の骸に着せ直していた季蔵は、

――無い――

百合乃の着物から落ちて見つかるはずの喉飴《のどあめ》の袋を思い出していた。喉の弱い百合乃を案じた玉尾が格好の喉薬として勧めた蜜柑飴《みかんあめ》の紙袋である。もちろん、玉尾の着物の袖《そで》にもない。

——もしや——

季蔵は百合乃と玉尾、各々の骸の両手を見た。玉尾が右の掌《てのひら》を拳《こぶし》のように握りしめている。季蔵はその掌を開かせて握られていた皺々《しわしわ》の紙袋を見つけた。中には蜜柑飴が八粒入っている。

——百合乃さんならわかるが、どうして玉尾さんがこれを握って果てているのか？

——

あの時、蜜柑飴は玉尾から百合乃に渡っていた。

土間ではどこからともなく出てきた鼠《ねずみ》数匹が、吐かれたままの蜜煮金柑や柚子あみがさの欠片《かけら》に群がっている。

——そうであってはほしくないのだが——

季蔵は鼠たちの方へ蜜柑飴三粒ほどを砕きそっと投げて見守った。

それからほどなくして烏谷が厨に入ってきた。

「何とか座持ちはしてきた。どうやら終わったようだな」

毒によるもがき苦しみのために割れていた裾《すそ》やはだけかけていた襟元がきちんと合わされて、隣り合っている二体の骸を烏谷は見下ろした。

「終わりました」

季蔵はやや哀《かな》しみの混じった口調で応《こた》えた。

「どうした？　もしや、そち何もわからず仕舞いだったというのではあるまいな」

冬場だというのに烏谷の額から汗が噴き出た。

「そうではありませんが」

季蔵は百合乃ではなく、玉尾が握りしめていた蜜柑飴の袋を取り出して、

「お二人の奥方様が亡くなられたのはこれのせいです」

死んでいる鼠たちを指差した。

「よかった。とにかくそちの料理のせいではないのだな」

「はい」

「ならば、その事実をあの二人に報《しら》せねばなるまい。そろそろあ奴《やつ》らもそちが姿を見せないことを不審に思っているようだ」

「わかりました。わたしから申し上げます」

「それでは早速」

烏谷に促された季蔵は、

「ここへおいでいただいた方がおわかりいただきやすいのではないかと――。しかし、

奥方様方のこのような不慮の死を、わたしの仕業ではないと信じていただけるかどうか――」

正直たじろいだ。

――夫として信じたくない経緯《いきさつ》の死でもあるし――

「安心しろ。わしがついている限り、いきなり斬るようなことはさせぬ。それと大身旗本の主《あるじ》はどんなことがあっても、厨になど出向かぬものだ。あそこで話すほかはない」

季蔵は烏谷と一緒に座敷へと戻った。

「何事だ？」

山賀は季蔵を見据えた。

「いったい何事が起きている？」

木田は烏谷に対する時の敬語を忘れている。

「おそらく一刻半（約三時間）ほど前、この酒宴の最中に各々方のご妻女お二人が厨にて亡くなられた。変わり果てたお姿を見つけたのは酒を取りに戻った塩梅屋《あんばいや》だ」

烏谷は短く応えた。

「そんな馬鹿な。あのように達者であった妻が、そんな――」

木田はうろたえ、

「死んだというからには理由があろう？」

山賀は季蔵を睨《にら》んだ。

「ございます」

応えた季蔵は、

「わたしはお二人とは今日、お目にかかったばかりです。ですので、なぜそのようなことになったのかは、わかりかねます。ですので起きたであろうことだけを申し上げます。わたしの料理をご覧になっている間に咳《せき》をされた百合乃様を案じて、玉尾様が蜜柑飴をさしあげていました。わたしは蜜柑飴の紙袋が百合乃様の帯の間に収まるところを見ました。次にそれを目にした時はもう、お二人とも亡くなっていて、蜜柑飴の袋は百合乃様ではなく玉尾様が手に握っておいででした。その飴を鼠に与えてみたところ、あっけなく死にました。玉尾様が手にしていた袋には八粒残っていました。飴売りはこの手のものだと十粒から売ります。わたしは無くなっていた二粒は百合乃様が先に舐《な》められ、続いて玉尾様が舐められたのではないかと思っています」

自身が見極めた事実に基づいた死の経緯を話した。

「厨に料理は残っていなかったのか？」

山賀は訊《き》いてきた。

「お二人に酒肴菓子の五種は取り置いておいてお勧めしました。吐瀉物《としゃぶつ》にその一部が見受けられましたので召し上がられたものと思われます」

「となると毒は酒肴菓子に仕込まれていたかもしれぬぞ。おまえの仕業ということも考えられる」

木田は語気を荒らげた。

――やはり来たな――

季蔵が身構えた時、

「さすが、詮議《せんぎ》が厳密、ここにおいでなのが目付方だけのことはある」

烏谷は大きく声を張って、

「それについては今宵は挨拶《あいさつ》を控えるようにと言い渡されていたという、用人《ようにん》の橘《たちばな》新左衛門《しんざえもん》殿にこの旨を告げて、詮議の手伝いをしていただくことにした」

廊下に立っている相手に入るよう手招きした。

「当家用人の橘新左衛門でございます」

橘新左衛門は山賀たちとほぼ同じ年頃で固い表情を崩していない。

「お奉行様の仰せでまいりました」

橘は鼠取りの籠《かご》二籠と酒肴菓子の載った小皿を手にしている。

「これから塩梅屋の酒肴菓子、玉尾様が百合乃様に渡されたという蜜柑飴、どちらに毒が仕込まれていたのか、塩梅屋が偽りを申しているのかいないのか、我らの目で確かめてみたいと思う」

烏谷はすでに季蔵から差し出されていた蜜柑飴を砕いた。

「それではこれと酒肴菓子を各々の籠の鼠に与えよ」

促された橘は砕いた蜜柑飴と酒肴菓子を別々の鼠取りの籠に差し入れた。空腹の鼠たちは取り合いで貪《むさぼ》り、すぐに砕いた蜜柑飴を食べた方が動かなくなった。烏谷はもうしばらく見守って、酒肴菓子を食べた鼠たちに何事もない証《あかし》を立ててから、

「よってこのたびのことは塩梅屋とは関《かか》わりがないものとする。よろしいかな」

山賀と木田の二人を見据えた。

「しかし――」

山賀は言い募った。

「その蜜柑飴の袋を我が妻玉尾が握っていたという証はどこに？　所詮、そこに居る料理人風情の言葉だけが証ではないですか？」

「左様」

木田も追い打ちをかけるかのように、

「飴など誰でも手に入れられる。料理人なら器用に作れもしよう。自らの手による酒肴菓子に毒を仕込むのではなく、あえて飴に仕込んでおいた毒で妹や妻を手に掛けたのではないのか？」

季蔵に迫った。

「ほう、しかし、よりによって何のために塩梅屋がそんなことをするのだ？」

烏谷の鼻が鳴った。

「下々の者たちが犯す咎《とが》の理由《わけ》など我らにわかるものか」

山賀は怒鳴り声になり、

「町方は同じ毒が続けて用いられているこのところの殺しを、まだお縄にできていないと耳にしている。もしや、その下手人とやらはお奉行様のお近くにいるのかもしれませんよ」

木田は嘲笑《あざわら》いに似た笑みを浮かべた。

「なるほど、なるほど、町方の事情までご心配いただいて恐縮至極だが――」

烏谷は木田に倣って笑ったがその目は殊の外冷たかった。

「たしかにここは大身旗本のお屋敷で、蜜柑飴に命を奪われたのは旗本家の妻女たちだ。町方の我らにとって武家の事情は与《あずか》り知らぬものとされている。だからこのたびのことは特例だ。疑われたのが町方の者とあって、本来関わりのないわしも、致し方なく加わって詮議を続けておる。山賀殿、木田殿、各々方はまだ出世途上の目付の分際、たとえこの場であっても、この詮議、町奉行であるわしを差し置くことは許せぬ。この旨しかと心得ていただきたい。玉尾殿はたしかに蜜柑飴を握って果てていた。これは紛れもない事実だ」

烏谷は冷然と言い切った。

すると突然、木田が、

「申しわけございませんでした」

烏谷の前にひれ伏して、

「おまえもお詫《わ》びせよ」

促された山賀は慌てて倣った。

「すでにもうお奉行様は何もかもお見通しなのでしょう？」

木田の顔は青ざめている。

「千里眼ゆえな」

烏谷はにやりと笑った。

――これは何も知らぬ顔だ――

烏谷ならではのこの手のはったりを季蔵は何度も目にしてきていた。

「とはいえ、話は直《じか》に聞きたいものだ」

烏谷は傲然《ごうぜん》とした様子で二人の顔を交互に見た。

三

「実はこれはたいそう恥ずかしい事実です。山賀殿も露知らぬこととて、長い間気づかずにいたわたしだけが偶然、知ってしまったことです。亡くなった妻たちには武家の妻たるもの、決して誰にも知られてはならない秘密があったのです」

切り出した木田に、

「それはもしや――」

山賀は低く呟《つぶや》いた。

「ご存じであったか？」

木田の声は悲痛である。

「何となく――あまり――」

口籠《くちごも》る山賀に、

「夫婦ではあるのだが心、ここにあらずだろう？　木田家でのおまえの妹もそうだった。妹がおまえに対してそうだったように――。わが妻百合乃とわが妹玉尾、いたく仲が良かった。まるで恋し焦れてでもいるかのように――」

と木田は言葉をかけ、山賀は黙って頷《うなず》いた。

――これは――

季蔵は啞然《あぜん》として、

「ようは妹御たちは各々方の妻女でありながら、女同士で契る、古来いうところの女《おんな》知音《ちいん》、貝合わせの間柄になっていたというわけだな」

烏谷はずばりと言い当てた。

「わたしは妻が竹馬の友の妹で昔から見知っていたこともあり、そんなことはないとずっと自分に言い聞かせてきましたが」

木田は声を震わせて、

「二人とも苦しんだ挙句にこんなことになるのなら、いっそ山賀殿にも打ち明けて離縁してやればよかった。このようなことで長きに亘《わた》ってつきあいがある、家と家の間がまずくなってはいけないと思い、その勇気がどうしても持てず、共に妹や妻を追い詰めてしまったのでしょう。悔いられてなりません」

と続けた。

「となると各々方は妻女たちの毒死は覚悟の相対死《あいたいじに》（心中）と見做《みな》されるのか？」

烏谷は念を押した。

「その他には考えられません」

山賀はきっぱりと言い切り、

「当家で手配するので百合乃の骸はすぐに木田家へ運ばれよ。玉尾の通夜、葬儀は百合乃の弔いとは日を空けて行うつもりだ。共に悪い風邪に罹《かか》っての病死としよう」

てきぱきと今後の段取りを決めた。

「お奉行様、よろしいですね」

今度は木田が念を押してきた。

「骸二体は旗本家の妻女ゆえ町方は手だしなどできぬ。どうか、よろしいように」

烏谷は珍しく憤怒を隠さなかった。

そして烏谷と季蔵が座敷を立ち上がりかけた時、

「この件はどうか御内密に」

「そもそもが旗本屋敷での一件であることをお忘れなく」

ここぞとばかりに二人はさらなる念押しをしてきた。

長い廊下を戻る途中、鳥谷が、

「ったく、これほど胸くその悪い出来事はないぞ」

吐き出すように言った。

門まで見送りに出てきた用人の橘は、

「お指図の数々厚く御礼申し上げます」

的確だが慇懃《いんぎん》な労《ねぎら》いの言葉を掛けてきた。

鳥谷は待っていた駕籠《かご》に乗りこむ前、

「あれはそこそこ出来物《できぶつ》の渡り用人だろう。山賀の家は代々仕えてきた家老で保《も》っているという噂《うわさ》だったが、今の当主の逆鱗《げきりん》に触れて腹を切ったという話だ。以来、貧してもいないのに渡り用人に家老職を任せていたとはな。渡り用人なら束の間《つかま》のお役目ゆえ、主の言いなりになる。山賀、常右衛門《じょうえもん》、あれでいてたとえ家老であっても、下の者の忠告など決して聞かぬ、かなりの癇症《かんしょう》と見た」

季蔵に囁《ささや》いた。

こうして究極の酒肴の宴《うたげ》は終わった。ただ山賀家で経験した悪夢のような出来事が季蔵の頭にこびりついて離れず、夢でうなされる日々は続いた。料理好きで乙女のように無邪気だった、百合乃や玉尾の無残な最期を忘れることなどできそうになかった。

――たとえ止《や》むに止まれぬ想いゆえの相対死であっても、こんなことに餡を使って
ほしくなかった。食べ物なのだから――
そんな気持ちを抱き続けていると、人を思いやりつつ料理を拵える常の意欲が削《そ》が
れた。そしてこの地獄のような憤怒とも感傷ともつかない想いを振り切るためには、
自分が今、むしょうに食したい料理を拵えるほかはないと思った。
――こういう時は料理に限る。人は食べずには生きられない。とにかく美味《うま》いもの
を拵えて食べることだ――
どうせ、満足には眠れないと諦《あきら》めている季蔵は、この日も三吉《さんきち》を帰した後、塩梅屋
の厨に立った。
――とっつぁんの味だ――
先代長次郎《ちょうじろう》の日記にマグロのアラとカマの部分の料理は記されていない。主家を出
奔したものの、すぐに食うや食わずとなり、店先の饅頭《まんじゅう》を盗んで番屋に突き出されか
けた折、長次郎に助けられ、塩梅屋で働きはじめた頃、夜賄《まかな》いに酒と共に振舞われた
料理であった。
「こいつは特別だ。人が貧してとことん食えなくなったら、魚屋が始末に困っている
こいつらを貰《もら》って試すことだ。食わないという猫に教えてやりたいほどの美味ゆえ、

金輪際、書いて残したりはしない。季蔵、おまえにだけ教える。その代わり、盗みをするほど、空腹ゆえに追い詰められていた時の自分を忘れてはいけない。今後何かで心が折れそうになったら、まずはこれを拵えて食べろ。今はあの時ほどではないと思うことができて、必ずや前を向く勇気と力を取り戻せるはずだ」

と長次郎は言っていた。

長次郎はマグロのアラを煮ることはせずに焼いた。

「マグロのアラは血合いも骨もあるから、たとえ生姜《しょうが》や味醂《みりん》、酒を醬油《しょうゆ》に加えて煮ても少々生臭さが残る。ところがこいつは生臭さが旨《うま》みになる料理だ」

自慢げに教えてくれた長次郎のアラ焼きにはたっぷりにんにくが使われる。

季蔵は血合いとも言われるマグロのアラにすりおろしにんにくをまぶし、酒と醬油を同量入れた濃いつけダレに四半刻（約三十分）ほど漬け込んだ。これを平たい鉄鍋《てつなべ》で焼く。焼きあがったら骨を除き、好みの食べやすい大きさに切り分ける。これの薬味には大根おろしと葱《ねぎ》が合う。

カマ焼きの方は塩を振ったカマを七輪に渡し、焦げすぎないように気をつけながら焼き上げる。

「カマは塩に限る。骨にしがみついている身のところほど旨い魚肉はないぞ」

長次郎がため息をついていた。

季蔵は焼いたアラとカマを堪能しつつ、在りし日の長次郎を思い出していた。酒も少しばかり楽しんだ。不思議に気持ちが和らいだ。

足りなかった眠りに酒が効いたのか、足が小上がりに向いて、いつの間にか寝入ってしまっていると、

「季蔵、季蔵」

季蔵はやっと耳元で呼ばれる大声に気がついた。

烏谷が滅多に見せない険しい顔で小上がりで横になったままの季蔵を見下ろしていた。夜はまだ明けていない。

「お奉行様」

咄嗟《とっさ》に季蔵は跳ね起きた。

「よい匂《にお》いがしていたぞ。長屋へ行ってみたが留守だったので、ここへ廻《まわ》った」

「何事でございましょう？」

「急ぎの骸検めをしてほしい」

「わかりました」

季蔵は身支度して烏谷に付き従った。烏谷の足は蔵之進の亡養父伊《い》沢《ざわ》真《しん》右《え》衛門《もん》の元

の役宅へと急いでいる。

「むずかしい事態なのですか」

季蔵の言葉に、

「検めてほしいのは山賀常右衛門の家で会った木田高太夫《こうだゆう》の骸だ。骸が着ていた絹地の羽織に剣片喰《けんかたばみ》の家紋を認めて驚いたのだ。剣片喰でよく知られているのは二千五百石《こく》の木田家で、紋入りの上等な羽織着用ともなると、目付の木田高太夫以外いない。見つけた侍はさぞかし慌てたであろうが、その者以上に事態の収拾に大慌てしたのが本番目付(目付の中の上席者)だ。わしは親しくしておるそいつから一報されて、すぐさま柳橋《やなぎばし》近くにある料理屋の裏手へ駆けつけた。蔵之進にも働いてもらい、何とか木田の骸を二人して大八車《だいはちぐるま》を押していつものところに運び込んだところだ。料理屋の裏手ゆえ夜が明けてしまえば、多くの者たちが、木田の骸を目にすることになる。木田高太夫は今日日、ひ弱な大身旗本の嫡男が多い中、免許皆伝の剣術の腕を持ち文武両道を自負していた。それゆえ関《せき》ヶ原《はら》以来の家柄を誇る大身旗本の木田家にとって、これは決して公にしたくないであろう、当主のあるまじき死に様だった」

そこまでで烏谷は話を止めた。

「妹御様と奥方様の両方を亡くされたばかりなのに、ご自身までもとは驚きました」

季蔵は寒さのせいばかりではなく、背筋がすうっと冷えるのを感じた。

――何とも因果が過ぎる――

四

木田高太夫は納屋の土間に横たえられていた。季蔵は手を合わせてから骸の傍《そば》に屈《かが》み込むと、

「たしかに――」

無残ですね、と続く言葉を呑《の》み込んだ。

「滅多斬《めったぎ》りですね」

季蔵は肩口、背中、利き手、両足の傷を確かめた後、腹部から腸《はらわた》が食《は》み出している様子をつぶさに視た。

「これは辻斬《つじぎ》りにあった骸ではありません」

季蔵は言い切った。

「辻斬りはたいてい腕に覚えのある者が、心に負に通じる自負と狂気を宿してしまった結果、罪人の試し斬りのように己が名刀の斬れ味を試したくて町ゆく人たちを餌食《えじき》にするのが常だからです。まるで血に飢えた狼《おおかみ》のように。一種の狩りですので迷いな

く、手慣れた技で一刀両断に獲物《えもの》の息の根を止めます」

「木田はどのようにして鱠《なます》のように切り刻まれたのか？」

烏谷が問うた。

立ち上がった季蔵は、

「まずは正面から袈裟《けさ》斬りにされ、のけぞりながらも刀に手を掛けようとした木田様の右手を斬りつけて封じた後、両足首の腱《けん》を斬ったものと思われます。これで完全に動けなくなりました。最後に腹部に刀を捻《ね》じ込んで止《とど》めにしたものと思われます」

自分の身体《からだ》を使って襲われた木田の動きを忠実に示して見せた。

「それではまるで滅多斬りを通り越して、死ぬまで苦しめる拷問《ごうもん》ではないか？」

「もしや、お奉行様はわざとこのような殺し方をして、木田家と高太夫様を辱める目的があったとお考えですか？」

「その可能性はあるだろう」

「目付というお役目ゆえの怨恨でしょうか？　不行跡をはたらいた旗本家の事情を木田様が上役に進言されることもあったはずです。そのせいでお家が廃絶された旗本家の縁者なら、恨んでも恨みきれないはずです――」

「木田については前から蔵之進に調べさせていた。姿が悪くなく、人好きがして座持ちも上手《うま》い木田は人を決して逸《そ》らさない。跡を継ぐ前は女たらしで、出世街道を歩きはじめてからは人たらしの名人となった。木田は根っからの博打《ばくち》好きで、この遊びの醍醐味《だいごみ》に引き込まれて大損している。それを埋めるために金を借り、博打を続けていた。その場その場の金を借りる相手に対しての人たらしにも磨きがかかってきていただろう。大きな金の損害が出ていたとしたら、木田は貸主たちから相当の恨みを買っていたはずだ」

「だとすると木田様を恨む者たちが襲ったことになります。しかし、この刀傷は大勢で付けたものではありません。下手人は一人です」

季蔵は言い切り、

「すると下手人は剣術下手の武士ということになるな」

「それが今のところ最もあり得ることではありますが――」

季蔵は再び骸の傍に跪《ひざまず》くと腰の刀を外し、着物を脱がせて本格的な検めに入った。

「刀は抜かれていないな」

「はい」

刀は手に受けた傷から流れた血で柄《つか》が染まっていただけである。

斬られた傷は着衣の上から見た様子とさほど変わらなかったが、当人が攻撃を躱《かわ》そうとして倒れてできた打撲痕《だぼくこん》や小傷、相手の刀を避《よ》けようとして防御した痕《あと》が両手に残っていた。

「今日日の免許皆伝は当てにならぬな。剣術の腕で聞こえた木田が刀を抜くこともなく、このように果ててしまうとは。命が奪われたのは腹を刺されたからか？」

「はい」

「無様な切腹もどきの殺され方だ。下手人はこれを意図したのでは？」

「わかりません。ただ袈裟掛けで仕損じたので後は無我夢中、命を奪うには心の臓か肺の臓を刺し貫くだけでいいという考えには、思い至らなかったのでしょう」

「下手人は殺しに慣れておらぬな」

「そのように思います」

「しかしどうしても木田高太夫を殺さねばならなかった――」

「ええ」

「だとしたら下手人は木田の近くに居てもおかしくない」

「はい」

応えた季蔵は土間へと目を凝らして、落ちている印籠《いんろう》を拾った。着物を脱がす時に落ちたものと思われたが、

「木田様は剣片喰でしたね。これは丸に剣花菱です」

季蔵の言葉に、

「それはもしや――」

烏谷は驚愕のあまり青ざめた。

「わたしの知る限りでは大身旗本の山賀様の家紋がたしか、丸に剣花菱ではなかったかと。丸に剣花菱の家紋は市中では山賀様だけだったように思います」

季蔵はあまりの展開にこれ以上言葉が出なかった。

「山賀と木田はそもそもが遠い縁戚にあり、共に将棋好きだった先々代から交友を温め合って、家族包《ぐる》みのつきあいをしていたのだぞ。わしとは生まれも育ちも違うゆえ、目の上のたん瘤《こぶ》扱いされるのは仕方がなかろうが、あの二人は竹馬の友だ。妹たちも互いの兄に嫁している。なにゆえこのような酷いことが起きる？」

「わたしにわかっていることは、あの時、骸になったのは百合乃様の方が早かったという事実だけです。ということは玉尾様は百合乃様を死なせてから、自らも毒入りの飴を舐めて死んだことになります」

「だが貝合わせゆえの心中なら同時に舐めるのではないかとわしは思う」

「わたしも同じ考えです。どうにもその辺りがすとんと腑《ふ》に落ちません」

「相対死ではなく、誰かが飴に仕込んだ毒で殺されたのだとしたらどうだ？」

「その誰かとは玉尾様の近くにいなければなりません」

「丸に剣花菱か」

「玉尾様の旦那様、山賀常右衛門様なら難なくやってのけられるはずです」

「わかった。共に目付に任じられていながら、頭一つ二つ先を行っているという評判の木田高太夫を山賀常右衛門は苦々しく思っていた」

烏谷は両手を打ち合わせた。

「ならば、何で木田様だけを殺さないのです？」

この時、季蔵は玉尾の今際《いまわ》の際《きわ》の言葉を思い出した。玉尾は〝百合乃様、兄上様、殿様、すみません〟と洩《も》らしていたことを。

――詫びているようだった。百合乃様に毒飴を盛ったことを詫びるのはわかる。だがどうして、兄の木田や夫の山賀に詫びるのだ？――

季蔵は目を閉じてみた。虎吉《とらきち》を抱いた瑠璃の姿が見える。そんな瑠璃の姿が消えると、ある光景が紙芝居のように移り変わって現れた。

山賀と木田の二人が額を寄せ合っている。

「本当にいいのか？」

山賀の念押しに、

「我等の出世に邪魔になるものはたとえ妹、妻であっても、取り除かなくてはなるまい。それに所詮腹は借り物、子は幾らでもできる」

木田は酷薄な薄笑いを浮かべて、

「おまえこそ、自分とよく似た妹を殺すのは辛《つら》くてできぬのではないか？」

と迫った。

次の場面ではすでに百合乃は息絶えている。蜜柑飴の紙袋を百合乃の帯の間から取り返した玉尾は、

「ごめんなさい、なぜ、飴を舐める前にご懐妊のことをおっしゃってくださらなかったの？　遅すぎたのよ。百合乃様のお腹《なか》の子は兄上の後継ぎだというのに、わたくし何てことをしてしまったのかしら。こうなったらわたくし、兄上にも死んでお詫びしなくてはなりません。それから殿様にも。殿様はあの秘密を守り通すために、毒入りの飴を拵えさせてわたくしに託したのです。全《すべ》ては秘密を守り通すため、山賀と木田のお家のため、木田の兄上、殿様が揃《そろ》ってつつがなく御出世なさるためだと――。殿

様はわたくしに〝おまえは妻の分をわきまえていて、聞き分けがよく口が堅いが、妹の百合乃は子どもの頃からそうでない。とかく賢《さか》しらなところがあり、学問や骨董《こっとう》好きで道理や蘊蓄《うんちく》ばかり並べ立てる。あのことで不用意に百合乃に口を開かれたらこちらは仕舞いなのだ〟とおっしゃって、百合乃様に毒入りの飴を渡すように言ったのです」

季蔵に話しかけるように言った。

季蔵は閉じていた目を開いて、

「ただの夢とお笑いになられるやもしれませんが」

この光景と話を烏谷にした。

「瑠璃の力は時にわしの千里眼など吹き飛ばすこともあるゆえな」

そう前置いてから、

「早速、山賀と木田、あの二人の周りを厳重に調べさせよう」

しごく真面目《まじめ》な口調で断じた。

五

東風《こち》と称される春風が吹いて、鶯《うぐいす》の鳴く立春となった。塩梅屋では時季の白魚を使った白魚飯や、甘味を控えた小さなうぐいす餅《もち》などの酒肴菓子が時季ものとして、品書きに添えられている。

白魚飯は米に酒を加えて炊き、火を止める時に酒、醤油、味醂でさっと煮て薄味をつけた白魚を、崩れやすい白魚の身に気をつけながら並べて供す。うぐいす餅の方は甘さを控えた漉《こ》し餡《あん》を求肥《ぎゅうひ》で丸く包み、青大豆を挽《ひ》いたきな粉をまぶして淡い緑のうぐいす色に仕上げる。

そんなある日、烏谷から訪れを告げる文《ふみ》が届いた。

本日、八ツ時、塩梅屋のうぐいす餅を食しにまいる。

烏谷

季蔵殿

訪れた烏谷は離れで長次郎の仏壇に手を合わせた後、季蔵に供されたうぐいす餅を

見て、

「ほう、抹茶のお薄も先になく、うぐいす餅を丸いまま、両端をすぼめておらぬのは今風よな」

などと不可解な物言いをした後あっという間に平らげて、ほうじ茶をがぶりと飲むと、

「うぐいす餅の名づけ親は太閤秀吉《たいこうひでよし》と言われているそうだ。うぐいすの鳴き声の趣きに感動して、茶席に欠かせない菓子にその姿を取り入れよと命じたのだという。菓子職人たちは何とか、その姿を鳴き声同様、美しく典雅に見せようと腐心し、両端をすぼめて鳥の形にしてみたのだが、太閤は〝これではただのどこにでもいる薄汚い鳥ではないか〟と言って気に入らない。逆鱗に触れて手打ちに遭《あ》い、命を落とした菓子職人もいた。そこで職人たちはどうせ厳罰が下るのならと、茶色の地味な羽色のうぐいすを、太閤の好きな抹茶色に染めてみようと、一《いち》か八《ばち》かの大勝負に出た。太閤は抹茶色の餅を見て〝これぞ風雅な鳴き声にふさわしいうぐいすぞ〟と言って、たいそう気に入り、以後うぐいす餅はうぐいすとは似ても似つかない、新緑のような色で伝えられてきた」

うぐいす餅の謂《い》われを語った。

「長次郎から聞いたのだから、そちも知っての通りの話だ」

「お奉行様はうぐいす餅にこのたびのことを託して話されようとしているのでは？」

　季蔵は烏谷を見つめた。

「その通り。あまりに気の重くなる話ゆえ、つい先にうぐいす餅と太閤の話になぞらえて前置いてしまった。さて、肝心な話、真実を話すとするか」

　烏谷は意を決した様子で切り出した。

「まずは昨日、目付頭からの報がわしに伝えられてきた。山賀、木田の両家は古き名門ゆえ惜しまれるが廃絶と決まった。当主の山賀常右衛門、木田高太夫、各々が目付の立場にありながらこのお役目を悪用した咎は大きいと御老中方は判断された。山賀、木田の下で働いていた徒目付頭《かちめつけがしら》鎌江《かまえ》信次《しんじ》郎《ろう》も悪事に加担していたと見做され、鎌江家も廃された。山賀常右衛門はすでに自害して果てているが、それによって山賀家に恩赦が下ることは無かった。山賀家を調べていてわかったことがある。あの岡《おか》っ引《ぴ》きの辰三《たつぞう》が出入りしていたのだ。町人のことゆえこの沙汰《さた》とは関《かか》わりがないが、岡っ引きの辰三は鎌江家にも出入りしていて、鎌江信次郎と共謀していたものとわしは断じた。辰三が商家や町人、鎌江が旗本たちの弱みを握って持ち寄れば、脅し、強請《ゆすり》の幅が広がる。時と場合によっては一件で二重に金を強請《ゆす》り取れたろう。生きておれば辰三は打ち首獄門。殺されて縁者もいない辰三は無縁塚《むえんづか》に葬られている。町奉行所は御定法にのっとって骸を晒《さら》す代わりに、衣類を首晒しの場に晒すと決めた。太閤の世から移り変わって今は幕府が太閤代わり、都合よく黒を白とすることも多々あるが、今回の仕儀ではうぐいす餅の色はうぐいすの羽色に似た、麦こがし粉の色が用いられた。巣食っていた膿《うみ》は出し切れたものと思う」

「二人の妻女にして妹様たち、百合乃様と玉尾様が亡くなったのには、どのような理由があったのですか？　瑠璃が見せてくれた夢の〝秘密〟とはどのような理由があったのですか？」

季蔵は訊かずにはいられなかった。

「百合乃と玉尾は菓子作りが嫌いではなかったが、共に夫から命じられて通っていた。山賀の屋敷と鎌江の家二軒に悪の拠点があったのだ。百合乃、玉尾は何も知らされずにいて、訪ねてきた客人から金品を受け取り、各々の主に渡していた。菓子習いの会は強請り取った金品の受け渡しには格好の場だったのだ。百合乃と玉尾、どちらかが受け取っていたとわかって、鎌江の妻だった優美恵への疑いはなくなった」

「何も知らされずにいた百合乃様や玉尾様がなにゆえ、あのようなことになったのですか？　山賀常右衛門は妻である玉尾様に実の妹殺しのような酷いことを、どうして頼めたのかわたしにはわかりかねます」

季蔵は知らずと拳を握りしめていた。

「それについてはわしが目付頭を伴って、最後に山賀家に当主を訪ねた時の話をするとしよう」

烏谷は悪事の証を突き付けられた時の山賀常右衛門の話に入った。

「そう長く会っていなかったわけでもないのに、山賀は瘦《や》せて身体の幅が半分になったかのように見えた。顔色はもう死んでいるかのように蒼白だったが、自分の想いはしっかりとした口調で述べた。山賀は〝覚悟は出来ております。この先このような身に生まれ変わったとしたら、何度でも今このようにこの場に座って沙汰を受けようとしているでしょう〟とまず言った。そして以下のように続けた。〝わたしは嫡男に生まれながら生まれつき虚弱で学問も妹には敵《かな》いませんでした。何が好きかと言われても思いつきません。ただただ、山賀家当主としてのあるべき道を歩かされてきました。わたしがはじめて思い切ったのは父が亡くなり、わたしが当主になって長く仕えた家老を毒で手に掛けた時でした。家老の言い様は――あなた様が御父上のようになられるお手伝いをいたします――で、この先、かつて父にそうだったように箸《はし》の上げ下ろしまで指図されてはかなわないと思ったのです。殺した家老はわたし一人で屋敷の庭に埋めました。この程度のことはできるのだと思えるとうれしかったです。それと手討ちということになれば、周囲の陰口はわたしを諌《いさ》めた家老を讃《たた》え、暗にわたしは非難されます。わたしが目付職に就けるよう動いてくれたのは家老でしたから。そんな恩義をずっとひけらかされるのもわたしは嫌でした。家老などその時その時、用人を雇えば済むことですから。こうしてわたしは自由を手に入れたのです〟」

ここで烏谷はすでにもう話し疲れたかのように大きなため息をついて、

「山賀家のような大身旗本は忠義の家老に支えられて続いてきたようなものだというのに——」

と洩《も》らした。

「木田高太夫の妹玉尾様との縁組もその御家老によるものでしたか？」

「それにも文句は言っていたな。〝妹の百合乃より器量好《よ》しだが吉原《よしわら》の飛鳥乃花魁《あすかのおいらん》とは比べようがない〟とか——。妻女《めと》を娶らず女絡みのよくない噂《うわさ》が流れると、目付の職には就けないと家老から諭されて、仕方なくというところのようだ。〝それにしても木田高太夫はどうして、百合乃のような女を妻にできたのだろうか〟とも。呆《あき》れたものだ。耳が汚れすぎて聞こえなくなりそうだった」

「妻の玉尾様に命じて妹の百合乃様を亡き者にしたことについては？」

「〝悔悛《かいしゅん》の意は全くない〟と言っていた。百合乃のことは幼い時から学問好きの上、薙刀《なぎなた》にも才があり、〝兄と妹、男と女が入れ替わればよいのに〟という周囲の陰口を始終聞かされていたそうだ。たしか、〝百合乃は生まれてこなければ死なずに済んだのに〟、また、〝玉尾は何も死ぬことはなかったのに。あのように死ななければ、わたしが入念に仕込んで作った毒入り飴のこともわからず、筋書き通り、調子に乗りすぎた料理人のせいにできたのに。馬鹿な女だ〟とも言っていたな」

苦々しさのあまり烏谷は顔をしかめた。

「あれだけ百合乃様と仲のいい玉尾様に、どうやって百合乃様殺しを持ち掛けたのですか？」

「受け渡し先に家を借りているだけだというのに、取り分を増やせと言ったり、鎌江はあまりに強欲で押しが強かった。事が露見したら自分一人では打ち首にはならない、道連れにしてやるとも脅してきて、そんな鎌江に対して、二人とも何とかしなければと思っていたら骸になった。そのうち二人が気になってきたのはそろそろ気づきかけている百合乃で、そこで口封じすることにしたのだと。百合乃はこのところ夫の高太夫に、菓子手習い会での物品預かりについて疑いを口にしていて、それが山賀の耳にも入ったので始末することに二人で決めたのだという。毒飴作りを手伝わせた玉尾には〝ただの贈答品を生真面目な妹百合乃が誤解して、本番目付様に不用意な文を送ろうとしている。このままでは目付にあるまじき不祥事が疑われ、山賀家、木田家まで取り潰されてしまう〟と話して片棒を担がせることにしたという」

――腹を立てるのも悔しくなるほど酷《ひど》い――

これほどの怒りはかえって心を鎮めるものだと感じつつ、

「木田高太夫はなにゆえ殺したのです？」

季蔵は訊いた。

「高太夫が生きていると自分の出世の妨げになると考えたからだそうだ。〝そもそも山賀と木田の家は交流があって仲がよく見えているのはうわべだけ。家柄も石高も変わりがなく、代々どちらが高く上るかで裏では激しく競い合ってきた。木田の家にはまだ代々の家老がいる。これが切れ者で、主のために免許皆伝のお墨付きを道場から買い取るほどだし、美男で明るい高太夫はおべっかも上手いので家老を殺した上、ぱっとしない見栄えで暗い口下手のわたしよりずっと有利だろう。だから辻斬りを装って殺すことにした。意外に手間取ったが仕留めた。満足している。毒でも殺せたが似《え》非《せ》剣豪だと知っていたのでこの手段をとった。なかなか死なないので、何度も何度も斬ってやった。奴《やつ》の骸が白昼、晒されて皆が嗤《わら》う様子が楽しみでならなかった〟と。

この時山賀はぞっとするような、今まで見たことのない笑顔だった」

烏谷は珍しく今まで一度も季蔵が見たことのない疲れ切った表情を見せた。

六

――目付の山賀、木田、徒目付頭の鎌江、岡っ引きの辰三、役人絡みのこの一連の事件を終えたお奉行は、さぞかしお疲れのことだったろう――

季蔵は烏谷の心労の程を案じ、瑠璃が自分に見せてくれたあの時の夢に救われたと思った。

――あれに加えてお奉行のお話で百合乃様と玉尾様の真実を知った。酷く辛い真実ではあったが知らぬ前と知った後とでは心の在り方が違う。今では感傷を排して真実だけを受け止めることができている――

もう悪夢に悩まされることもなくなった季蔵は料理作りに精を出していた。

季蔵は冬穴子煮の卵とじ丼《どん》に代わって、時季を問わずに獲《と》れて安価なマグロを使った丼物を思いついたところであった。まぐろの焼きびたし丼と唐揚げ丼である。

まぐろの焼きびたし丼はまずマグロの切り身を一口大に切る。生姜のすりおろし、醤油で味付けをして、小麦粉をまぶしておく。平たい鉄鍋に油を熱し、調味した一口大のマグロをブツ切りにした葱と一緒に焼く。タレは醬油、酢、水、唐辛子、砂糖を合わせて鍋で煮て拵える。これを焼きびたしのまぐろと長葱を載せた飯にかけて食する。

まぐろの唐揚げ丼の方は焼きびたし同様、一口大の切り身に、酒、醬油、すりおろし生姜、すりおろしにんにくを合わせた漬け汁に半刻ほど漬けておく。これに片栗粉をまぶして揚げ、飯に載せ、漬け汁を適量かけまわして仕上げる。

夜半まで店に居残ってこれらを試してみていると、

「邪魔するぞ」

蔵之進が灯《あか》りに誘われて訪れた。

「いらっしゃる頃だと思っておりました。お役目、お疲れ様でした」

「腹も空《す》いているけどまずは酒」

「かしこまりました」

季蔵は労《ねぎら》いを込めて酒とまぐろの胡桃揚《くるみあ》げを供した。

まぐろの胡桃揚げは一口大に切ったマグロに塩、胡椒《こしょう》、醬油、味醂で下味をつけ、殻を外して粗めに砕いた胡桃、片栗粉をしっかりとまぶして揚げる。柚子の絞り汁をかけるとオツな肴になった。

まぐろの胡桃揚げに続けてまぐろの唐揚げ丼、締めにまぐろの焼きびたし丼と進んで食べ終わり、箸を置いた蔵之進は、

「お奉行から山賀の屋敷でばっさり殺《や》られかねなかった事情は聞いてる。大丈夫なのかい？　この間、道でばったり会った三吉が〝アラ焼きやカマ焼きの賄いは美味《おい》しいけど、この頃、季蔵さん、取り憑《つ》かれちゃったみたいにまぐろ料理を作ってる〟って心配してたぞ」

と言った。

「やはりわたし、マグロに取り憑かれてますか」

苦笑して返した季蔵に、

「俺はマグロ好きだから今夜も堪能して大満足さ。それに始終会うわけじゃないからどうとも言えないけど、毎日会ってる三吉が案じるほどなんだからそうだ、きっと」

蔵之進は一度置いた盃《さかずき》をまた手にした。

「まだこのようなものがございます」

季蔵はこのところ作り置いて常備しているまぐろ鶏《どり》を皿に盛り付けた。

「そのままでもよいですが、醬油や山葵《わさび》、煎り酒《い》などが薬味にお勧めです」

季蔵は薬味を揃え、まずは山葵を薬味にして箸をつけた蔵之進は、

「まぐろ鶏なるものを食するのははじめてだ。しかし、これがマグロ？　たしかに少々鶏肉に色や食味が似ていないこともないが、病みつく独特の味わいがある。酒にいいな。まぐろ料理も奥が深い」

と感心した。

「お朝さんのまぐろ屋ではこれを今も届けているでしょうね」

「そうだった。お朝が亭主殺しを疑われた優美恵の身の証《あかし》を立てるのに、このまぐろ鶏は一役買ったのだったな」

蔵之進の言葉を聞きながら、季蔵はまだ自分がまぐろ鶏について拘《こだわ》り続けていることに気がついた。

——お朝さんがわたしにまぐろ鶏をこれから拵えてみると偽りを告げた理由がどうしてもわからない。人は意味のない嘘《うそ》などつくものだろうか——

「実は——」

季蔵は拭《ぬぐ》いきれないこの疑惑について口にした。すると蔵之進は、

「わかる。誰でもその手の喉元《のどもと》に引っ掛かってる拘りはあるものだ。俺の場合は鎌江信次郎の骸を乗せてた駕籠《かご》だ。あれには取り潰《つぶ》された岡崎《おかざき》家の下がり藤の紋が入っていた。あんなものがどうして使われたのか、どうしても得心が行かずに市中の乗物を扱

う質屋、骨董屋を軒並み廻った。相当数調べた後、やっと買いもとめたのが老婆と言っていい年配の女だとわかった。あの駕籠を売った質屋の女主は、〝それにしても場所を取る駕籠などどこに置くんでしょうかね。よほど広い家か蔵を持つお大尽《だいじん》なんでしょうけど、そうは見えないただのお婆《ばあ》さんでしたよ。背中は丸まってたけど足腰は馬鹿に達者で――こんなもの、どこで使うのかね。あんたんとこじゃ、どうせ場塞《ばふさ》ぎなだけで売る当てなんてないんだろう――なんてかましてきて、さんざん値切られました〟と。俺はただの婆さんとやらの正体は知りたかったが、ここからはどうにもこうにもわからず仕舞いだ。鎌江を口封じに殺したのは山賀、木田に違いないので、岡っ引きの辰三やまぐろ屋克吉殺しは黒幕の二人から命じられた鎌江の仕業だろうし、もう全ては決着がついてる。どうでもいいことなのだが、おまえのまぐろ鶏同様、どういうわけか引っ掛かってる」

嘆息した。

これを聞いた季蔵は、

――下がり藤の紋の入った駕籠を買いもとめたのは、損料屋お大事屋《だいじや》の女隠居お春《はる》さんではないか。損料屋なら駕籠を貸すことができる。安く買い叩《たた》いておいて保管し、折を見て紋を消して貸し出せば商いになる。質屋の女主が応対した老婆の風体はまさしくお春さんそのものだし、こと本業の損料屋の商い絡みとなれば、滅茶苦茶《めちゃくちゃ》に値切ったことだろう——

お春の皺《しわ》深い顔の中で不思議な活力を秘めていた輝きのある目を思い出していた。するとあろうことか、

「でもまあ、優美恵が心機一転できてよかった。厳しい姑《しゅうとめ》に辛く当たられた上に看《み》取《と》りまでの世話をしたというのに、鎌江に打《ぶ》たれたり、蹴《け》られたり。菓子職人だった前夫の形見である菓子箱まで骨董屋に売られ、果ては夫殺しの容疑がかけられかけていたのだからな。あのお大事屋の女隠居お春が骨董屋から形見の菓子箱を買い戻して、優美恵に贈ったという話だ。丹心堂《たんしんどう》の菓子を贔屓《ひいき》にしていたお春はその技が廃れるのを惜しんで、ここ両日中に、優美恵に丹心堂を前と同じ場所で再開させるとのことでもある。幸いにも丹心堂の店は買手がつかずにずっとそのまま残っていた。鎌江家の廃絶で優美恵は婚家と縁が切れ、実家で幼い頃世話になったばあやの在所に預けていた五歳の娘と一緒に暮らすこととなったそうだ。優美恵は自分に殴る、蹴るをするだけではなく、飼い犬まで手に掛けてしまう鎌江が娘に何をするかわからないと案じて、ばあやに一部始終を告げて預かってもらっていたのだという。これを聞いたおき玖《く》は、

〝優美恵さん、ご苦労なさったのね。これからはきっと幸せになれるわ。なってほし

い。それと、やっとまた市中一美しくて奥ゆかしいお菓子が食べられると思うとわくわくするわ〟と言って楽しみにしている」

と蔵之進は帰り際に告げた。

季蔵は気がつくと頰杖《ほおづえ》をついて考えこんでいた。

――なにゆえ、お春さんは形見の菓子箱を買い戻し、後ろ盾になって丹心堂を再開するのか？　奥深い絵のような菓子だと評判が高かった丹心堂再開はともかく、形見の品まで優美恵さんに贈るとは、ただの商い絡みとはとても思えない。これはもしかして――

お春と優美恵は元から知り合いだったのではないかと思い至った。

――しかし、そんな確証はどこにもない。ただしお春さんとお志野《しの》さん、お朝さんと優美恵さんなら――

季蔵は紙に以下のように記してみた。

一、お春さんは扇子屋美竹屋《みたけや》の前でお志野さんに見送られて、鎌江信次郎が駕籠に乗ったのを見ている。その時の鎌江は生きていた。

一、まぐろ屋のお朝さんは鎌江が殺された夜、まぐろ鶏を鎌江家に届けに訪れて優美恵さんに会っている。

——もし、これらの話が真実ではなく偽りだとしたら、お春さん、お志野さん、お朝さん、優美恵さんは共に何か、重要な秘密を隠していることになる。しかもその絆《きずな》は深く昨日、今日出来たものではない——

季蔵は頭を抱えた。

——とはいえ、どこでいつできた絆かの証を立てられなければ、これはただの思いつきでしかないのだ——

この時季蔵はこの四人について自分がどれだけ接してきたかをまた、書きつけてみた。

一、お朝さん　克吉さんの骸の前でお悔み。お朝さんが訪ねてきて、まぐろ花と脳天の刺身を振舞われる。まぐろ鶏をこれから拵えようとしていた話が、すでにあちこちに届けている事実に矛盾。

一、お志野さん　美竹屋さんで瓦版の打合せのために会った。寡黙で鎌江に困惑、嫌悪、怯《おび》え？
一、お春さん　お大事屋の隠居所で話。生い立ち、来し方、瓦版屋《かわらばんや》の心意気を示せと言われても、この件は当初から飄吉《ひょうきち》さんがおよび腰だったので、〝うどん屋〟の噺《はなし》に近いものをと希望を引き出して〝葛湯屋《くずゆや》〟を創る。褒めてはくれたがおそらくお気には召さず〝あれはもういい〟とつっぱねられる。
一、優美恵さん　蔵之進様からの話だけで会わず仕舞い。

――お朝さんのまぐろ鶏に引っ掛かりすぎていて、お春さんが〝葛湯屋〟をだめだといったことは失念していた。なにゆえ、お春さんはあのようなものを振ってきたのか？　何の役にも立たない噺に、駕籠を質屋で値切るようなお春さんが、あのような高い礼金を差し出したのはなぜなのか？――

七

季蔵は離れの文箱《ふばこ》に片づけてあったお春に届けた〝葛湯屋〟を取り出して眺めた。
――これの何がお春さんの心に響いたのだろう？――
商い一筋で独り身を通したお春は老境に入って、お大事屋をつつがなく継いでもらうためと割り切り、大番頭を主に決めて自分は隠居の身になっている。しかし、お春は大番頭夫婦の間にできた、自分とは全く血のつながらない孫に、夫婦には少しも感じない、抑えきれない情愛を持っていた。その辺り、滑稽《こっけい》なほど深い祖母の孫への愛情を暁にしてほしいのだと季蔵は合点して〝葛湯屋〟を創った。

――だからその辺りも全体の展開も気に入らなかったのではない。お春さんの心に響いたのは〝うどん屋〟になくて〝葛湯屋〟にあるもの、言葉――

季蔵の目は葛湯屋が葛湯の屋台を曳《ひ》いている場所に吸い寄せられた。小石川養生所《こいしかわようじょうしょ》近くの路地、小石川養生所――

――これだったのだ――

小石川養生所は幕府の命により重篤な患者を入所させて治療に当たっているが、その他にも日々訪れる、さまざまな症状の患者たちを薬礼（治療費）や薬代を取らずに診《み》ていた。

塩梅屋の離れに泊まった季蔵は翌早朝、暗いうちに起き出して小石川養生所へと向かった。

――真実が知りたい――

その一念である。

養生所に着いた頃、冬の夜がやっと白みはじめた。厨があると思われる方角からは飯が炊かれ、味噌汁《みそしる》が煮える朝餉《あさげ》の匂いが流れてきている。季蔵はその匂いに誘われて厨の戸を開けた。何人かの女たちが立ち働いている。ひときわ若い一人が誰であるかはすぐにわかった。

「お朝さん。おはようございます」

思わず呼びかけると、一瞬まぐろ屋お朝は顔色を失ったがすぐに立ち直った笑顔を見せて、

「こちらこそおはようございます。こんな早くにここへ？　塩梅屋さん、お具合でも悪いんですか？」

と言った。

「ええ。まあ」

季蔵は曖昧《あいまい》に躱してから、

「まぐろ屋は夜が遅いでしょうに、朝早くからここの仕事までされているとは思ってもみませんでした」

と言うと、

「死んだおとっつぁんがね、死ぬ間際にとことんここの先生方にお世話になったんで

すよ。ここでないとどうしても続く痛みが楽にならなくて。そのお薬も高くて、あたしが目一杯働いても追っつかなくて。だからこれはせめてもの恩返しなんです」

お朝は淡々と養生所との関わりを告げた。

――お朝さんとこことの関わりはわかった。ということは他の三人も――

季蔵は肝煎《きもいり》の村上良庵《むらかみりょうあん》を訪ねた。初代の養生所肝煎小川笙船《おがわしょうせん》の信念が連綿と受け継がれてきているゆえに、診療所の医師たちは決して偉ぶらず、医師であることをかさに着たりもしない。村上良庵は洗いざらしの粗末な十徳《じっとく》姿で、白湯を啜《すす》りながら季蔵の話に耳を傾けた。

「あなたのお話は知り合いがこの診療所を訪れているかどうか、訪れているのなら、どのような症状で診療を受けているかを知りたいということですね」

若白髪《わかしらが》の村上は温厚そうな顔を当惑させている。

「町方の要請なら仕方ないとして、そうでないお方にはお知らせしないのが常なのです。ただ理由をおっしゃっていただき、こちらが得心できればお教えします」

そこで季蔵は、

「わたしは今、名前を挙げた方々と個々ではご縁があります。ただし、その方々にはわたしの知らない絆があるようです。そしてその源はここにあるという確信に至りました。できればその絆にわたしも関わりたいと思っています。養生所のもたらす絆があの方々の救いになっているように思えますので」

「ようはあなたも入院ではなく、時折の通院をしたい、ついては知り合いの人たちの治療成果をお知りになりたいと？」

「図々《ずうずう》しい勝手なお願いですみません」

「わたしは兼ねがね、寄る辺の無い入院患者だけではなく、市井にあって医療を金儲《かねもう》けと見做している、結構な数の医者たちに多くの人たちが酷い目に遭《あ》っているのを、何とかしなければならないと思っていました。ここは富裕、貧窮を問わずに開かれた医療の場であるべきで、貧しく重篤な患者たちだけを収容する養生所であってはならないのです。それには何より小石川養生所の印象や人々の思い込みを変えなくてはなりません。わかりました。あなたのお知りになりたいことをお教えしましょう」

　松木は季蔵が書いてきた四人の女の名を目で追いながら、

「どの方も通ってこられていたか、お身内に付添ってみえていたことがありました。まずはまぐろ屋お朝さんですが――」

「お朝さんには厨で見かけて声を掛けました」

「お朝さんはお父さんの病でたいそう苦労して、悪い噂まで立ってここに。掛かりつけの医者が強欲で、高額なだけではなく、少しの効き目もない痛み止めを出して薬代を搾《しぼ》り取っていた上、身体を売れとまで強要されてのことでした」

「優美恵さんは？」

「当初は再縁した夫の母親、姑さんが寝巻のまま出歩いたりするのに苦慮してみえていたのですが、優美恵さん自身も旦那《だんな》様から治る暇なく、身体のあちこちを傷つけられていたことがわかり手当てを続けました。同じ頃おみえになったお志野さんは〝旦那様は、始終訪れる鎌江信次郎という男に殺されたのではないか〟と疑っていて、〝わたしもそのうち殺される〟という想いが暗雲のように覆いかぶさって心身が不調でした。ある時二人は自分たちを苦しめている相手が共に鎌江信次郎だと知り、妻と妾《めかけ》という間柄にもかかわらず親しくなっていきました」

「お春さんは？」

「お大事屋さんのご隠居さんですね」

村上はふふっと笑みを洩らして、

「あの方はどこも悪くなどありません。いつも力が漲《みなぎ》っています。悪いところがあるとしたら孤独感と相反する意地の強さですね。昔は想い合ったこともある様子の飄吉さんを伴ってきたことがありましたが、この先、折を見てここで老後を共に暮らそうとはなかなか言い出せずにいました。飄吉さんは〝酒を飲むのさえうるさいことを言われなければ悪くねえのにな〟なんて言ってて、満更でもなさそうでしたよ」

――何とあの飄吉さんも関わっていたとは――。それでわかった、謎《なぞ》が解けた。飄吉さんはわたしが隠れ者だと見当をつけていて、気をつけるようにとお朝さん、お春さんたちに告げていたのだ。それでお朝さんはわたしの心をまぐろ料理に向けさせて、自分たちから目を逸らさせようとした。お春さんに〝うどん屋〟のような噺を課せられたのも同様だ。とにかく、自分たちのことを調べてほしくない一心で、あんな形でわたしの気持ちを調べに向けないよう腐心したのだろう――

「そして女四人は親しくなった？」

「いつしかね。お朝さんが工夫して作ったまぐろの叩きの巻きずしとか、優美恵さんが菓子職人だった前の旦那さんに習ったという、四季折々の自然を写した自慢の上生菓子を持参したりして、とにかく和気あいあいとなさっていました。お春さんはカステーラ一筋、お志野さんと飄吉さんは焼き芋やきんつばなんかを持ち寄ってきてて、わたしたちもさんざんお裾分けをいただきました。あの人たちは他人同士であってもまるで、お春さんと飄吉さんと家族のようでした」

「お話、大変参考になりました。ありがとうございました」

季蔵は暇《いとま》を告げて立ち上がった。

塩梅屋へと帰る途中、朝の光が眩《まばゆ》く空から射してきた。その光は僅《わず》かながら温かく、安堵《あんど》と心地よさゆえに思わず季蔵は目を閉じた。するとまた、いつかのような絵が続いた。


〝ああっ〟、頬を張られて突き飛ばされた優美恵は畳の上に倒れた。鎌江の足が拳のように腹の上に振ってくるのを懸命に避けている。

〝おまえの娘の居所は摑《つか》んだぞ。今から行って引き戻してやる。犬のように殺してやる。俺は殺しを恐れてなどいない。一人殺せば何人でも殺せる〟

その言葉に優美恵は慌てて立ち上がる。

鎌江は冷たく狂暴な顔をしていて、

〝おまえは少しもいい妻ではない、おまえの心はまだ菓子屋の亭主にあるのか。この恩知らず、不届き者めがっ〟

刀を抜こうとした時、素早く背後に廻った優美恵が大きな飾り花瓶を持って振り上げて落とした。

〝おおっ〟悲鳴を上げて倒れた鎌江の頭から畳に血の染みが広がっていく。

そこへお朝が、

〝優美恵さん、いつものよ。届けに来たのよ、お朝よ〟

勝手口で声を張り上げた。


――そうか、あれは優美恵さんが――そしてこれをお朝さんがお春さんに報《しら》せた。それでお春さんはこの事態を隠すために、鎌江家ではなく、急遽《きゅうきょ》あの駕籠を使うことを思いついたのだろう――


次の絵では大八車に菰《こも》をかぶされた鎌江の骸が見えている。手拭《てぬぐ》いでほっかむりをしている二人が見えている。

〝何としても優美恵さんを助けないと――〟

大八を曳いているお志野が洩らすと、

〝そうともさ〟

隣り合って曳いている飄吉が応えた。

そしていつしか大八車は下がり藤の紋のついたあの駕籠に変わっていて、〝えっさ〟、〝ほいさ〟と掛け声を掛け合っているのは、飄吉とお春であった。〝大丈夫かい？〟と飄吉に声を掛けられたお春は〝それはこっちが言いたいね。こう見えても若い頃から力自慢だったんだからね。あんたこそ、音を上げないでおくれよ〟と応えた。

——なるほど、お春さんがここまでやっていたとは——

季蔵は感動さえ覚えた。

そして最後の一枚はお朝と生きている克吉がまぐろ花を前に言い合いをしていた。

〝どうして？　どうして？　あんなに自慢してて、実はマグロは刺身が一番美味いんだ、だからこれは俺の命だって言ってたのに、どうしてもう、これは作らないだなんて言うの？〟

お朝は克吉を問い詰めている。克吉は無言であったが季蔵には相手の心の声が聞こえた。

〝このまぐろ花は脅しの切り札になってるんだ。——こちらの要求通りにしないのなら、まぐろ花に気をつけろ。この花はおまえたちを破滅させる死に花だ——っていう文を出した後に俺は指示された家へ届けさせられてる。はじめはいろいろまぐろ屋を引き立ててくれる辰三親分に、足を向けては眠れないほどの感謝の気持ちだったがこんな裏があった。俺はまぐろ花に誇りを持ってる。脅しになど使ってほしくない。だから近々、親分を呼び出して、男と男、一対一でケリをつけるつもりでいる。またしても裏をかかれてあっちが多勢で敵わなかったとしても、そしてたとえ殺されてもそうする〟

ここでも季蔵は、

——克吉さんが勧められた毒酒を飲んだのは、まったく疑っていなかったわけではなく、まぐろ屋の恩人だったがゆえに恩義の筋を通したのだ——

得心した。

小石川養生所を辞した季蔵の足は丹心堂が再開されるという三十間堀《さんじっけんぼり》へと向かった。

——運がいい——

何と今日がその再開の初日であった。

五歳ほどのおかっぱ頭の少女が、赤地にさまざまな花が染められている華やかな着物を着て店先で毬《まり》をついている。その姿が古めかしい丹心堂の店を画《え》にしている。

客が詰めかけてきている。女客たちがほとんどであった。季蔵は列に並んで順番を待つ間、女客たちの話に耳を傾けた。

「練り切りに漉し餡で出来たおひな様や、きんとん餡と白漉し餡の菜の花はありがちな春の上生菓子だけど、ここのは丁寧に作られていて一味違うのよね」

「あたしは一味違うじゃ物足りないわ。早春そのものでここじゃなきゃっていうお菓子が食べたい。魚春水《うおはるみず》にするわ。ただし売り切れなかったらの話だけど」

「魚春水？　お菓子とは思えないおかしな名付けね」

「それこそ丹心堂代々の今時分のお菓子なのよ。砂糖を寒天で固めた錦玉羹《きんぎょくかん》の表面を抉《えぐ》って流れを出してるのは、寒さが続いた川や池を表してるの。ほんの少々抉ってつけた凹型の中へ一粒の小豆《あずき》を入れる。これは今まで寒さに耐えてきて、やっと春が来て水の温かさを感じている魚に見立ててる。そしてこれに梅の花を模した練り切りを隣り合わせる。小豆と同じ大きさの梅の花の練り切りは、たった今、錦玉羹の表面に花が落ちたかのようにそっと魚の小豆と寄り添わせる。くれぐれも小豆と同じ凹面には入れないで。どちらも目でも見ることのできる春の訪れを謳《うた》ってるんですよね」

「うーん、たしかに格調高い一幅の絵だわね。あたしもやっぱり魚春水の方にするわ。ここじゃなきゃっていう、舌や胃の腑だけじゃなしに、胸にどしんと来るお菓子が食べたい」

　こうした女客たちの話を季蔵はまるでここに居るかのように、料理好きだった今は亡き百合乃や玉尾の面影に重ねた。

——居るのならずっと見守っていてほしい——

季蔵は心の中で手を合わせた。

順番がやっと回ってきて季蔵はもう一個しか残っていなかった魚春水と、菜の花を人数分買い求めることができた。

それを手にして丹心堂を後にした季蔵の足は、

〝うわあ、綺麗、わたし菜の花が大好きなのですよぉ、菜の花、菜の花——〟

許婚《いいなずけ》だった頃、菜の花畑へ連れて行って大喜びしてくれた時の瑠璃の笑顔へと向かっていた。

——やはりあの笑顔がもう一度見たい——

〈参考文献〉

『京の精進料理　妙心寺東林院の四季の味わい』　大村しげ著　（中央公論社）
『季節を彩るお通しと前菜』　門脇俊哉・栗飯原崇光・橋本幹造・小林雄二・大原誠著　（ナツメ社）
『進化する刺身料理　魅力を高める刺身の料理づくりと調理技術』　大田忠道著　（旭屋出版）
『聞き書　大分の食事』「日本の食生活全集44」　（農山漁村文化協会）
『日本の七十二候を楽しむ　―旧暦のある暮らし―』　白井明大・文　有賀一広・絵　（東邦出版）
『滑稽・人情・艶笑・怪談……古典落語100席』立川志の輔選・監修　PHP研究所編　（PHP文庫）
『道具なしで始められるかわいい和菓子』　ユイミコ著　（講談社のお料理book）

時代小説文庫
わ 1-62

春《はる》を呼《よ》ぶ菓《か》子《し》 料理《りょうり》人《にん》季蔵《としぞう》捕《とり》物控《ものひかえ》

著者　和《わ》田《だ》はつ子《こ》

2024年12月18日第一刷発行

発行者　角川春樹

発行所　株式会社 角川春樹事務所
〒102-0074 東京都千代田区九段南2-1-30 イタリア文化会館

電話　03(3263)5247［編集］　03(3263)5881［営業］

印刷・製本　中央精版印刷株式会社

フォーマット・デザイン＆シンボルマーク　芦澤泰偉

ISBN978-4-7584-4684-6 C0193

http://www.kadokawaharuki.co.jp/［営業］
fanmail@kadokawaharuki.co.jp［編集］ ご意見・ご感想をお寄せください。

時代小説文庫

和田はつ子
雛の鮨
料理人季蔵捕物控

書き下ろし

日本橋にある料理屋「塩梅屋」の使用人・季蔵《としぞう》が、手に持つ刀を包丁に替えてから五年が過ぎた。料理人としての腕も上がってきたそんなある日、主人の長次郎が大川端に浮かんだ。奉行所は自殺ですまそうとするが、それに納得しない季蔵と長次郎の娘・おき玖は、下手人を上げる決意をするが……(「雛の鮨」)。主人の秘密が明らかにされる表題作他、江戸の四季を舞台に季蔵がさまざまな事件に立ち向かう全四篇。粋でいなせな捕物帳シリーズ、第一弾！

和田はつ子
悲《ひ》桜《ざくら》餅《もち》
料理人季蔵捕物控

書き下ろし

義理と人情が息づく日本橋・塩梅屋の二代目季蔵は、元武士だが、いまや料理の腕も上達し、季節ごとに、常連客たちの舌を楽しませている。が、そんな季蔵には大きな悩みがあった。命の恩人である先代の裏稼業〝隠れ者〟の仕事を正式に継ぐべきかどうか、だ。だがそんな折、季蔵の元許嫁・瑠璃が養生先で命を狙われる……。料理人季蔵が、様々な事件に立ち向かう、書き下ろしシリーズ第二弾、ますます絶好調！

時代小説文庫

和田はつ子
あおば鰹《がつお》
料理人季蔵捕物控

書き下ろし

初鰹《はつがつお》で賑わっている日本橋・塩梅屋に、頭巾を被った上品な老爺がやってきた。先代に〝医者殺し〟(鰹のあら炊き)を食べさせてもらったと言う。常連さんとも顔馴染みになったある日、老爺が首を絞められて殺された。犯人は捕まったが、どうやら裏で糸をひいている者がいるらしい。季蔵は、先代から継いだ裏稼業〝隠れ者〟としての務めを果たそうとするが……(「あおば鰹」)。義理と人情の捕物帖シリーズ第三弾、ますます絶好調。

和田はつ子
お宝食積《くいつみ》
料理人季蔵捕物控

書き下ろし

日本橋にある一膳飯屋〝塩梅屋〟では、季蔵とおき玖が、お正月の飾り物である食積の準備に余念がなかった。食積は、あられの他、海の幸山の幸に、柏や裏白の葉を添えるのだ。そんなある日、季蔵を兄と慕う豪助から「近所に住む船宿の主人を殺した犯人を捕まえたい」と相談される。一方、塩梅屋の食積に添えた裏白の葉の間に、ご禁制の貝玉(真珠)が見つかった。一体誰が何の目的で、隠したのか!? 義理と人情の人気捕物帖シリーズ、第四弾。

和田はつ子の本

ゆめ姫事件帖

将軍家の末娘“ゆめ姫”は、このところ一橋慶斉様への輿入れを周りから急かされていた。が、彼女には、その前に「慶斉様のわらわへの嘘偽りのないお気持ちと、生母上様の死の因だけは、どうしても突き止めたい」という強い気持ちがあったのだ……。市井に飛び出した美しき姫が、不思議な力で、難事件を次々と解決しながら成長していく姿を描く、傑作時代小説。「余々姫夢見帖」シリーズを全面改稿。装いも新たに、待望の刊行。

時代小説文庫